大笑迎貴夫

3

完

漫卷 著

文創風 701

目錄

第五十九章

第二日，選秀的第三輪開始了。

這一天，前來圍觀的人比昨日又多了些，倒不是衝著美嬌娘來的，而是對縣令大人的新鮮招數感興趣，特地跑來看稀奇。

辰時，銅鑼三響後，點完名，彩棚中的小娘子按才藝分類，排好順序，準備依次表演。昨日散時，李彥錦就讓書吏和衙役們告訴眾人，若今日表演需要物事，還請提前準備。於是，第一批要獻廚藝的四十六位小娘子被帶去白玉樓，趁著大、小廚房上午空閒時，各自忙碌起來。

因灶頭有限，分成三批。半個時辰後，第一批小娘子幾乎都做完了；有實在太慢的，經過樓中廚子檢查，如果不是自身廚藝不精，便可以繼續做下去。

這批吃食很快就被送到彩棚前面，但這次做評判的卻不是縣令大人了。

李彥錦看城裡男子實在閒得無聊，就挑了十位略有名望、還算懂事理的人出來，組成評判團。其中不但有富戶老爺，也有童生、秀才，還有衙門中的官吏，例如某位韓姓都頭。

謝沛見了，提議再添十位婦人當評判，直接從陪著參選的人家中挑。

經過昨日的選拔，衙役們也對這些婦人、婆子略有所知，哪位刁蠻不講理，哪位心明眼亮，心裡各自有底。

於是，謝沛選了十位不鬧騰又還算懂事的婦人出來，其中，不但有于家姨娘花氏，也有頭髮微黃的農家婆婆。

選出兩個評判團後，看熱鬧的人越發興奮了。

男子評判這邊，負責評廚藝、書畫。原本還包括琴、棋兩項，可惜衛川這地界，竟是沒有出才女的命，這兩項根本沒人報，連書、畫也是非常勉強地各報一個人而已……

女子評判這邊，則對刺繡、梳妝、衣飾搭配，以及各種各樣不好分類的才藝做評斷。

現在，第一批的吃食已然做好，便要正式進入評判了。

其實，李彥錦倒是很想藉著這項廚藝表演發掘美味菜式。然而，一上午下來，十位老爺們卻吃得有些臉色發綠了。

衛川縣裡，真有獨門手藝的人家，家境都不錯，犯不著把閨女送進宮。因此，這些參選的小娘子，大部分都只會做做尋常小食罷了。

於是，一上午，老爺們吃最多的就是粗、細麵條，再加上各式麵餅……

原本還打算吟詩作賦的老秀才，吃了一肚子麵條、餅子後，心裡竟對皇帝老兒生出了一絲詭異的同情……

想像一下，若後宮三千佳麗全奉上這樣的麵條、餅子，這日子也實在是……咳！

不過，到底還是有兩位比較出眾的，一位是許家二娘，她做的鵪子羹甚是鮮美。

另一位則是來自衛川縣東壩村的艾家大娘子，她做了豆沙餡和鮮肉餡的酒釀餅，色澤金黃、油潤晶瑩、酥脆鮮美。一份只有五枚，吃得眾人恨不得吮指頭。

於是，廚藝一項，只有這兩人得了甲上佳評，其餘人都是乙中。

除了廚藝之外，書、畫兩項更讓人失望。

于三娘覺得自己的一手小楷足以傲視家中群雌，可惜，在評判組的幾位讀書人眼中，實在是有些兒戲。

畫畫那位，則勉強算是入門，也到不了能讓人欣賞的地步。

因此，這兩位都只領得乙等評語，含恨而歸。

與此同時，女子評判組那邊，倒有些精采的表現。

一位頭髮略黃帶點鬈曲的女子，竟有讓人驚豔的刺繡本領，一個半時辰的工夫，繡花繃子上就露出一張活靈活現的貓兒臉，憨趣的大眼珠還盈盈透著晶亮。

除此之外，還有家學淵源、特別擅長給人開臉的小娘子；有不分寒暑、能用火炕孵雞雛的女娘；也有識五穀、善稼穡的……

一趟下來，負責這邊的謝沛頓覺這些面貌尋常、甚至有些醜陋的小娘子們，簡直是人不可貌相呀！

至於，會跳大神、會用筷子在人眼中挑蟲子、能不動聲色在嘴裡藏五顆肉丸子、能模仿嬰兒啼哭之類的詭異人才，就不在她惦記的範圍之內了。

第三輪足足耗了一天工夫，比試後，彩棚中只剩下十二位小娘子。除去得了甲等評語的八位小娘子外，還有四位「候補」人選。

也是湊巧，這四位姑娘竟全是像于三娘這樣，繳過錢才參選的。名單一出，不免引人懷疑……

這天晚上，縣城裡大多數人家都在興致勃勃談論著白日的選秀。

阿意混在廚藝組中，順利地用一大碗雜糧麵條換了個乙等評語。

韓勇看孫女安然退出選拔，老臉笑得像開了朵花似的，還特意買燒雞回來慶賀。

爺孫倆吃著燒雞、喝著小米酒時，衙門後面的官宅中，謝沛兩口子洗漱完，也正談著那八個得到甲等評語的小娘子。

李彥錦一邊用細棉布擦拭謝沛還沾著水珠的黑亮髮絲、一邊說道：「我這邊，那個許二娘子倒是合適人選，長相、心志都不錯，還會點廚藝，自己也想進宮，送過去，算是皆大歡喜。妳那邊呢？」

「我這邊幾個甲等的娘子，要說相貌的話，唯有擅長給人開臉的葛家娘子長得稍微耐看點；且她口齒伶俐，性子活潑又不魯莽，心裡也打算好了。其餘幾人，若配尋常人家，都是很好的媳婦，可送到京城去的話……」

謝沛說著，搖了搖頭。

李彥錦從她身後湊過來。「那些有真本事的小娘子，幹麼送去京城呀？皇帝老兒要的是美色，咱們送上這些姑娘，皇帝不高興，小娘子們也倒楣，白白浪費了。」

「反正明天還有最後一關，好好問問這些姑娘的意思，若不想去，就把人留下來；若死活都要去呢，咱們也不勉強。最多是送去時，被那些采選公公說上幾句，又不會少一塊肉，怕他個屁！」

夫妻倆商議好，攜手上了床榻，一夜好眠。

次日，縣城裡看熱鬧的人依然不少。彩棚附近已經多出不少賣茶水、果子的小攤。只是讓大家失望的是，最後一關竟然只讓自家女眷旁觀。其他人等，不論男女，都不能親見。

在李彥錦看來，這就是後世招募員工時的面談嘛！

他和謝沛挨個把女娘們請進最大的彩棚內，相陪的女眷則被請到稍遠的地方等待。這樣一來，女眷們能看見縣令和自家小娘子的舉動，卻聽不清他們說了什麼。

利用這種方法，李彥錦最終選出四位小娘子，作為衛川縣的采選佳麗。

四位女娘中，除了擅長開臉的葛家娘子容貌略尋常外，其他三人都算是中上之姿。其中，葛家娘子與許二娘子獲得甲等評語，另外兩位則是交了增改費的于三娘和馮家娘子。

另外，她們不論美醜，都有個共同特點，那就是——不是蠢人，知道高低進退。

選完後，李彥錦給落選的六位甲等娘子各發了塊二兩重的小銀牌，上面沒什麼精美花紋，只刻著「甲優娘」三個字。

這銀牌既可以當擺件，也能當銀錢使用，對六位家境尋常甚至是有些困窘的甲等娘子而言，實在是很實惠的獎賞。

包吃包住，最後還能得塊銀牌，讓落選的小娘子及其家人們都很滿意。尤其是，有了「甲優娘」這塊銀牌後，小娘子說親時，身價立刻噌噌噌地往上漲，連帶著讓姊妹們的親事都沾了光。

定下衛川縣的最終人選後，李彥錦送了封信給戴如斌。

四天後，戴如斌回信，讓李彥錦派人把四位小娘子送到武陽城，采選公公已經到了。

這次，謝沛沒有跟去，只叮囑李彥錦提防小人作祟，早去早回。

五日後，李彥錦順利地把許二娘等人送進府衙。

戴如斌命人請他們到後堂，小娘子們則由戴如斌的妾室尹梅安置在偏院。

哪怕心裡對李彥錦有諸多懼怕與不滿，戴如斌面上仍做出一副寬和模樣，與他說了一套官話。

客套完，李彥錦就想交差了事，戴如斌也不願多留他。準備送客時，聽下人來報，說是去施員外家做客的曹公公回府了，且曹公公聽說衛川縣送佳麗來，要立刻見一見。

若沒遇上也就罷了，既然曹公公知道衛川縣的人到了，李彥錦便不好開溜。

於是兩人只好坐下，等曹公公過來。

不久，曹公公面色不豫地進了後堂。

「喲～～戴大人久等了啊！」曹公公一開口，語氣就有些尖銳。

李彥錦瞥戴如斌一眼，這老小子莫不是得罪人了吧？

戴如斌心裡有些煩躁，大概猜到，曹公公是為了何事惱火。

今兒上午，施員外費了頗多錢財、人情，總算把負責采選的曹公公請到家中做客。施員外家有三個女兒，在這個關頭宴請曹公公，所圖何事，眾人皆知。

奈何，施家三位小娘子頗類其父，戽斗臉再配管豬鼻子，險些把曹公公嚇個半死。如果把這種女娘送進宮參選，曹公公許是能立刻歸西了。

於是，他怒氣沖沖地離開施家，任憑施員外在身後哀求、討好，也不想再看這等蠢貨一眼。

這也是曹公公聽說衛川縣令送佳麗過來，就要立刻相見的原因。

他收了施家的錢，不好衝著施員外喊打喊殺，可小小的衛川縣令卻沒給他送過什麼。如今撞上，但凡有個不妥之處，就可以毫無顧忌地把野火直接撒到那小縣令的頭上！

內心煩躁的曹公公一進後堂，開口就有些陰陽怪氣，但他瞥見在戴如斌右側、起身相迎的李彥錦時，卻不由愣了一下。

「這位是……」曹公公問話時，語調已不像之前那般尖銳刺耳。

「哦，這是衛川縣令李彥錦。曹公公要見的采選佳麗就是他送來的。」

戴如斌察覺到曹公公的變化，心中轉起了念頭。

李彥錦背後的靠山乃大皇子，曹公公既然是京城的人，會不會與李彥錦有什麼關係？

在戴如斌打著小算盤時，曹公公已經落坐，與李彥錦說起話來。

「……哦，這麼說來，李縣令乃湖白府當地人了？」曹公公心中有些疑惑。

「正是。」李彥錦神色誠懇，但沒順著曹公公的話多談自己。

曹公公瞥礙事的戴如斌一眼，乾脆問起采選之事。

李彥錦有些慚愧地道：「聽說是為聖上選人，臣等自是不敢懈怠。縣衙召集全縣未嫁的小娘子，精心挑了半個月，這才選出四位女娘。

「只是……衛川縣內並無世代相傳的名門望族，尋常百姓家中生養的小姑娘，我們自己看，倒是乖巧合宜，但若與京中達官貴人家的小姐相比，那就……只能說，有幾分質樸天然之意。」

曹公公聽了這話，表情沒什麼異樣，只淡淡地說：「李縣令無須擔心，咱們先去看看人再說。」

這話不軟不硬，讓一旁的戴如斌對自己之前所想又起了疑。這樣子，不太像同夥啊？

於是，三人起身，去了後宅。

尹梅得知曹公公要見衛川的小娘子們，趕緊派丫鬟叫人。把人都喚來後，又反覆叮囑她們，見到京中的貴人時，不要胡言亂語等等。

此刻曹公公三人已經轉到後宅的西花廳中稍坐。不久，有丫鬟打起珠簾，四位小娘子微微垂首，依次走了進來。

因在衛川時有過幾日比試的經歷，此刻許二娘等人都顯得較為鎮定。光這一條，就讓曹公公微微點了點頭。

剛才，他留心看了下，這四位小娘子行走間，雖談不上曼妙綺麗，但至少帶著股年輕女娘的嬌美動人，還算過得去了，不錯、不錯。

曹公看了一圈後，開口說道：「都抬頭吧，咱家又不吃人。報一報姓名和年甲。」

許二娘四人依次回話，嗓音動聽，也讓人挑不出錯處來。

戴如斌卻突然開口：「既是李縣令精心挑選的，想來定有過人之處。不如說來聽聽？」

曹公公沒出聲，端起茶杯飲了一口。

李彥錦轉頭看向戴如斌，笑道：「這四位可能在戴知府眼裡不甚出眾，但在衛川，確實是拔尖的。許娘子善熬鵪子羹，于娘子略通筆墨，葛娘子言語風趣，馮娘子心靈手巧。」

說到這裡，李彥錦彷彿想起什麼似的，有些好奇地問：「戴知府比我們要早些接到采選文書，府城人口又多，想來挑選出的佳麗必然更加出色。不知可否讓下官開開眼界？」

戴如斌面色一僵，剛才他不過想試探曹公公與李彥錦到底是什麼關係，可沒想到，李彥錦這傢伙竟如此肆無忌憚，當著曹公公的面，便直刀子戳了過來……

「咳，府城這邊……采選還沒結束，李縣令不必心急，不必心急。」戴如斌胡亂敷衍。

好在李彥錦並不是真的想看美女，笑呵呵地看著戴如斌點點頭，又轉向曹公公，道：「曹大人，我們衛川縣為了采選之事，前後忙了近一個月。之前女娘們為了比試才藝而搭建的彩棚還未拆盡，衙門為此也撥出專門的銀錢，上下都是盡心盡力了……」

曹公公放下茶杯，笑道：「李縣令辦事用心了，不愧是能在匪亂中堅守職責的好官。」

他這一說，戴如斌立刻跟著誇讚幾句，廳中的氣氛頓時好了起來，四位女娘也順利地過了曹公公的關，留在府衙偏院。

曹公在宮裡混了幾十年，雖沒混成數一數二的大公公，可也從沒吃過什麼大虧。

這次接了湖白府的采選之事，對他而言，不過是個略撈些好處的機會。曹公公不像同行某些公公那樣，一門心思要挖出奇寶，藉此博個大前程。

他不顯山不露水，只求帶回去的女人不要招災惹禍，就已經很滿足了。若真是撞上傾國傾城的絕色，天知道最後博出的是滔天富貴，還是吃人的漩渦？

因此，見到李彥錦送來的四個女人，曹公公心裡很滿意，無論從哪方面來說，都很穩妥。不出眾，也不出錯。

把采選的小娘子交給曹公公後，臨走前，李彥錦又塞了個不大不小的紅包給他。這錢也不是他自己掏的，是那幾家託他送的打點銀子，李彥錦沒剋扣一文錢，全交給曹公公。

這讓曹公公看衛川等人越發順眼。懂事的人，就是討人喜歡呀！

不過，有衛川這四位女娘在前，戴如斌的采選之事便增添了許多麻煩。

李彥錦辦完差，也不管戴如斌會怎麼在心裡咒罵他，歡歡喜喜地回了客棧，準備明日啟程回去。

第六十章

不想，到了晚間，智通卻找上門來。

李彥錦這才知道，智通最近正帶著喬曜戈追查一樁陳年舊案。

之前，他們在武陽城裡抓到一幫坑蒙拐騙的地痞。審問時得知，八年前，陳二狗等人曾經無意中看到黑虎幫老大帶著幾個人做了一筆殺人劫財的勾當。

那時，有一家外地人從北邊趕車到武陽城，在城裡停了半個月後，換水路繼續南下。在他們剛到武陽城那天，進客棧住宿時，恰好遇到當時還在客棧裡跑腿的嚴虎，也就是後來的黑虎幫老大。

那時候，陳二狗混得比嚴虎略好些，至少在城裡有間破落院子，又收了兩個手下。那天也是湊巧，他們本來打算在碼頭找找有沒有能敲詐的冤大頭，不想卻無意偷聽到嚴虎與幾個人預謀，想等那家人坐船離開時，乘機劫財。

陳二狗想混水摸魚分一杯羹，遂一直盯著嚴虎，結果看見他們殺人奪船、坐地分贓。然而，最讓陳二狗心驚的是，他親眼目睹嚴虎帶人打翻一個箱子，滾出一地大銀錠。這些銀錠上都刻著「升和十年鎮北軍軍餉」字樣，立刻想到，這恐怕是官銀！

因為事涉官銀，且後來嚴虎花錢招人，成立了黑白通吃的黑虎幫，陳二狗遂息了摻和的心思，只把這樁舊案記在心裡。

如今此事被審問出來，倒讓智通吃了一驚。

當年害鴻泰錢莊揹了黑鍋的那筆官銀上，刻的正是「升和十年鎮北軍軍餉」字樣。

發現事情恐怕牽扯很大，智通才連夜趕來找李彥錦商量。

「既然如此，咱們把那幾個殺人劫財的傢伙直接抓到衛川慢慢審好了！」

李彥錦擔心夜長夢多，決定立刻動手。

當夜，智通和李彥錦忙個通宵，將武陽城最大的黑幫鬧得人仰馬翻。

一夕之間，黑虎幫的幫主和幾個副幫主統統離奇失蹤。群龍無首下，免不了又鬧出些亂子，讓戴如斌氣得直跳腳。

衛川縣的大牢裡，李彥錦和謝沛正在審案。

起初嚴虎等人還嘴硬叫囂，結果謝沛不耐煩地露了一手，這夥人便爭先恐後地把這些年幹過的壞事倒了個乾淨。

拿到口供後，李彥錦回宅裡細讀，不由皺起了眉頭。

「二娘，妳瞧瞧這幾句。」李彥錦指著其中一段，讓謝沛看。

謝縣尉低頭細看，發現這是嚴虎的口供。

據說，當年他在客棧裡當夥計時，無意中聽到那條船上的人私語，提到了「幾萬兩銀子」、「運走」等話。

因此，作夢都想發財的嚴虎便對這些人上了心。

這一注意，還真被他看出些端倪。這家人，若說有錢吧，明明坐的是馬車，卻睡大通鋪；若說沒錢吧，可人家砸錢吃肉喝酒毫不手軟。

按他們吃喝的花費，明明可以住上房，卻偏偏包下靠近車馬棚的通鋪。

嚴虎心懷鬼胎，藉著打掃的名頭，常去晃悠。一來二去，他發現，這家人不管吃飯或睡覺，總會留人守在窗戶旁。

嚴虎在客棧裡，看多了來往客商，頓時明白了，這家人與旁人不同，沒隨身攜帶最值錢的東西，而是放在自家的馬車中！

因此，才會一天十二個時辰不間斷地看守，就為了盯著他們家的兩輛馬車。

嚴虎想到白花花的銀子，心中的貪欲頓時化成惡鬼的尖刀，夥同幾個地痞兄弟，使了下作手段，做下殺人劫貨的買賣。

其中引起李彥錦和謝沛注意的是，嚴虎說，他們在船上殺人搶劫時，其中有個男子求饒，說是知道何處藏著更多銀錢，求嚴虎放過他。

原本嚴虎與地痞們就被船上幾千兩白銀閃花了眼，覺得這人多半是為了活命才掰出這些說詞。

孰料，那人說完，竟趁嚴虎等人愣神的工夫，一下跳進了河裡。

若遇到別的劫匪，這人說不定就逃出生天了。可惜嚴虎的兄弟中，有兩人水性極佳，又非常熟悉附近的河道，立刻下水，把人抓了回來。

只是，抓人時，那男子被捅傷了肺管，上來咳了幾聲，便徹底斷了氣。

接著，嚴虎等人把船上的活口全殺光後，把幾千兩銀子和其他物件運回了府城。

當他們回去分錢時，才發現，銀子上竟然刻著「升和十年鎮北軍軍餉」字樣！這才明白，自己到底劫了什麼人的財……

這下子他們嚇壞了。那時北地官銀被劫一案已經鬧開，江湖上也發出對「三椿幫」的追殺令，所有人都知道，這筆官銀只要一露面，必然會引來天大的麻煩。

後來，這些刻著字的官銀被偷偷重新熔鑄，分掉了。

只有嚴虎，不知出於什麼目的，竟留下一塊完整的官銀，藏在幫裡供奉的神像內。

看完口供，謝沛抬起頭，長出一口氣，轉頭對李彥錦道：「那神像帶回來了嗎？」

李彥錦搖頭。「剛才並未審出這些……」

謝沛站起身。「我去取吧。」

李彥錦點點頭，想了下，道：「我讓嚴虎再說說當年殺的那家人的模樣，回頭找牢裡關著的那幾位認一認，看看是三椿幫的什麼人。」

縣令大人獨守了兩日空房，第三天一早，謝沛拎著包袱回來了。

「怕路上出麻煩，我還是將那銀子塞進神像肚子裡。除此之外，還有幾樣東西……」

謝沛說著，把那錠官銀取出來。

李彥錦接過來，仔細看看銀錠，道：「根據嚴虎說的，我畫了幾張頭像，讓三椿幫那幾個人辨認，說是有點像他們以前的二當家。」

「二當家？」謝沛回憶了下。「之前審楊金博他們時，好像沒聽人提過呀？」

李彥錦點頭。「嗯，我問了，說是八年前盜軍餉之後，那人再沒與三椿幫的人聯絡，而楊金博也不准幫眾再提起他了。」

謝沛聽完，有些疑惑。「沒聯絡倒可以解釋，是被嚴虎等人害了，可楊金博的態度就有點奇怪了……」

「莫非嚴虎他們是楊金博派去的？」李彥錦趴在桌上，完全不講形象地晃著腦袋。「這也說不過去啊，如果是楊金博派的，銀子怎麼還被嚴虎他們分了呢？不對、不對。」

謝沛忽然握拳，砸了下手掌。「恐怕楊金博不是派人去害二當家，而是有重要事情託他去辦，怕旁人打聽，才不讓人提起。」

「對呀！」李彥錦猶如彈簧般，猛地直起身子。「嚴虎不是說，他們在殺二當家時，那人嚷著自己知道另一個藏了更多錢的地方嗎？這不就對上了！二當家怕是幫著楊金博藏錢去了呀！」

謝沛笑道：「英雄所見略同～～」說著，把帶回來的包袱擱在桌上攤開。

「咦？二娘還帶了些啥回來？」

李彥錦探頭去看，包袱巾上躺著幾本書、一只圓木盒、一把木梳，還有把銅鎖。

李彥錦伸手拿起一本書，翻開看，似乎是遊記。

謝沛也坐下來，拿起圓木盒。「這次我去取神像時，順便把嚴虎床底下的箱子搜出來。他不是說，那裡還藏了當初殺人劫財時留下的物件嗎？所以我就一併帶回來了。」

李彥錦點頭。「那人既是三椿幫的二當家，說不定能從他的東西裡找到別的線索。」

謝沛聞言，放下手裡的木盒。

「那這些東西交給你了啊。若是藏了什麼機關，應該也逃不過咱們阿錦哥的法眼。」

李彥錦得意洋洋地說：「小娘子好眼光！」

謝沛笑著推他一下，轉身去洗漱了。

在李彥錦研究那些贓物時，府城的曹公公端著茶杯發起了呆。

他不是為了采選之事發愁，而是昨夜睡得迷迷糊糊時，忽然想起一個人來。

當初看到李彥錦時，心裡為何覺得不對勁呢？原來，是因其眉目、長相與京中的富平侯頗為相似。

富平侯平日行事並不張揚，要不是曹公公年輕時曾去侯府宣旨，恐怕還想不起他來。

曹公公手指輕敲茶杯邊緣，心裡琢磨了一會兒，忍不住哼笑一聲。

這富貴人家的事情啊，還是不要太較真的好。

富平侯姚錫衡已年近六旬，可當年他說親時，據說有好些人家的小娘子為了他，爭紅了眼，咬碎了牙。

姚錫衡不但容貌出色，身分也很高貴。祖父是奪回北地三府的大英雄魏國公，母親則是康廣帝的掌珠純嘉公主。康廣帝駕崩後，當今太上皇隆泰帝登基不久，便給他封了富平侯的爵位。

而姚錫衡的妻子竇泊冉，乃內閣學士的嫡次女。夫妻成親後，恩愛和睦，別無妾室。在京中老一輩權貴中，也算是佳話。

曹公公歪著頭，喝了口茶。別無妾室？那李彥錦是打哪兒來的？就這模樣，要說他與富平侯姚錫衡沒關係，實在是太過巧合。

只是，按年紀算的話，李彥錦恐怕應是姚錫衡的孫輩。不過，如果姚錫衡啃的野草比較嫩，是兒是孫也很難說。

曹公公懷著看權貴家熱鬧的心思，琢磨起之前與李彥錦相處時，自己可有不妥之處……

晚間吃飯時，曹公公又忍不住向戴如斌打聽李彥錦的事情。

戴如斌搞不清楚曹公公和李彥錦之間的關係，謹慎起見，沒敢胡亂瞎編，把自己知道的全倒了出來。

曹公公琢磨著，覺得自己果然沒有猜錯。若無富平侯在後面相助，李彥錦這種連個秀才都沒考上的傢伙，再如何也不可能突然當上縣令。

想到這裡，曹公公覺得自己倒是可以裝作不知情，稍微對李彥錦示好。今後誰知道，會不會有用到這點好意的一天吶？

於是，衛川縣送的四位女娘得到曹公公的指點，順利進宮候選了。

曹公公回京稟報時，特意把衛川縣令精心挑選佳麗的表現說了一遍。

不知怎的，這話竟傳到升和帝的耳朵裡。

於是，這位被幾個老臣灌了一肚子逆耳忠言的皇帝便讚了一句：「此等忠心盡職之臣，實屬難得！」

誇過後，升和帝也沒真把這芝麻官放在心上，自去後宮看新收進來的百位美女了。

另一邊，京中某間密室中。

一名男子看著手裡的紙條，笑道：「這孩子，倒也有幾分能耐……」

千里之外的衛川縣中，李彥錦花了十來天工夫研究那些遺物，終於找到了線索。

「娘子，快看、快看～～」李彥錦一手舉著銅鎖、一手扠腰，右腳踩著凳子，得意地搖頭晃尾巴。

謝沛剛洗完澡，從浴房中走出來，就瞧見他的活寶模樣。

她歪著頭，兩手握著帕子擦拭頭髮，嘴裡笑道：「怎麼？莫非找到開鎖的鑰匙了？」

這把銅鎖，謝沛也看過幾眼，發現裡面似乎被東西堵住，無法打開。

李彥錦嘿嘿笑道：「之前我仔細瞧過這些物事，說起來，別的玩意兒至少還有點用處，唯獨這把鎖，打不開、用不上，竟是個廢物。

「我問過嚴虎，為何要留著這鎖？他說這些東西是從那二當家的小箱子裡搜出來的，原本他們以為那箱子裡裝的也是錢，就一同搬回去。結果打開一看，竟是幾樣玩意兒，因為不好換錢，帶著字跡又不宜亂扔，最後便藏在床底了。」

謝沛聽著，坐到桌邊繼續擦頭髮，嘴裡捧場地繼續問道：「那然後呢？」

「然後……」

李彥錦忽然神秘一笑，感覺笑得算是邪魅狂狷了，努力回憶前世古代劇神探的氣派後——左手舉著銅鎖，右手負在身後，表情鎮定地說：「我就識破了這個秘密！」

不過，高人形象維持不到片刻，李彥錦便竄到桌邊，對謝沛歪嘴笑道：「見證奇蹟的時刻到了！」

說著，他從懷裡摸出兩個黑乎乎的東西，用力磨擦兩下，放到銅鎖鎖眼前。

謝沛見狀，正擦著頭髮的雙手不由停住，聽見銅鎖裡似乎有輕微的撞擊聲。

李彥錦左手穩穩托著銅鎖，右手輕輕移動手裡的黑石頭，眨眼間，銅鎖鎖芯裡傳來轉動開鎖的聲音。

謝沛驚訝地張開了嘴，李彥錦左手一抖，一塊微微發黑的小鐵片從鎖芯中掉出來。

李彥錦用兩根手指輕輕夾住小鐵片，送到謝沛面前。「看，這就是一把鐵鑰匙！」

謝沛接過來，稀奇地看了一會兒，再抬頭，卻見李彥錦還在搗弄那把銅鎖。

她好奇地站起身，湊過去瞧，見銅鎖的鎖扣露出來後，裡面似乎還藏著東西。

李彥錦拿出做暗器的工具，挑出一把極細的鑷子，伸進鎖扣中，掏了一會兒。

然後，一顆小銀珠子從扣眼中滾出來！

「哎喲，看來這銅鎖是為了藏這東西才做的吧！」李彥錦捏住銀珠子，喃喃道。

夫妻倆湊到燭光前，仔細打量起這顆銀珠。

只見小小的銀珠子上，竟然密密麻麻刻了許多小點。乍看之下，彷彿珠子表面被扎了無數個極細小的洞。

「這是什麼意思？」謝沛有些不解。

李彥錦轉動珠子，琢磨了下，才道：「這搞不好是個微雕呀！」

「微雕？」謝沛更不懂了。

李彥錦點點頭。他和謝沛雖然眼力過人，卻是看得遠、眼神敏銳那種。若這些極細小的點點都是字，他們也沒辦法看清楚。

好在，李彥錦知道放大鏡的原理，趕緊起身更衣，飛快去藥鋪買了硝石回來，準備一顯身手。

回到家後，李彥錦利用硝石，弄出了一大盆冰塊。

接著，他選了一塊大小合適的冰，把它弄成中間凸起、邊緣漸薄的簡易放大鏡。

藉著這冰塊，夫妻倆才把銀珠上的字看了個大概。

看完珠子後，多餘的冰塊被李彥錦弄成水果碎冰，一人一碗。

吃完，兩人偷偷跑回謝家送水果冰，讓謝棟等人跟著嚐鮮，這才折回官宅，上床歇息。

「誒，妳說，咱們要去把那些銀子弄回來嗎？」李彥錦玩著謝沛的手指。

謝沛打了個哈欠。「我覺得……咱們應該先想想，這些錢要怎麼處理才對。」

「這些錢，應該還給鴻泰錢莊。他們為國出錢出力，最後還落得淒慘下場，實在太不公平了……」李彥錦嘆道。

謝沛嗯了一聲。「咱們可以用這筆錢，但先從尋找鴻泰錢莊東家的後人開始。」

李彥錦點頭，見時辰不早，便摟著娘子睡去了。

第六十一章

次日正值休沐，李彥錦和謝沛帶著小銀珠直奔謝家，把整件事的來龍去脈告訴智通。

「這麼說來，珠子上寫的，應該就是楊金博偷藏官銀的地方了？」智通捏著小銀珠，邊看邊問。

李彥錦點頭。「珠子上寫的，是他們無意中發現的山中鐘乳洞。裡面岔路繁多，極易迷路，而且他們還把錢藏在洞中的暗河，若沒有銀珠上的指示，真是很難尋到。」

「這幫王八蛋的心思都用這上面了！」智通忍不住罵了一句。

謝沛聽著，拿出一張紙，遞給智通。「這是我們從銀珠上抄下來的文字和路線圖。」

智通過來，看了一會兒，好奇地問：「你們是怎麼看清楚這些像螞蟻的字呀？」

李彥錦笑著說了用冰塊做出放大鏡的事。

「哦！難怪昨晚你們送來那些冰涼的點心，味道真不錯，清涼解暑！嘖嘖，等下再弄點來吃……咳，來做放大鏡啊！」智通朝謝沛兩口子擠眉弄眼。

李彥錦笑著應了，智通也不再耽擱，立刻給宗門傳消息，派人去尋寶。

轉眼，到了秋收時節。

此時的公田裡，養魚的稻田有四百多畝。經過一整年餵養，這些小魚幾乎都長大了，重的有兩斤左右，小的約一斤出頭；還有無數夏季出生的小魚苗，也活蹦亂跳地在田溝中游來游去。

四百多畝魚田收穫後，有近萬斤的魚，平均一畝出產二十多斤。

謝沛讓人把還沒長成的小魚苗撈出來，放到附近幾個池塘中養著，待明年開春播種時，再放回田溝裡。

萬斤大魚引得整個衛川縣城的人興奮了起來。

謝沛兩口子都不是小器的人，看雇農們辛苦了一年，每個人發了兩斤鮮魚，當作慰勞，五百鄉勇和衙門公人也得了些鮮魚。

還有八千多斤的鮮魚，衛川縣城裡賣掉一千多斤，送到附近縣鎮賣，又售出一千來斤。最後剩下六千斤，李彥錦請雇農們忙了三天，製成鹹魚、臘魚等物，只要不受潮，這些乾貨足可保存半年之久。在謝沛兩口子看來，也算是不錯的存糧了。

待所有公田收割完後，李彥錦估算了一遍，發現養魚的稻田比普通稻田增加了一成左右的收成。

這一年，夏收加上秋收，公田裡產的稻米約有四十萬斤，除去給幾十個無償種田犯人的口糧外，其他的，都被謝沛夫妻存了起來。

秋收過後，縣內其他田地的稻米也陸續運到城裡出售，讓衛川縣的米價稍微下降了些。於是，領了足額俸祿和工錢的衙門公人與雇農們，趁著便宜，多買了不少新米。

而李彥錦和謝沛不但沒把囤起來的米糧賣掉，還繼續收購價錢合理的新米，直到新修建的十座糧倉都儲滿後，兩人才暫停存糧。

年底，受託在外面奔波許久的李長奎回來了，與他一同到來的，還有兩名女子。

「嗯，這是鴻泰錢莊家的後人，妳安排一下。」

李長奎把人交給謝沛後，一溜煙又跑不見了。

謝沛看看，發現她們的精神還算好，只是有些沈默寡言。想了想，把人送去謝家。

此時，家裡只有喬瀟然在，智通和謝棟都在外面忙。

兩位娘子被安頓在喬瀟然的隔壁房裡，且暫時住下。

喬瀟然聽說她們的來歷後，想起自己的悲慘經歷，不由對二人多了分親近，也多了分照顧的心思。

另一邊，李長奎去古德寺看過慧安大師後，回到縣衙，與謝沛夫妻說了這半年的經歷。

「誒，你們還記得當年我們從蜀中回來時，在路上遇到的流民頭子呂興業嗎？」李長奎忽然道。

謝沛回答：「記得，那傢伙還差點和咱們打起來吶。」

李彥錦插嘴問：「莫不是被抓住了吧？」

李長奎搖搖頭。「那倒不是。之前他不是待在荊湖府嶽陽縣嗎？結果上個月，荊湖府的知府突然被調回京城了。」

「哦？是知府隱瞞民亂被發現了？」謝沛問道。

李長奎哼笑一聲。「不是。你們都想不到啊……那狗官逼出民亂後，又打不過呂興業，害怕事情被挖出來，丟了烏紗帽，竟不知從哪兒搞到塊龍形奇石，獻給皇帝老兒。結果昏君一高興，直接升了他的官，還調回京城。

「那狗官走之前，為了不露餡，竟然偷偷送了一批糧食給呂興業，簡直可笑至極！」

李彥錦和謝沛聞言，也無語了。

過了一會兒，謝沛皺眉道：「這條升官的路子一開，怕是過不了多久，就會冒出無數塊奇石了……」

李彥錦想到上輩子看過的《水滸傳》裡智取生辰綱的情節，心想，這封建王朝腐朽起來，還真是有些相似呀……

果然，幾日後，邸報中出現了消息。

明年，也就是升和十九年，升和帝要大辦太上皇的八十大壽，舉國同賀。

消息一出，寧國各地官員聞風而動，四處搜羅珍奇異寶，盼著能趁此良機，一飛沖天。

三日後，戴如斌下令，要求李彥錦在衛川境內搜羅祥瑞奇石，以賀太上皇壽辰。

「祥瑞？祥他個屁！」李彥錦捏著官府文書，呸了一聲。

謝沛靠過去看，也是滿臉不快。

「明兒咱倆去搜搜戴如斌的老窩吧？」她覺得這個行為就很祥瑞。

李彥錦聽了直笑，摸摸娘子的腦袋。「別生氣，糊弄戴如斌這事，不算什麼。看相公我的吧！」

謝沛一搖腦袋，把某人的狗爪晃掉後，問道：「有什麼餿主意？說來讓我高興、高興。」

李彥錦聽了，湊到謝沛耳邊嘀嘀咕咕。

謝沛有些吃驚地看他一眼。「真能成？」

李彥錦點頭。「我有把握。放心！」

謝沛見他如此篤定，便不再為這事操心。

此時，他們還不知道，戴如斌下令後，又派人到衛川暗中找了幾個人密談。隨後，就有人開始有意無意地盯著李彥錦的行蹤。

只是，這幾個盯梢的人直等了一個月，也沒見到李彥錦做出欺壓百姓、搶奪寶物的行為，反倒讓戴如斌想抓個小辮子的主意，再次成了泡影。

轉眼到了春節，今年衛川縣風調雨順，連往日裡時常作亂的山匪、地痞，也被鄉勇們唬得匿了蹤跡。

平頭百姓求的，不過是一點太平日子。不餓著、不凍著，有個安穩的睡覺地方，就讓他們覺得很好了。

衛川縣的春節過得平安又熱鬧，可江南的某些地方，卻沒有這份好運。

自從得知太上皇的壽辰要大辦特辦後，各地官員都如蒼蠅般四處亂轉。

這些有品有級的官員，再如何貪婪，也要維持臉面，亦擔心惹出民亂，行事會有底線。可他們手下的胥吏卻沒有顧忌。對這些人來說，欺壓百姓無須藉口，且有了太上皇這塊免死金牌，根本是朝死裡整——搶奪財物、侵占民宅、強徵稅銀……凡此種種，數不勝數。又因江南盛產奇石，無數良田被打著挖掘奇石的名頭圈了去。

被奪走家財的老百姓，連個求告的地方都沒有，因為官府隨便就能安下罪名。敢給太上皇壽辰添亂抹黑？不想要命了?!

荊湖府的新知府到任後，還沒摸清楚狀況，就一頭捲進尋寶賀壽的混亂中。結果，他運氣不太好，剛尋了半個多月，就踢到呂興業這塊鐵板。

於是，呂家軍藉著民怨沸騰的機會，全力一撲，又吞下了一個縣。

新知府被打得心慌意亂、神不守舍，肚子裡把前知府的祖宗十八代罵個狗血淋頭，可面上還是選擇與他同樣的做法——隱瞞！

這也是沒轍呀，眼看太上皇要過壽了，他這新知府到任才不滿一個月，就激起民亂，這要是傳出去……感覺刑部大牢正向他招手啊！

於是，新知府很快地和呂興業達成新的和平協議——那兩個縣，歸你了。我不來打你，但你也別四處蹦躂。萬一走漏風聲，我就只能和你來個魚死網破了！

呂興業剛吃下一個縣，暫時沒空搶別的地盤。他現在正為一個問題發愁——缺糧！

他所占的兩個縣，都處在荊湖府的邊緣地帶，其中，汨羅縣本就是被官府禍害得民不聊生，才被呂家軍趁亂占下來。

如今，汨羅縣到手後，呂興業不得不為這個爛攤子發起愁來。

好在，之前抄了幾個貪官和鄉紳的家，他手頭有些銀錢，於是派人出外購糧。

這幾年，寧國米價越來越貴。像荊湖府、湖白府等地，原本盛產糧食，卻因連年的天災人禍，土地跟百姓根本沒得到充足休養，耕種尚且不易，遑論豐收。

去年時局雖算太平，但像衛川縣這樣，能迅速恢復的地方實在太少，因此秋收後，許多地方的米價並未下降，而緊鄰呂興業地盤的幾個縣鎮，米價還漲了幾成。

沒奈何，自己也鬧糧荒的呂興業，只得讓手下去更遠的地方買糧了。

呂興業派出去的人裡，有個年輕人跨府來到了衛川縣。

剛到衛川縣，他就察覺到，此地有些不同，非但路上太平，少見偷偷摸摸之人，且才剛出正月，田地裡就有不少農人忙碌起來。

他心中有疑，遂尋了個面相憨厚的老農，問道：「大爺，這才剛過正月，您在地裡種什麼呢？」

老農看他一眼，手腳不停，繼續掘土，嘴裡嘿嘿笑著。「少年人一看就不是咱們衛川本地人。這啊，可是咱們縣太爺的高招。」

年輕人眼睛一亮，上前兩步。「大爺好眼力，我正是從外地來的。」

老農背對著他，憨厚面容上露出笑意，嘴裡胡亂應了句。

年輕人見狀，眼珠轉了兩圈，蹲下身，想從憨厚老農口中打探些消息。

孰料，他說了一籮筐好話，老爺子仍是哼哼唧唧地沒個準話，最後乾脆裝聾作啞地埋頭繼續挖土……

年輕人沒想到，一個老農戶竟然如此難搞！嘴角抽搐幾下，乾笑著，起身走開了。

因要買糧，他也不再耽擱，便趕往縣城。

待他走遠後，老農抬頭看了一眼，小聲嘟囔道：「這種能換錢的好事，想憑幾句好話就騙了去？哼，老子又不傻……」

去縣城的路上，年輕人發現，不但田裡有人在挖些莫名其妙的溝溝洞洞，沿路還有不少半大小子在荷塘小溪裡撈魚。

待他趕到縣城附近時，目光被那片公田震住了。

此刻，千畝公田早按照李彥錦去年說的那樣，挖好了井字形魚溝。田地裡還有些雇農，正在修補、加高田埂。

這場景讓他頓時明白，剛才那憨厚老農和沿路農戶都在忙些什麼。

雖然一時不明白，好好的稻田為何要挖出如此多的溝渠和深坑，年輕人還是決定先進城看看再說。

如今，縣城裡開了兩家米鋪，年輕人上前瞧瞧，發現比其他地方都要便宜些許。

「客官，可是要買糧？」米鋪夥計殷勤地招呼。

年輕人笑道：「是呀。只是，你們這裡的米價怎麼要比別處便宜呀？」

夥計笑得得意，藉機吹噓自家米鋪。「您這可問對了！我們家的米鋪是幾十年老字號，講究物廉價美，童叟無欺。隨便出門打聽、打聽，就知道我們的名聲極好。」

年輕人點頭。「我看你們鋪裡的米糧顆粒飽滿、光潔乾淨，如此好米，價錢卻低，別是做了虧本生意吧？」

夥計聽前面的話，險些以為他是掌櫃請來的人，想藉著打聽米價，拉拉自家的生意，可聽到後面，就有些不高興了。

做生意的人，雖然喜歡標榜自家實惠，卻不願被當成虧本的傻子。又不是專門布施行善，做虧本生意的商戶，只會引來旁人笑話。

「噯，您這外地人不明白我們衛川的事情。要說我們店鋪的米價便宜，自然是有原因的。一來，去年衛川風調雨順，縣內田地的收成不錯；二來，李縣令取消諸多雜稅，才讓米價降下來。」

夥計解釋一番，這才想起正事，問道：「客官，您想買多少米呀？」

年輕人心想，他要買的，可多著吶！

因此，為求謹慎，年輕人去了兩家米鋪，各買了幾斤米。隨即連夜趕路，將衛川米價的消息帶回去。

呂興業聽完屬下回報，對衛川縣的種田新花樣生出了興趣。

於是，二月中旬，他親自帶著人，直奔衛川而來。
他們來時，恰值衛川縣插秧的時日。
看見原本可以種更多水稻的田裡被挖出深坑寬溝，同行的人忍不住搖頭嘆息。
「真是糟蹋好田呀！如此怕是要少二、三成的收成……」
他說這話時，並未遮掩，恰被一個送水的農婦聽到。
這農婦是個爽快潑辣的性子，頓時不高興了，回道：「什麼糟蹋不糟蹋的，這可是我們縣太爺請教土地公才弄來的種田仙方！去年縣太爺親自帶著人種了兩趟，收成比別的田要多出一成來。哼！你們這幾個外地人沒見識，可別瞎說！」
農婦說完，也不等他們回話，自挑著擔子離去。
剛才說話的男子，氣得滿臉通紅，卻無話可回。
呂興業看他一眼，道：「氣什麼氣？人家又沒說錯，咱們不就是沒見識過這新花樣嗎？走，去縣城看看那能通神的縣令大人去！」

第六十二章

一行人到了縣城門口時，恰撞上巡邏隊經過。

呂興業看著這隊壯漢雄赳赳、氣昂昂地從身邊走過，饞得眼珠都快貼上去了。

「好漢子啊！好呀……」他嘴裡嘟囔著，想到自己手下多是皮包骨的大、小瘦子，越發眼饞起來。

「大哥，您說，咱們要是把這些壯漢全弄過來，怕是連府城也打得下吧？」與他同來的宋武沒忍住，把心裡話說出來。

呂興業瞥他一眼。「咳，別胡說八道。走，進城去。」

一行人拿著嶽陽縣的戶籍、路引，順利進了城。

呂興業看著整潔有序的街道、忙碌自在的路人和精神抖擻的巡邏隊，喃喃道：「不錯，真不錯……」

占了兩個縣的呂興業，並不是一般的流民、地痞。雖然如今手下的兵丁不算多，還有些羸弱，可對未來已經有了謀算。

因此，能守衛一方太平，還能帶著百姓增加收成的衛川縣令，立即引起了他的注意。

若手下有此等能人，那真是如虎添翼；即便不能把這人帶走，與之交好，學些真本事，也是很好的事情呀～～

於是，呂興業一行人先去客棧裡安置，然後就在城裡閒逛起來。

只是，他們才逛了半天工夫，巡邏隊就盯上他們了。

經過謝沛一整年的訓練，巡邏隊的老兵都已掌握如何辨認可疑人等的本事。

當日，他們就調了呂興業在客棧裡留的路引，回報給謝沛。

謝沛一看，都是嶽陽縣人士，立刻警戒起來。

雖然嶽陽縣和汨羅縣被呂興業占了的事並未鬧開，可他們早已知情。如今看到這六份「嶽陽縣令」批的路引，謝沛自然想到，他們應該是呂興業那邊的人。

於是，謝沛立刻去找李彥錦，低聲說了這件事。

李彥錦皺眉。「這夥人來衛川的目的是什麼呢？難道想看看城防，然後……」

謝沛壓低聲音道：「應該不是。你忘了，當初請他們趕走匪兵，是李家出面的。如今呂興業還要靠李家採買鹽、糧、布疋，自然不會動咱們的地盤。」

李彥錦點點頭。「那他們來是做什麼的？」

謝沛沈吟。「我也沒想出來。按理說，他們才吞下汨羅縣沒多久，應該沒力氣出來鬧事才對……」

李彥錦看著她，笑道：「不急，咱們晚上去看一看。白日裡，就讓巡邏隊和客棧的人留心盯著。」

謝沛聽了，頷首道：「沒錯，這可是咱們的地盤，不管他們想做什麼，絕瞞不過我倆的眼睛。」說罷，端起李彥錦桌上的茶杯，一飲而盡，轉身出了公房。
李彥錦看自家娘子連喝個茶都喝出一分豪爽姿態，不由搖頭暗笑。
幸虧他們冒充的是官員，他才能混個頭頭頂在前面；若是冒充山匪之類的，娘子怕是立刻就成了女大王……
想到這裡，李彥錦嘴裡不覺亂哼起前世聽過的歌——
「大王要我去巡山吶～～巡了南山巡北山吶～～」
下午散衙前，謝沛聽手下來報，說是呂興業一行六人並無怪異舉動。一整天下來，除了吃飯休息，就是在城裡閒逛。
「他們都逛了哪些地方？」謝沛問道。
孟六回答：「除了首飾跟脂粉鋪子外，其他店鋪都逛了。他們大概怕引人懷疑，沒有一起行動，而是分散開來，這幾個逛這家，那幾個逛那家。」
謝沛點點頭，又問：「他們可買了什麼？」
孟六搖頭。「除了買些吃食，其他鋪子都是光看不買。」
謝沛揚起眉頭，想了一會兒，道：「你們不要太靠近他們。等會兒繼續輪流跟著。」
孟六應下：「那今晚要不要去客棧守著？」
謝沛擺手。「不用，你找個藉口，交代客棧守夜的夥計警醒點就行。」
孟六領命而去。

謝沛回到後宅，與李彥錦吃了晚飯，找出夜行衣，準備去一探究竟。

夜色降臨，兩條黑影從縣衙後宅中一閃而出，直奔城北的客棧。

雖然還未到宵禁之時，但路上也看不到幾個人了，只有巡邏隊不停地四處巡視。

城北客棧外，孟六帶著兩個鄉勇，貓在不遠的巷子口，正專心盯著呂興業等人住的房間。

忽然，他感覺腦後有陣微風拂過，緊接著聽見自家老大的聲音在身後響起——

「等下除非我喊你，否則不管有什麼動靜，都別出來。」

孟六還沒來得及扭頭說話，眼前一暗，只見謝沛留了個瀟灑背影，就竄上客棧的院牆。

再一眨眼，連人影都瞧不見了……

「孟、孟大哥……剛才那是謝老大嗎？」一個年輕的鄉勇結結巴巴地問道。

孟六眼裡閃爍著崇拜的光芒，興奮地說：「廢話！衛川縣裡能有這麼高強功夫的，除了咱們謝老大，還能有誰?!」

「我的天呀，感覺他一晃就不見了……」

「謝老大要是去打仗，大概能做出在萬軍之中取上將首級的事來……」

三個人小聲嘀咕片刻，以後更想跟著謝沛學些真本事了。

謝沛與手下打過招呼後，就與李彥錦會合，二人很快摸到客棧二樓的房檐下，隱藏起來。

眼下還不到歇息的時辰，呂興業正與宋武等人在房中小聲議事。為防隔牆有耳，有人守在房間門外，窗戶也是關著的。

不過，這難不倒謝沛兩口子，他們本就是耳力過人的高手，只需稍微靠近一些，便能聽清房中的動靜了。

房間內，呂興業剛把衛川縣令誇了一番，隨即又嘆息。

「我們手下，忠勇能戰的好漢不少，可像此等善於治理地方的能人，卻無一個。最難得的是，從百姓口中可知，衛川縣令既非貪婪之人，卻也不是迂腐書呆，真是好得很呀……」

宋武聽了，見呂興業如此推崇衛川縣令，嘿嘿笑道：「既然大哥這麼看重這小官，不如買夠米糧後，直接把人擄走。到了咱們的地盤後，看他還敢不老老實實地幹活？」

這話一出，呂興業立即皺起眉頭。

兩人身側，一身文士打扮的中年男子背對著窗戶，開口勸道：「此事不妥。」

宋武看看自家軍師，有些不滿地說：「哎呀，你們這些斯文人最麻煩，搞什麼都要拖拖拉拉，這個不可、那個不妥的。你有主意，倒是早點說呀！」

軍師被宋武頂了一句，卻懶得和他計較，轉頭對呂興業道：「大哥，您想要此人幫咱們治人，必須讓他真心順從方可。不然，今後咱們在前面流血打拚，後面卻由藏了二心的人管著，才是要命的事情呀。」

呂興業點點頭，嘆道：「我也知道，所以才覺得可惜。此人已經當了縣令，聽說連知府都對他格外看重，想說動他跟著咱們，太難啊……」

軍師聞言，捋了捋自己的短鬚，道：「雖然難，倒不是沒有辦法。咱們直接去說，定是說不動；但若咱們反著來，那他最後就只能跟著咱們！」

宋武聽了，暗暗撇撇嘴角。這一肚子壞水的傢伙，又要坑人了。

果然，軍師接連說了幾個法子，不是造謠說衛川縣令對朝廷心懷不滿，就是從其家人下手，弄出禍事。總之，就是要坑得他沒有活路，不得不反。

軍師說得興起，感覺自己彷彿正把無數能人玩弄於股掌之間，智謀之高，簡直要賽過神仙了……

呂興業聽著，雖未開口，卻認真琢磨起軍師的話來。

正當軍師說得口沫四濺之時，忽聽窗外有人朗聲說道：「想見我家大人，何必如此費心?!」

緊接著，眼前一暗，一個人影竄進房來。

呂興業等人大驚，猛地起身。

宋武忙把呂興業拉到身後，渾身緊繃地盯著來人。

只見一名年輕的俊美男子神態自若地抱臂而立，面上還掛著淡笑，彷彿是特地來訪友的故人般。

「唉唷……」房中忽然響起呼痛之聲。

宋武光顧著來人，此時聽到有人呻吟，循聲看去才發現，前一刻還忙著噴壞水的軍師，竟趴倒在地，而年輕男子的腳，正穩穩地踩在他的腰背上。

雖然平日宋武對這狗頭軍師非常看不上眼，可也知道，這當口得先把人救下來才行。

呂興業聽了謝沛進屋前說的話，還有些猶豫，不敢輕舉妄動。

宋武卻沒想那麼多，直接揮拳就上。

「小子，深夜翻窗而入，偷偷摸摸不似好人，且吃你宋大爺三拳！」

宋武幼年家境殷實，跟著幾個拳師學功夫，加上自己也愛習武，二十年來勤練不輟。如今論身手的話，呂家軍中，無人能出其右。

他看著眼前這小白臉，除了胸膛略厚實點，其他地方沒二兩肉，輕飄飄的，一點都不威武，揮拳時便沒用全力，想著把人打退，救下軍師，就可以了。

不承想，他剛出拳，就被小白臉一巴掌拍開。

且這巴掌渾似鐵扇公主的芭蕉扇般，只一揮，就把宋武拍得轉了大半圈，挨了一掌的右手也立即紅腫起來！

「老天爺呀，這小子的巴掌莫不是鐵榔頭吧?!」呂興業看傻了，立刻嚥了口唾沫。

宋武顧不上手疼，轉身一看，只見小白臉悠然地收回手，面上仍舊掛著淡笑，雙腳卻紋絲不動。

而趴在他腳底下的軍師，呆愣一瞬，便果斷地暈了過去。

該死的鳥廝！

宋武心裡暗罵，立即護在呂興業身前，卻不敢再出手。這小白臉實在厲害，今晚他們這一屋子人，怕是要栽在此處了……

宋武正想著要如何保住呂興業，拖延工夫求援，就聽到呂興業開口了——

「之前我們口不擇言，多有得罪，還請壯士不要見怪。不知壯士深夜來此，可是有要事相商？」

呂興業看出來了，來硬的硬不過人家，趕緊服軟，先認錯！

而且，聽這男子的話，恐怕他與衛川縣令有關係。如此，更不能胡亂對付。

謝沛早認出呂興業來，要不是聽那狗屁軍師說得氣人，也不會直接衝進來。

想到李彥錦還在窗外，謝沛便氣定神閒地開口道：「我乃此地縣尉，今夜巡視城內時，無意中聽到這位的高論……」

她說著，腳尖在「暈死」過去的軍師腰上轉了轉。

軍師沒忍住痛，哼了兩聲，眼睛卻死死閉著，堅決不睜開。

呂興業在宋武身後，抱了抱拳，道：「對不住，我這朋友是看我太過敬仰衛川縣令，加上喝了幾杯酒，這才口不擇言。壯士不如坐下來，我們叫些好酒、好菜，慢慢商議，該如何賠罪……」

謝沛嘴角微微一翹。「賠罪？那倒不必了。各位既然是從嶽陽來的，是何身分，我就不多說了。走前，我有一句話相送，我家縣令若是安好便罷，若哪一日他有半點損傷，我與李家，自會去尋嶽陽呂某人。」

說罷，謝沛對著屋內的方桌，凌空擊了一掌，然後一個鷂子翻身，從窗戶離去。

宋武等人追至窗邊，只見四周靜悄悄的，根本連個鬼影都沒有……

眾人回到桌邊，呂興業摸著下巴，沈思一會兒，然後試著伸手推了下。

嘩啦啦！原本完好無缺的方桌突然裂成無數碎塊，散落一地……

「這……這是勁氣外放呀！」宋武雙眼瞪得比銅鈴還大，嘴裡難以置信地喃喃道。

呂興業聞言，開口問：「勁氣外放是什麼？與你比的話……」

宋武苦笑著搖搖頭，平日的傲氣一絲不見。「如何能比？難怪他一掌就拍得我……真要說的話，我最多算是勁氣入門，想達到勁氣外放，恐怕苦練四十年，都不一定能成……」

呂興業愣住，自言自語：「這是絕世高手了吧？怎麼只做個縣尉？也太委屈了……」

吃了謝沛這一嚇，呂興業等人熄了對衛川縣令的諸多念頭。

此時，軍師終於「及時」甦醒過來，忍著渾身痛楚，半坐起身。「還道此地縣令不過是個有才幹的文人罷了，不承想，竟是養著這般高手……咳咳……」

呂興業點頭。「以後咱們行事最好避開衛川縣，此地縣令絕不是能欺之以方的文人。他有如此手下相助，卻窩在偏僻小縣裡，恐怕所圖不小……」

宋武等人想到離老家不過五日路程的地方，竟藏著這樣一頭猛虎，臉色也難看了起來。

呂興業知道眾人所想，沒有跟著一起發愁，反倒語氣輕鬆地說：「你們莫要發慌，且想想，咱們在那昏君眼中，恐怕連螻蟻都不如，若朝廷真要調動禁軍來剿，咱們幾乎沒有勝算。現在，咱們身邊藏了頭猛虎，我就不信，這麼有本事的人，能忍得下那些污糟爛事。」

軍師強撐著，接話道：「是也，多出些猛虎、強龍攪亂局勢，咱們才能趁亂發展，以圖大事……」

於是，次日一早，呂興業一行人連米都沒買，悄悄離開了衛川。

之後，呂興業另派手下過去，買走一批米糧，沒再打聽關於衛川縣令的事。

他們走得太快，也就沒見到，衛川縣無數農戶在縣令大人的帶領下，撈魚苗、插秧的盛景了。

第六十三章

春耕後，李彥錦特意讓疲累不堪的衙門公人放了三天假，他也藉此良機，與自家娘子一同出城踏青。

衛川城外有好風景的地方，當屬古德寺名下的幾座山頭了。

尤其是數年前藏污納垢的清善庵，被一把火燒個精光後，那片山坡改種各色果樹。每至春天，桃花、李花、杏花開得粉粉白白，引了不少人前去遊賞。

待李彥錦和謝沛到這片果林時，已經有不少人家攜妻帶子來玩了。又因著衙門放了三天假，兩口子還碰見了不少屬下和熟人。

打過招呼後，彼此都有些不自在。沒奈何，李彥錦和謝沛只好離開果林，才得了清靜。

「地方小就是這點不好，出門就撞見熟人……」李彥錦懊惱地說。

謝沛伸手把他肩膀上的花瓣拂掉。「咱們乾脆去古德寺逛逛吧。」

李彥錦聽了，看看左右無人，湊到她耳邊道：「妳的藥不是還沒吃完嗎？急著求什麼子呀？」

謝沛愣了下，反應過來，氣惱地瞪他一眼。「少胡說八道！我是想去看看慧安大師！」

「對對對！看大師、看大師～～」李彥錦大笑。「看看大師像不像送子觀音，啊哈哈哈……」

「哈個鬼！我看你是皮癢了！」謝沛惱羞成怒，上去就要捏他。
李彥錦「唉唷」一聲，緊緊護住自己，猴子似的三蹦兩跳，朝前竄去。
謝沛見左右無人，難得孩子氣一回，運起輕功追上去。
兩口子你追我趕，人影交錯，轉眼間便跑進了山。

待他們離開後，一株老槐樹的樹幹上，灰褐色的樹皮忽然扭了一下。
接著，這塊樹皮竟悄無聲息地飄下來，隨即一轉，露出一張滿是疤痕的可怖人臉。
「沒想到啊，曹公公竟然沒騙人，這小子和富平侯還真是挺像的！」疤臉小聲嘟囔：
「富平侯……不知和當年那事有沒有關係？」
疤臉抬頭看看遠處山頭上的古德寺，眼中光芒微微閃爍，一轉身，消失在樹叢中。

與此同時，京城，富平侯府內。
六十三歲的富平侯姚錫衡看著院中桃花，喃喃道：「年年歲歲花相似……」
話語未盡，嫡長子姚勁步履矯捷地走進花園，道：「父親，今日聖上又提鎮北軍了。」
富平侯眉頭一皺，並未開口，轉身往書房走。
姚勁見狀，提腳跟上。
進了書房，姚錫衡坐上太師椅，嘆口氣。
「看來，聖上是真的老了……」

父親比升和帝還大四歲，若說聖上老了，不就是說父親更老了嗎？姚勁沒有接話，反倒說起今天聽到的消息。

「看聖上行事，確實比先前少了很多顧忌。說要擴充後宮，便下旨全國采選；為了博個孝順名頭，便大江南北地搜羅奇石。唐將軍鎮守北疆二十年，擋住多少次蠻族侵襲，如今竟為了賀壽之事，就要把他和唐家後輩全調回京城，真是太兒戲了！」

姚錫衡默默注視著有些憤濾的兒子，許久才開口道：「十年前，我就把姚家交給你了。想做什麼，便去做吧。」

姚勁神色一肅，認真地說：「父親放心，我不會讓姚家三代人的努力被胡亂揮霍的！」

時光荏苒，轉眼過了四個月，又到了夏收夏種的時節。

和去年一樣，李彥錦忙著組織人手撈魚、放魚苗、收割稻穀。

七月底，夏種完成後，他接到了府城的文書。

原來，眼看只剩半年期限了，可戴如斌要獻給太上皇的壽禮依然沒著落。雖說金銀寶石很貴重，可他手裡這些，毫無特別之處。

沒辦法，他只好催促下面的官員，讓他們盡快尋到祥瑞。否則，今年的評定，怕是難得個好字了。

謝沛看完文書，鄙夷地嗤了聲。「我看某人是太久沒被收拾，居然又想生事！」

李彥錦卻是一拍腦子。「哎呀，我都把這事給忘了……幸好，還來得及！」

說著，他去倉庫尋了幾塊木料，掏出製作機關暗器的工具，忙活起來。

謝沛也不鬧他，趴在桌上，好奇地看著他雕木頭。

花了兩晚，李彥錦做出七個空心的木球，把木屑收拾好，伸了個懶腰。

「行了！且看我的，過兩日休沐，咱倆再去趟古德寺。」

謝沛笑道：「若真弄成了，多出來那六個，都歸我！」

「歸妳、歸妳，連我都歸妳！」

李彥錦轉身，一把抱住謝沛，主動要求以身相許……

謝沛自是笑著答應。

兩日後，李彥錦揹起小包袱，帶著謝沛，悠悠閒閒晃到了古德寺。

到了寺門前，李彥錦卻不進去，反而拉著謝沛繞到寺院北側的山坡上。

夫妻倆走了片刻，就看到那片野生的石榴樹。

此時還不到果實成熟的季節，樹上零星掛著青澀的果子。

李彥錦牽著謝沛的手，跟美猴王逛蟠桃園似的，左瞧右看。

「嗯，這顆不錯，先來一個吧！」說著，他從包袱裡取出一顆木球來。

這木球外表沒什麼特別，可從中間掰開後，就能看到，內層被深深淺淺地刻出圖案。

李彥錦瞄準位置，將兩半空心木球一左一右套上青澀的石榴。然後，取出繩子，上下左右仔細捆好，最後把繩子繫在樹枝上，以防果實掉下來。

接著，兩人又找了六顆果實，將剩下的空心木球全套上去。

「這樣能行嗎？」謝沛懷疑地問。

李彥錦撓撓臉，不太肯定地說：「應該行吧。就算不行，咱們也不怕戴如斌嘛。」

謝沛無語地搖搖頭。「要我說，費這個勁幹麼？還不如去抄戴如斌的老窩呢……」

「咳，娘子啊，咱們培養點正常的興趣好不？」李彥錦好笑地道。

謝沛齜牙。「現在後悔了？晚啦！」

就在兩口子準備自製祥瑞糊弄人時，南方的亂象越發嚴重起來。

有官員在某地發現一塊巨大的英石，為將其完整地運到京城，竟在途經其他城鎮時，將不夠高的城門拆毀了。

還有別處挖出一塊犀牛望月的奇石，該地官員見狀，居然不顧春耕夏收，強行徵徭役，挖山淘海地繼續尋找奇石。

到了八月，修水縣白嶺鎮的官吏逼死五條人命後，終於鬧出了民亂。

幾個威逼勒索的官吏被打死後，修水縣縣令竟直接帶著一百多名衙役，將小鎮上的人全抓起來，分批殺掉了。

由於殺得太多，有些衙役心生懼意，尋了各種藉口開溜，剩下的人就不太夠用了。為把事情糊弄完，好多屍體被胡亂拋進附近的小河、水井裡。

修水縣令之所以下如此毒手，是不想讓民亂的消息走漏出去。然而，讓他萬萬沒想到的是，到了九月，鄰近白嶺鎮的村落突然爆發了瘟疫。

這瘟疫蔓延得極快，不過十日工夫，整個修水縣便全部陷落。

江西知府察覺到事態嚴重時，局勢已再難挽回。守備調兵，想隔開修水縣和附近三個縣的百姓，結果，他們只顧著隔離，卻沒有派大夫醫治染病的人，但凡想要逃走的百姓，都被直接斬殺，立刻激起更大的恐慌。

一時間，江西百姓紛紛逃亡。

那些被拋棄、看不到活路的人民，終於舉起手裡的鋤頭、菜刀。

他們要為自己，殺出一條生路！

修水縣處在江西、湖白和荊湖府的交界之地，離呂興業所在的嶽陽縣最近。

於是，呂興業這個不怕死的，帶人從荊湖府邊界闖進修水縣。

有了他的號召，修水縣附近，只要是還有口活氣的百姓，全都瘋了般的投奔而去。

結果，短短半個月工夫，江西六縣就被呂興業占下來。

神奇的是，原本瘟疫肆虐的修水縣，自從迎入呂興業後，疫情竟漸漸被控制住。

因此，呂興業便成了該地百姓眼中能趕走瘟疫的陸地神仙，聲望暴漲。

就在呂興業名聲大振之時，李彥錦的七個「祥瑞」也做好了。

小倆口把七顆加工過的石榴帶回官宅，謝沛看著李彥錦剖開木球，形狀古怪的紅石榴果便露出來。

「這……到底像什麼呀？」謝沛拿起一顆果實問道。

李彥錦把她手裡的石榴倒過來。「這樣看。」

「是個壽星?!」謝沛忍不住驚呼出聲。

李彥錦把剩下六顆「壽星石榴」取出來，得意地撫了下前額，朝謝沛拋個媚眼。

「怎樣？是不是想拜倒在阿錦哥的腳下呀？」

謝沛不理他，把七顆壽星果實擺來倒去，像個小孩般，玩得不亦樂乎。

李彥錦看著她眼裡單純的快樂，心裡忽然有些發酸。

可憐見的，連洋娃娃都沒玩過……以後有機會，多做些好玩的給娘子吧！

九月底，李彥錦帶著「壽星石榴果」去了府城。

原本戴如斌以為，就算李彥錦尋到什麼好東西，也必然是走大皇子的門路交上去。可當他看到這渾然天成的紅石榴祥瑞時，突然覺得自己真是看走眼了，李彥錦分明是個好人嘛！

戴如斌捧著裝果子的漆盒，笑得嘴角咧到耳根，連拍了李彥錦好幾下。

「放心，待禮物送上去，若得了天家喜愛，定是虧不了你！」

聽這話就知道，這混蛋已經把「壽星石榴果」一文錢不費地劃到自己名下了。

李彥錦也不在意，拱了拱手，道：「如今離賀壽之日沒剩幾天了，知府大人還是早些派人上京吧！」

戴如斌笑呵呵地應下，送走李彥錦後，轉頭把自己搜羅來的壽禮裝成一車，派二十個精壯衙役押往京城。

李彥錦離開武陽城時，恰好遇到湖白府送禮的車隊，領隊乃戴如斌的親信馬仁遠。

馬仁遠曾見過李彥錦，遂主動上前行禮。因有差事在身，兩人打過招呼，就一南一北，分頭而去了。

因押送的是貴重物事，馬仁遠格外留心。

小心謹慎地走了半個月後，車隊即將駛進豫州。

孰料，就在通過兩府交界處的北風咀時，一道黑影突然衝入了車隊。

以前馬仁遠總覺得，憑自己的功夫，遇敵時應能抵擋幾個回合。然而，今天他連人家長什麼樣子都沒看清，就被一種奇怪的長武器敲暈了。

眨眼間，二十個押車護衛一個都沒能跑掉，全被謝沛拿神秘武器敲翻了。

北風咀裡，一輛馬車靜靜停著。馬車周圍，躺了一地的衙役，四周寂靜無聲，似乎連北風都被嚇得停住。

謝沛滿意地拍拍識相不出聲的馬兒，從懷裡掏出瓷瓶，挨個在護衛嘴裡塞了一顆藥丸。有了這藥，這群人能安生地睡一個時辰，雷打都醒不過來。

謝沛把剛才拿來揍人的扁擔放到一旁，上前開了裝滿賀禮的車廂。

這次劫車，是她和李彥錦計劃中事。不義之財，不劫白不劫嘛～～

這次戴如斌備下的壽禮中，為圖個新奇出彩，弄了好些如「壽星石榴果」之類的祥瑞。然而，對謝沛來說，這些都是虛招，只能用來騙騙傻子皇帝。

她手腳麻利地拆了禮盒，從裡面尋出一尊五寸高的赤金佛像，掂了掂，至少有一、兩斤重；又翻出一盒圓潤瑩白的南珠，一顆珠子最少能換幾十兩銀子。

待謝沛打開最大的禮盒時，不禁讚嘆戴如斌的奇想。

他大概也知道，自家底蘊不夠，拿不出太貴重稀罕的寶物。因此，乾脆用銀子直接堆！瞧瞧這用金銀熔鑄成的不老松，上面還鑲嵌百寶點綴，雖然不大，卻依然閃閃生輝，耀眼奪目。

謝沛見了，嘴裡忍不住冒出一串嘿嘿笑聲，伸手把金樹銀葉嘩啦啦一扯，分開後，銀葉子被她一團一捏，弄成銀珠子。

接著，她再把那些耀目的百寶從金樹幹上摳下來，獨具匠心地把金樹幹分成若干小塊，直接壓成小金餅。

這一通弄起來，根本是直接把美麗的嵌百寶金銀不老松變成了——金餅上灑銀豆子！其價值……實在令人嘆為觀止！

把這些實惠賀禮全收下後，謝沛還不忘替這些地上的人們搜了身。

結果，馬仁遠身上竟還揣了三千兩銀票和書信、拜帖。

謝沛拆了那封書信，裡面寫的是，戴如斌讓他大哥幫著在京城多多打點，看看能不能趁此機會，把他調回京城。

謝大王看完，點點頭，也收起這封信。

至於銀票，自然是不客氣地收下；拜帖嘛，留著以後甩鍋時用吧！

謝沛拍拍衣衫，準備起身走人。臨走前，大發慈悲地給馬仁遠留了幾兩銀子。省著點花，應該能活到京城吧……

搜刮完畢後，謝沛一想，都到豫州了，乾脆去府城逛逛，順便多買些糧食。

衛川縣以種稻為主，但自家夫君也想試試其他作物，趁此機會，她便幫忙物色、物色！

於是，李彥錦在衛川累得汗流浹背地忙著秋收時，謝沛用扁擔挑著兩籮筐金銀寶貝，進了豫州。

一到信陽縣，謝沛就雇了輛青油騾車，身上的衣服也換成緞面短袍，看樣子似乎是大戶人家的管事或得臉的親隨。

從信陽縣開始，但凡路過縣鎮，謝沛就陸陸續續把手裡的金銀換成銀票。最後，手裡只留下一小袋珠寶和南珠，以及五十兩銀子和零散銅錢。

待她輕輕鬆鬆趕到府城汝陽時，便直接去了李家的分點——京香坊。

京香坊還挺有名氣的，謝沛稍一打聽，就有人告訴她怎麼去。

待她尋上門，才發現是家生意不錯的香油坊。

謝沛走進店裡，就聞到一股芝麻油的香味。四下一看，發現京香坊與常見的油坊不同，竟是打掃得乾乾淨淨，見不到半點油漬污跡。

謝沛暗道，難怪生意不錯。

她在店裡看了一會兒，就有夥計笑呵呵地迎上來問：「客官可是要買油？」

謝沛點頭，也不著急，一邊閒逛、一邊聽夥計介紹京香坊。

原來，這裡是百年老字號油坊。前朝時，此地曾為帝都，老東家在此開店賣油，因此取了京香坊的名字。

聽夥計把店裡各種油依次介紹一圈後，謝沛才滿意地說：「不錯，不錯，給我來兩串鴨脖子。」

夥計的笑容一僵，旁邊買油的大嬸回頭瞅了瞅謝沛，小聲對夥計道：「快叫你們掌櫃來，這人不是腦子有病，就是來找碴的！」

夥計乾笑著衝大嬸點點頭，轉頭又看向謝沛，眼神中倒無氣惱與驚慌，反而生出些好奇之意。

「客官您稍等，我去請管事來。」夥計對謝沛說道。

謝沛頂著大嬸那古怪的眼神，笑著點點頭。

大嬸見謝沛態度和善，不像來鬧事的，遂大著膽子在一旁偷偷打量，嘴裡小聲嘀咕道：「可惜了，長得挺體面的，竟然腦子不好。我家丫頭可不能說給這種人……」

謝沛無言，眼角微微抽搐，轉了個身，假裝什麼都沒聽到。

不一會兒，夥計領著一名中年男子走過來。

中年男子眼蘊精光，笑著說道：「客官要的東西，我店裡不曾出售。要是不嫌棄的話，我可以介紹你嚐嚐本地有名的小吃。」

謝沛聽暗號對上了，笑著點頭。「如此甚好……」

兩人說著，出了油坊大堂，朝後院走去。

大嬸看看夥計，又看看走掉的人，瞠目結舌。「就、就這樣把那小子帶進去了？」

夥計賠笑。「是呀，那是我們管事的朋友，來鬧著玩的。」

大嬸喔了聲，搖搖頭，熄了管閒事的心，自去付油錢不提。

第六十四章

京香坊後院裡，謝沛看著羅管事，讚道：「你經營得甚好，這處可比我見過的其他幾個分點強些，生意要好不少啊！」

羅管事笑著搖搖頭。「這不光是我的本事。府城本就是熱鬧繁華之地，油坊又經營了上百年，名聲在外，生意自然差不了。」

謝沛飲了口茶，道：「你不用謙虛，這裡裡外外，你用了心，我能看得見。待我回去，自然是要在七爺他們面前，好好給你表個功。」

羅英聽了，心中大喜。剛剛他還以為謝沛是李家下屬，恰好路過此地而已，沒想到，竟是本宗弟子。且請他飲茶時，那一手勁氣推杯的功夫，足以在李家站進前三十的排名。此時，又聽謝沛能在李長奎跟前說上話，羅英的態度更加熱情了幾分。李長奎可是李家最大方的傳功長老，若能得他垂青，說不定就能多學好些秘招！

有了這個心思，羅英聽謝沛說想趁著秋收後糧食降價，在豫州多買些麥黍時，便一口應下此事。

「謝兄弟只管放心，回頭我帶你去本地幾家糧鋪轉一轉。你想買什麼、買多少，決定好，我就幫你訂車隊和鏢行。」羅英拍著胸脯說道。

謝沛正是為了這事，才來分點求助的。搶劫……咳，撿錢這事，她能一個人幹，可買糧運糧，就不是她自己能辦成的。

好在羅英經營油坊多年，頗有些人脈，陪著謝沛逛完糧鋪後，估算出需要幾匹馬運送，便去租車雇人了。

謝沛把運糧的事交給羅管事後，清閒下來，想起出發時某人委屈巴巴的眼神，乾脆帶點禮物回去吧！

這一買，謝沛就沒管住手，什麼蜜豆角啊、龍眼酥啊、金珠果啊……她邊吃邊買，自己先過了嘴癮。

剛從車行回來的羅英，看謝沛大包、小包地進門，自是懂他的心思，也薦了幾樣好東西給他。

「謝兄弟若好杯中之物，就必須嚐嚐杜康村的高粱酒。此酒僅本地才有，用上好高粱配上杜康村的泉水釀成，入口甘醇馥郁、柔潤清香，恍如天賜甘醴一般……」

謝沛對酒沒什麼好惡，但想到師父智通、叔公李長奎乃至二爺爺李長屏都愛喝上幾杯，便決定買個三十罈回去送給他們。

平日愁眉苦臉的李長屏喝到好酒，臉上的褶子也會平展許多吧？謝沛想著，嘴角就忍不住微微翹起。

兩人說完，見時辰尚早，羅英便又帶謝沛去逛了，看看有無其他要添的東西。

謝沛與羅管事在街頭逛著，謝沛無意中掃了一個老婦人手裡的竹筐一眼，不禁愣住。

羅英見他腳步停頓，抬眼看去，瞧清竹筐裡的東西時，笑著道：「倒把此物給忘了。」

老婦人見他倆看過來，咧嘴一笑，又連忙抬手掩住豁牙漏風的嘴，道：「這位老爺一看就是識貨的！是我們汝陽的紅地瓜，瞧這個頭，大吧?!它們可不光大，紅皮裡甜粉粉的，好吃著呢！像我牙鬆齒落的，吃這個也毫不費力！」

謝沛想著，衛川縣裡雖然也有地瓜，可比起眼前的，顯得又小又癟。

「大娘，您這地瓜怎麼賣呀？」

謝沛受某人影響，對種田這事，比上輩子重視多了。衛川縣除了稻田外，也有不少坡地跟山林，若能種出這種紅地瓜，想來又能讓百姓們吃得更飽足些。

老婦人說了價錢，謝沛買下一簍子後，沒立刻離開，反而笑咪咪地與她聊起來。

老婦人本就因謝沛出手大方，高興得知無不言，如今又愛她生得俊美，說話和氣，沒聊多久，竟把自家種紅地瓜的小竅門都說了出來。

謝沛聽得認真，聽完後，又送了幾串錢給老婦人，樂得她把牙床都笑出來了。

羅英見謝沛打聽這些，摸了摸下巴上的幾縷鬍鬚，開口問道：「謝兄弟可是打算種這紅地瓜？」

謝沛晃晃竹簍。「我在南邊有些水田，都種了稻穀，不過有些坡地還空著。雖然我們那裡也有地瓜，卻是小小乾乾，也沒多少甜味，不但挖起來麻煩，也沒多少人愛吃……」

羅英聽他說著，心裡對這位本宗弟子多了些好感。能為窮苦莊戶操心，人就壞不到哪兒去。

「既然謝兄弟真要種地瓜，不如我去雇兩個積年老農來，隨謝兄弟過去，幫著出出力氣，也更妥當些。」羅英建議道。

謝沛想了想，點頭應下。「如此，自然更好，就是給羅兄添麻煩了。」

聽謝沛改口喊他羅兄，羅英臉上的笑容更熱烈了幾分。

兩人笑著，又聊一陣，才回京香坊去。

接下來兩天，羅管事要去忙鋪子的生意，想讓夥計陪著謝沛再逛逛，結果被謝絕了。

羅英見狀，也不勉強，跟謝沛說，若遇到需要幫忙的事，一定不要見外。

就這樣，謝沛繼續在汝陽城裡逛了起來。

因著之前無意中發現了汝陽紅地瓜，謝沛就對犄角旮旯裡的小攤子起了興趣。上午出門逛，中午在外面尋些特色小吃，過了嘴癮，直玩到晚上才回去休息。

逛了兩、三天，謝沛吃遍汝陽城美味，卻再沒什麼特別的收穫了。

這天吃晚飯時，羅英尋來，抱拳笑道：「愚兄不負所託，明日謝賢弟同我去見見車隊和鏢行的主事吧。」

謝沛聽了，自然高興。出門快一個月，能早點訂下車隊跟鏢行，就能早點回去。

衙門裡的差事，她倒不擔心，只惦記年紀不輕的自家老爹，及夜裡時常想起的某個笑起來賊兮兮的傢伙……

吃過晚飯後，謝沛想著，很快就要離開汝陽，遂獨自出門散步，多看些不同的風景。

因為沒什麼目標，謝沛走得有些漫不經心。

當初進城時，謝沛就被汝陽城四丈高的城牆震住了。果然不愧是前朝古都，連城牆都與京城的城牆不遑多讓。

而且，汝陽城牆外，還有三丈多寬的深壕。謝沛目測，至少有五、六丈深。

如此堅固的城牆，看得謝沛欣羨不已。她又想起，在城門兩側的城牆上，不但頂部有垛口，牆上還留有射箭用的狹窄射口，這就說明，那段城牆裡是空心、可以站人的。

謝沛的腦子裡還在轉著汝陽城牆、射口的事，雙腳已經朝最近的城牆走去。

當她步履輕盈地路過一個背街的巷口時，忽聽得裡面有人驚呼一聲，緊接著似乎有桌椅撞動翻倒，然後響起壓抑而痛苦的哭喊。

謝沛心頭一動，腳下沒有停頓，輕輕一轉，就繞進了這條巷子。

天色微暗，大多數人家才剛吃完飯，街上行人不算太多。

巷子裡恰好沒其他人，謝沛四處看看，走到一棵老榆樹下，腳尖微點，如輕雲般飛上。

謝沛站在樹枝上，朝剛才發出聲響的人家望去。

這房子與附近的宅子相比，顯出幾分破敗之氣。此時，旁人家多少飄散出飯菜香、煙火味，但這家卻冷冷清清，似乎不曾煮食。

謝沛微微皺眉，剛才明明聽到宅子裡有人驚呼、有桌椅撞動，可此時怎麼沒了動靜？正當她疑惑時，耳尖忽然一動，房子那邊飄來些不甚清楚的低語哭泣。

謝沛揚了揚眉毛，看看四周並無閒人，乾脆提氣飄過去。

練了這些年，謝沛對勁氣的運用，已快達到運轉隨心的地步了。她本就天賦驚人，再加上兩世為人，心性越發沈穩堅毅，練起功來，簡直是水到渠成，毫無桎梏。

此時若有人看見，就會發現，似乎有隻灰色的大鳥從老榆樹上一閃而過，然後輕輕落在方典吏家的屋頂上，最後消融在灰暗天色中。

謝沛趴在房頂，輕輕移開幾片碎瓦，朝下看去。

房裡，鬢角斑白的男子頹然地坐在床邊，有個中年婦人正揪著他的衣襟，哀哀哭泣。

「我不管，你要是敢看著兒子就這樣走了，我定要放把火，把這裡、還有你弟弟家都燒個一乾二淨！」中年婦人髮髻散亂，滿臉恨意地說道。

方典吏閉上眼，滿臉愁苦與絕望，半晌後才抖著唇，道：「是我對不起你們母子，是我的錯……」

婦人哭得淒慘，斷斷續續地罵：「現在說這些有什麼用？當初我掏心掏肺地替方家做牛馬，自己命苦就認了，可大郎有什麼錯？要不是鏢頭相救，我兒早幾年就被你弟弟害死了！

「我不管，就算割肉賣骨，都給我換錢去！若我兒熬不過這冬，你們方家就等著全部死絕好了，你看我做不做得出來！」

方山抱著妻子，老淚縱橫，他沒用，護不住妻兒。說起來，他還是個官吏，可家裡不但沒過上好日子，現在連兒子的醫藥費都掏不出來……怎麼辦？他該怎麼辦?!

方山腦中一片混亂，忽然有個念頭一閃而過。他猶豫一會兒，咬牙小聲說道：「妳莫哭，我想到法子了。」

婦人鬆開揪著他衣襟的手，有些難以置信地問：「你……你想出什麼法子了？」

方山湊近妻子耳朵，壓低聲音道：「……之前這事都是魏經承做的，我早就知道，卻不敢多言。如今我兒等著救命，我也顧不了那許多，怎樣都要試一試。大不了，賠上我一條老命而已……」

婦人淚如泉湧。「你放心，咱們一家人，死活在一起。如果出事，我和大郎陪著你，就算去黃泉路上，也不孤單！」

方山嘆口氣，不忍多說，岔開了話。「每三個月，軍器庫總要盤一盤，銷毀廢損兵器。之前，魏經承讓我們幾個做帳，每次銷掉幾十件兵器，但實際上，根本沒弄那麼多東西，而那些還可以用的兵器，最後都被魏經承運走了……」

婦人大驚。「你是說，魏經承把好兵器報成廢損之物，拿出去賣了？」

方山點點頭。「每次做完這事，魏經承便各分一百文錢給我們。我雖不知他到底賣了多少，可妳看看魏家，才幾年工夫，就盤下三間鋪面，據說城外還買了良田……」

婦人皺眉。「莫非你這次是想去賣那些東西？那該怎麼應付魏經承？又不認識買主，就算弄出來，萬一遇到不妥的人，豈不是……」

方山嘆道：「我也知道這些，所以往年沒動過心思。可如今……眼看我兒要熬不過，我這條老命拚一拚，不要也罷。昨兒，魏經承來催過帳，這次竟然要報出一百多件廢品，看來他是準備弄筆大的。若我想趁亂摸魚，只能趕緊給他找點麻煩了……」

婦人心有不忍，喃喃道：「這也太險了些。要不，你弟弟那裡……」

方山搖頭。「自他把咱們家偷個精光後，就拋下妻兒，跑得不見人影。這麼久沒回來，多半是死在哪個賭場了……」

婦人恨恨道：「他真死了，倒也罷了……」

方山沒臉替弟弟開脫，只悶頭苦苦思索著，該如何用那些「壞損」兵器，為兒子換回藥錢來。

另一邊，趴在房頂上的謝沛，心裡盤算著，覺得自己可能就是那傳說中的「貴人」。方家夫妻倆的難題，對她來說，不但能輕鬆解決，還能為雙方帶來好處！

琢磨了片刻，謝沛起身，竄回老榆樹。這次出門有點倉促，她得回去做點準備。

過不了幾日，她就要離開汝陽，乾脆快刀斬亂麻。

於是，她回到京香坊的後院，做出一副洗漱後準備睡覺的模樣，實際上，卻是翻出夜行衣，戴上面罩。

待夜深人靜時，謝沛輕輕推開窗，兔起鶻落地翻出了京香坊的院子。

不久，方典吏兩口子的房間裡，就多出了一位不速之客。

為防他們叫喊，謝沛一進來，就在他們的頸部點了兩下，才開口喚醒兩人。

隔著滿是破洞的床簾，謝沛粗著嗓子道：「二位勿驚，我是來幫你們解決麻煩的。」

方山大驚，發現自己說不了話，趕緊把妻子擋在裡側，強壓下心悸，飛快地轉著念頭。

此人能無聲無息摸進房來，又能讓他們說不出話，這手段不是一般毛賊能有的。如果硬來，賠上自己這把老骨頭倒沒什麼，可激怒此人，妻兒怕是難逃一死……

寂靜的夜裡，無人知道方典吏與這位蒙面的不速之客說了什麼。

只是，隔天下午，病了多日的方大郎，終於吃上了一碗對症的好藥。

第六十五章

次日，謝沛在羅管事的陪伴下，與車隊和鏢局的人見面，訂好出發回衛川的日期。謝沛付了訂金，讓他們分頭準備，再由羅英出面，在汝陽糧鋪中買了一百石麥粟，裝了二十輛大車。

因趕上秋收，糧價還算便宜，所以謝沛不過花了一百四十兩銀子。但要是算上運送回衛川的花費，比起衛川的米價，也便宜不了多少；除非走河運或海運，才能省些開銷。因此，大多數糧商都是在本地附近做生意，只有那些擁有船隊的大糧商或官府徵發徭役拉車，才能長途運糧。

除了糧食外，謝沛還要買些別的東西。

她多買了些杜康村的高粱酒，再加上兩百斤帶著土的汝陽地瓜，然後是幾罐子香醬和調料，外加十來疋汝陽城裡時興的布料。

買完這些，謝沛便要處理方家的難題了。

回衛川前兩日，恰是魏經承「處理」廢損兵器的日子。

傍晚時分，魏經承駕輕就熟地趕著驢車出城，城門口的兵丁早被收買了，笑呵呵地衝他行個禮，就把車放過去。

驢車上堆著舊被褥、破衣服，看著沒什麼奇怪的；但實際上，這些東西中間，還夾藏了幾個粗布大口袋。

大黑驢噠噠噠走得輕快，約莫半個時辰，魏經承就到了熟悉的破廟前。

「哼，這群人竟比老子來得晚……」魏經承吐口唾沫，罵罵咧咧地把被褥中藏著的幾個大口袋拖下來。

拖動時，口袋裡的物事彼此撞擊，發出清脆的敲擊聲。

趁著魏經承拖口袋的工夫，謝沛直接上了破廟的房頂。

這廟廢棄已久，她連瓦片都不用移開，就能看到下面的情況。

等沒多久，就聽到有腳步和說話聲朝著這裡而來。

謝沛抬眼望去，見四個男子說笑著走進了破廟。

「你們幾個鳥廝是不是又逛窯子逛得忘記時辰了？」魏經承起身笑罵。

一個面色焦黃的漢子，挺著肚子，抱了抱拳，笑道：「勞魏大人久等，來晚了、來晚了。下次進城時，定要請大人去新開的樓子裡快活、快活～～」

魏經承擺手。「那還用你陪，老子自己就能去了。趕緊把正事了了再說吧！」

焦黃漢子一拍肚子。「這次，你搞出多少件呀？」

魏經承嘿嘿一笑，打開幾個口袋，朝地上一倒。只聽哐啷啷一陣響，幾十把簇新大刀掉在地上。

「這次我弄了一百把大刀、三十把木弓，箭矢不多，就兩百多枚，算個整數，當兩百好了。」

魏經承一邊說、一邊依次把剩下的口袋打開，攤在地上。

焦黃漢子大驚。「怎麼這麼多？」

魏經承摸著下巴，扠腰道：「你把價錢算好點，老子急著用錢！放心，我辦事穩妥，出不了事。」

焦黃漢子欲言又止，轉頭去看三個手下。那三人飛快點完地上的兵器，最矮的那人，口齒伶俐地說：「大哥，東西都沒錯，箭矢還多出幾枚。」

魏經承哈哈笑道：「看吧，老子做生意，從不坑人。」

焦黃漢子點頭，從懷裡掏出幾張銀票，數了數，遞過去。

「大刀二百兩，木弓一百五十兩，箭矢十兩，一共三百六十兩。」

魏經承接過銀票，臉色大好，嘩嘩點完銀票，對焦黃漢子道：「銀貨兩訖，范老大還是這麼痛快。你們添了這麼多好兵器，更容易發財。我就不耽誤你們的工夫了，先走一步！」

范老大拱拱手。「魏大人慢走。」

魏經承懷裡揣著銀子，高高興興地走了。

待魏經承離開破廟後，負責清點武器的矮個子男人嘿嘿笑了幾聲。

「老大，沒想到這次弄來這麼多把弓。等咱們的人都用上，打幾個小縣城定夠了。」

一個腦袋尖尖的傢伙也興奮說道：「就是。老大，咱們成天守著光禿禿的山道，吃肉還是喝風，完全看運氣，倒不如狠狠心，打劫有錢的小縣城……」

范老大卻踹了他一腳。「怎地，才剛端了幾個村子，你還不滿足呀？若攻打縣城引來朝廷官兵，就你們幾個歪瓜裂棗，有誰能扛？」

「嘿嘿，老大，昨晚你不是說那些村妞、農婦不過癮嗎？那幾個村子也就弄些米糧、雞鴨罷了，能值什麼？咱們花了這麼多錢買兵器，總得把本賺回來吧……」矮個子男人慫恿道。

范老大催道：「得了，別廢話，趕緊收拾好，回去再說。」

幾人蹲在地上，忙著將兵器裝袋。

尖腦殼男人小聲嘟囔道：「這裡又沒有官兵，老大瞎催個啥……」

大概是他的烏鴉嘴顯靈，話音剛落，屋頂上就一陣噼啪亂響，無數硬物猛地砸下，頓時把破廟裡的人打了個頭破血流。

范老大在滿屋子的塵土中，努力睜大眼，嘴裡還企圖糊弄敵人，嚷嚷著：「自己人，自己人，別動手！」

謝沛聽他喊叫，心裡好笑。剛才聽了下，發現這四個都不是好東西，專門欺負、搶掠老百姓的傢伙，鬼才和他是自己人！

於是，謝沛幾招之間，將四人全部揍趴，撿起大刀，直接送他們一程，拎起七個大口袋出了破廟。

她走了一陣，尋個林子，將七個口袋掩藏起來，才運轉輕功，朝前疾奔而去。

不一會兒工夫，謝沛就追上坐著驢車回去的魏經承。

這不義之財，自然不能白白錯過。謝沛撿根樹枝敲昏了他，取走銀票，再扒了他的外衣，把人洗劫得非常乾淨後，才施施然離去。

魏經承醒來，發現自己被人搶個一乾二淨，又恨又怕之下，返回破廟看了看。

結果，那四具屍體嚇得他屁滾尿流，立刻跑回汝陽城，還險些被城門守衛當作瘋子叉出去……

兩日後，一隊由二十一輛大車組成的車隊，在鏢局護送下，離開了汝陽城。

原本是二十輛車，不過臨出發前，謝沛又去買了輛馬車，要裝她帶回的那些「禮品」，還親自趕著。

出城走了一會兒，她讓眾人緩行，自己繞路去了林子，將那批武器運上車。

待她歸隊後，就在自己的馬車上插了兩面鮮豔府旗，這玩意兒是打劫戴如斌的壽禮車隊得來的。

自此，但凡要經過城鎮，她這位「知府親信」就會拿著戴如斌的帖子和府旗，大搖大擺地穿城而過。

那些守門兵丁自然不會去翻她的馬車，最多就是看看後面大車上裝了些什麼。

連車隊和鏢局的人，都以為他們的雇主真是某知府的親信下官。

路上也遇到劫匪，鏢頭還以為自家鏢師怎麼著也會受點傷，結果……有謝沛壓陣，大家竟然平安地走完了全程。

謝沛只讓他們送到武陽城，東西運到以前黑虎幫所在的大院，鏢局和車隊領了報酬後，歡歡喜喜、客客氣氣地告辭了。

接著，謝沛把東西藏好，轉頭就回衛川縣去調人、調車。

待她將糧食和兵器安全送回衛川，裝進倉庫後，這才長出了一口氣，洗漱乾淨，好好睡了一整天。

當謝沛睡足之後，睜開眼，就見到一張熟悉的俊臉正嘿嘿傻笑著湊到面前。

啵！李彥錦使勁親了娘子一口。「妳還知道回家呀？想死我了！」

謝沛還沒完全清醒，懶懶地半瞇著眼，伸出兩根手指，捏住李彥錦的鼻子。

李彥錦正準備一訴相思之情，卻被捏住鼻子，說話便甕聲甕氣，好似池塘裡的鴨子。

「娘子，妳瘦了好多喔！餓不餓？灶上熱了排骨藕湯，是爹下午送來的。」

李彥錦親親謝沛的手指，盯著她的臉，怎麼都看不膩。

這還是兩人頭一次分開這麼久。謝沛剛走沒幾天，李彥錦就悔得腸子都青了，為了幾千兩銀子，搞得夫妻分離兩個多月，太虧了！

悔了千百次後，終於把謝沛盼回家，李彥錦暗自決定，以後絕不再幹這種傻事。就算真要出門，也必須兩口子一起去！

「看到我帶回來的那些東西嗎？」謝沛想到停在後宅的馬車，打了個哈欠問道。

「嘿嘿嘿，看到了！娘子對我真好，出遠門還不忘給我買這、買那的。那些酒，我一個人喝不完，回頭送給爹、師父和叔公他們一些。布料太多了，我就要兩疋墨藍和青灰的好了，平日穿官服，也沒什麼機會換……」

李彥錦嘰嘰咕咕說著，好似那車東西全是謝沛送給他的一樣。

「咳……」謝沛有些心虛，她好像沒特意給自家夫君帶什麼東西，眼下還是不要戳破為好……

「那七個大口袋，你開了嗎？」為了避免露餡，謝沛趕緊說起正事。

「看看，急了不是？」李彥錦賊兮兮地笑著。「來來來，讓我好好表揚我們的謝沛小娘子，實在是智勇雙全，機敏果斷，為了衛川縣的富強……咳咳，做了傑出貢獻！鼓掌！」

謝沛面無表情，斜了一對死魚眼看他，半晌，才緩緩道：「你……是不是做了什麼虧心事？」

為了證明自己的清白，李某人鼓舞鬥志，翻身壓上娘子，準備奮力一搏。

夫妻倆小別勝新婚，一番恩愛自不必提。

雨歇雲散之後，李彥錦打來熱水，殷勤地伺候媳婦洗漱。

收拾停當，兩人相擁著，說起這兩個月的事情。

謝沛兩輩子都不是聒噪之人，劫壽禮、奪兵器之事，全被她輕描淡寫地一筆帶過，倒是多提了兩百斤汝陽紅地瓜幾句。

「那地瓜又大又甜又粉，最關鍵的是，聽老農講，若是種植得當，一畝地出個八、九百斤都很尋常。因為汝陽盛產這種紅地瓜，當地糧價一直漲不起來。這次我還雇回兩個種地瓜的老農，到時候，咱們就種在附近的坡地和旱田……」謝沛把自己想到的都說了一遍。

李彥錦越聽，心裡越歡喜。

「娘子，妳真是我的寶呀！竟然幫衛川弄回這種好糧食，簡直是大功臣、大英雄！」說著，他又狠狠親了謝沛兩口。

謝沛的嘴角噙滿了笑意。也不知從何時起，她受了身邊這人的影響，開始對這些東西在意起來。

前世，她奮勇殺敵，並不是為了國家百姓。起初，她只是為了自保，為了活命；然後，是為了同袍報仇，為替寧軍雪恥；最後戰死，是被昏君出賣，才陷入生死相搏的絕境。

上輩子，謝沛根本沒工夫去憂國憂民。這輩子重來，她也沒想過，自己會為了不相干的農戶操心勞神。

然而，在她與李彥錦日夜相對的幾年裡，這個看似有些不正經、時常嬉皮笑臉的傢伙，卻在不知不覺中改變了她。

流民圍城時，完全可以用武力驅逐那些人，可李彥錦選擇收留他們，安排吃住，還提供謀生的機會。

大熱的三伏天裡，李彥錦跑到農田裡，與老農們吵得熱火朝天，就為了說服他們嘗試新的種稻方式。

魚苗不足時，李彥錦四處奔波；豐收時，他喜不自禁；活魚太多賣不掉時，他又愁眉不展、冥思苦想……

謝沛看著身邊這人忙忙碌碌、樂此不疲，自己從疑惑不解到默默配合，接著出謀劃策，乃至如今的主動出擊……

對於這種改變，謝沛並不擔心，也不焦慮。重活一回，她願意為了珍惜的東西，多付出一些努力。

「欸？娘子，妳發什麼呆呀？」李彥錦看著目光飄遠的謝沛，忍不住湊過去，親了親她的眼睛。

謝沛的睫毛輕輕刷過他的嘴唇，酥酥癢癢的感覺，一直傳到了心裡。

「對了。」氣氛正好時，李彥錦卻突然想起一事，半撐起身，認真說道：「妳走後沒多久，朝廷邸報上寫著，鎮北軍的唐老將軍和唐家幾個小輩被下旨召回京城，說是要為太上皇過那見鬼的八十大壽。」

「什麼？」謝沛一愣，喃喃道：「沒想到……避開蠻軍陰謀，卻管不住昏君自毀長城啊……」

李彥錦已經聽她說過上輩子的經歷，也嘆息。「聽說聖旨下得頗為急切，催著唐老將軍即刻動身。北地邊防那麼重要，就交給幾個年輕副將和一個公公監軍代理……真是給蠻族送了好大的一份禮……」

「唐老將軍回京後，怕是不太妙了。」謝沛想起上輩子的事情，擔憂道。

李彥錦點頭。「升和帝的兩個兒子都三十好幾，怕是等得不耐煩了。雖然唐老將軍不站隊，可這樣一來，那兩個傢伙都想拉他下馬，換上自己人……」

謝沛微蹙眉頭。「既然要給太上皇過壽，皇帝應該不會在這當口和唐老將軍撕破臉皮。咱們多注意點，唐老將軍若被人坑了，別的忙幫不上，劫個法場倒是可以……」

聽著自家娘子把劫法場說得好像去逛菜場般，李彥錦心裡既驕傲又忐忑。

他家娘子實在太威武啊，拜服、拜服！

次日早起，李彥錦接手兩百斤汝陽地瓜和兩個善種地瓜的老農，派了手下帶他們去城外轉轉，看看哪些地方比較適合種這些又粉又甜的大地瓜。

謝沛則去瞧瞧兩個月沒過問的五百鄉勇，比試、訓練一番後，新到手的百件兵器就有了新主人。

說起來，誰都沒想到，鄉勇和衙役裡，箭法最好的，竟然是老都頭韓勇。

這次領到新弓後，韓勇樂得眉開眼笑，只差沒抱著木弓睡覺了。

不過，讓韓勇沒料到的是，孫女阿意在射箭上，竟然天賦甚佳。除了力氣稍小些，準頭可是相當的驚人。

謝沛無意中聽見韓勇吹噓自家孫女的箭法如何厲害，心裡生出個念頭來。

衛川縣會武的人還是太少了，若是以前，倒勉強夠用；可如今，嶽陽呂興業已經發展得小有氣候，地盤擴大到八個縣，軍隊也壯大了。

以前，謝沛還有信心，若雙方交惡，能憑藉城池抵抗呂興業的進攻。可換成現在……那就有些不好說了。

雖說，呂興業一直對李家很尊重，對衛川好像也沒什麼敵意。

可謝沛知道，上輩子，他可是占了寧國三分之一的地盤，險些逼宮的啊……

所以，小小的衛川縣絕不會攔住呂興業的腳步。

不想被呂興業挾裹著一同壯大、再一同潰敗的謝沛，感覺到危機，得加快自己這邊的動作了……

第六十六章

次日，謝沛調出十五把木弓，給韓勇安排了一個新活計，由他和他孫女阿意出面，訓練出一支女子弓箭隊來。人數自然是越多越好，但選進來的，必須是真正願意持弓殺敵的女子，來胡鬧混日子的，一個都不能要。

如今有錢有糧的謝沛，還特地讓李彥錦給女子弓箭隊在衙門裡弄了個編制——衛川守備天字隊。

這個編制，完全是李彥錦自己瞎編的。朝廷無此兵制，自然不指望能領到上面發下來的俸祿。但這對李、謝二人來說，根本不是問題，他們自己出錢出糧，一樣養得起。

之所以掛在衙門下，不過是為防別人說他們養私兵；再者，是想讓這些女弓箭手走出去時，能更理直氣壯一些。

阿意祖孫倆對這事格外重視，幾乎投入所有的精力，他們在那些自願前來的女子中精心挑選一番，阿意還主動去拜訪幾個她認為有潛力、有本事的姊妹。

於是，從這年十一月起，衛川的兵士中，出現了一支極其引人矚目的藍衣女兵。

她們不但接受謝沛的親自指導，每日還由箭術高超的韓勇教授箭法。因多是吃苦長大的小娘子，心裡憋著一股氣，才訓練半年，就有了顯著的成效。

就在衛川縣裡一片忙碌之時，京城裡，為慶賀太上皇的八十大壽，從上到下，也鬧了個人仰馬翻。

唐老將軍唐琦和他麾下十一位年輕將領，就在這滿城歡慶的氣氛中，風塵僕僕地奉旨還京了。

這些為鎮守邊疆而流血拚搏的勇士，入城時，不但沒有聽到歡呼和讚美，反而因為一身凜冽殺氣，驚到某位出城上香的貴婦，險些遭到那貴婦的家丁和城門兵卒的驅趕、喝罵。兩鬢斑白的唐琦，雙眉緊皺，制止了義憤填膺的下屬，默默走進繁華又喧鬧的京城。

果然如謝沛所料，壽宴上，好面子的升和帝把唐琦誇了又誇，裝出一副君臣不疑的樣子，但對於如何安排鎮北軍，如何安排唐琦，卻隻字不提。

太上皇則與升和帝合演了一齣好戲，打著關心唐琦身體的名號，非要太醫替他診脈。

這一診，唐琦就成了身負重病之人，壽宴還沒結束，便被直接送回將軍府靜養了。

次日，朝堂上，大皇子和二皇子表示對唐琦的擔憂之意，一致認為，鎮北軍應盡快安排新的接任者。

於是，一場激烈的爭奪再次拉開了序幕。

而唐琦和他麾下的年輕將領，則徹底被閒置下來。

升和帝原是打算，藉此機會，徹底除去唐琦在北疆、在朝堂的位置。

然而，太上皇的壽宴剛過，新年都還沒到，江南各地就頻頻爆發民亂。

一時間，寧國竟有了幾分江山動搖的凶兆。

凶兆不凶兆的，升和帝並不上心，他正為了自家的錢袋子發愁。

剛辦完壽宴，壽禮都被太上皇收走了，得了個天下第一大孝子名頭的升和帝，手頭不太寬鬆，打算調用各地廂軍平亂，糧草就從這些廂軍的口糧中撥用。

這，真是個省錢省事的好辦法啊……

只是，他的話剛說完，原本躍躍欲試的朝臣，頓時鴉雀無聲。

如今，還站在朝堂上的人，誰不清楚，下面那些地方駐軍到底是個什麼狀況？

所謂廂軍，其實就是當地武官吃空餉的大鍋。十個廂軍裡，能有一個真活人就不錯了，而且，上戰場的話，這個真活人，還不一定能用。

聽說，某地的廂軍裡，竟是養了群老老小小的手藝人。

這些手藝人吃著朝廷軍餉，卻每日給上官做各種私活——有做家具的、有做酒糟的，有皮匠、有雕工，甚至還有樂人和小廝。

這些人做出了東西，自然都歸上官。那些上官把看得上的，留下自用；多出來的，就拿出去賣錢。總之，生財十分有道。

若指望這樣的廂軍去平亂，根本是滑天下之大稽！

而且，最關鍵的是，這次平亂，朝廷竟然一毛不拔?!不發餉，也不發糧！

所謂的口糧要從廂軍口糧中撥用，根本是捏著鼻子哄眼睛罷了，且廂軍裡沒幾個真士兵，那些口糧更是早成了某些人的囊中之物。

若這樣去平亂，運氣好，便能逼著當地武官擠出口糧；若倒楣遇見更厲害的人，除了自掏腰包，找不出別的法子。

因此，偌大朝堂上，一時間竟鴉雀無聲，沒有一個人站出來接這個大石頭。

升和帝氣壞了，卻只能與這些混蛋官員裝糊塗，死咬著不鬆口。不為別的，因他手裡也沒多少餘糧了……

叛亂必須鎮壓，要錢，也真的沒有！

可再如何，平亂這種事也不好耽誤，吵了幾日後，有個壞傢伙想出了個餿主意。

大夥不願意去，確實是因為都忙，脫不開身。可……不是還有幾個不忙的嗎？就是跟著唐琦一同回京的十幾個年輕將領呀！

他們可是剛從戰場上下來的，對付亂民肯定不在話下。所以，哪怕是領著那樣的廂軍，弄不來多少軍糧，定然也沒什麼問題！

升和帝一聽，龍心大悅，直接下了聖旨。

這主意實在太妙！把這十一個將領調開後，跟著唐琦的護衛自然也會分走一些。沒了爪牙的老虎，誰還怕他！

年輕將領們接旨後，心裡熱情地問候著出餿主意的王八蛋，順帶著也問候了下升和帝他老人家。

只是，平亂這事既然交到他們手裡，身為軍人，責無旁貸。唐琦回京時，帶了兩百名護衛。得知此事後，他各硬塞十五個護衛給小輩們，自己只留下三十來人，勉強護住日常居住的院子罷了。

謝沛這邊還惦記著唐琦的安危，不承想，她很快就見到了上輩子的一位熟人。

十二月初，往年這個時候，各地都開始準備起過年的事。衙門裡也因為快要休沐，帶著幾分歡快的浮躁。

但是自從朝廷下了平亂的旨意後，江南各地的氣氛便不安起來。

老話說，匪過如梳，兵過如篦。之前鬧亂子的，還只是那幾個倒楣地方，如今朝廷派兵平亂，連帶著附近其他地方也跑不了。

一想到那如爛泥、螞蟥般的廂軍要從自家地盤上經過，搞不好還要駐紮，不少官員別說是過年，就算是玉皇大帝過壽，都高興不起來了。

原本這事與湖白府沒什麼干係，可要命的是，占了八個縣的呂興業，他的老窩嶽陽縣就緊挨著湖白府。

因此，不但有將領要帶兵入荊湖府平亂，還有一位要從湖白府過境，兩面夾擊呂興業。

又因為衛川縣是湖白府境內離嶽陽縣最近的縣城，所以戴如斌派人傳李彥錦與謝沛到府城來，讓他們先見見平亂的校尉武官項古青。

之所以讓李彥錦他們過來，戴如斌也藏了點自己的私心。

他堂堂四品知府，自然不能對一個六品校尉卑躬屈膝，可這人身上帶著朝廷平亂的旨意，又擁有直接向聖上遞摺子的權力，所以嘛，也不好太過得罪。

因此，直接把這燙手山芋丟出去，才是最穩妥的做法。

至於接手的李縣令……人家背後有大靠山，定然不會在乎這點小事的。

於是，當李彥錦和謝沛剛趕到武陽城，就被戴如斌請去見項古青。

府衙的後堂中，戴如斌先把李彥錦使勁誇了一頓，然後語重心長地道：「平亂一事，事關重大。李縣令乃我轄下最得力之人，上次為聖上選秀時，就深得采選使讚譽。」又對李彥錦說：「今次，李縣令定要好好配合項校尉，不得有一絲懈怠。」

李彥錦心想，這老小子肚裡的壞水還真不少，三、兩句話裡，就要挖個坑，下個套。看來，還是吃虧吃少了！

「大人過譽，此等大事，還是要似戴大人如此老成持重者主持才是。下官年輕，不過有幾分蠢力氣罷了，給大人們跑跑腿、傳傳話，跟著長長見識，就很不錯了。」李彥錦笑咪咪地說。

戴如斌一聽，便知道這傢伙沒上套，還待再說些什麼，卻被一旁的項古青打斷了。

項古青乃武官出身，在北疆打拚七、八年，因勇武頑強，受唐琦看重。雖脾氣太過耿直，得罪監軍，卻在唐琦的護持下，一路從小小百戶升為六品昭武校尉。

他本就厭惡那些狡猾貪婪、勢利虛偽的文官，聽戴如斌前面的說詞，就覺得李彥錦也是個拍馬媚上的奸猾傢伙。

自跟著唐琦回京後，項古青心裡就憋著火，這次被推出來平亂，他也知道自己這夥人是被當作冤大頭來使喚了。

平亂若是平得好，那是應該的，不然鎮北軍的功勛便是作假；可若出了紕漏，那他們就是毫無疑問的替罪羔羊，甚至連唐琦的處境都要更為艱難……

如此憋屈的事情，項古青忍得焦躁憤懣，此刻一開口，便沒了好聲氣。

「戴大人，李縣令，我是個粗人，說不來那些花稍言語，有什麼說什麼，還請不要見怪。平亂之事刻不容緩，咱們不要互相吹捧了。」項古青一派粗魯武人模樣，大聲說道。

戴如斌被說得臉上笑容一僵，在肚子裡把項古青罵個狗血淋頭。果然是只知道打打殺殺的潑才，與他多說一句話，都有辱斯文！

不過，李彥錦的臉皮厚度超凡脫俗，項古青這兩句話，對他而言，如拂面清風一般。

「項大人說話果然痛快，請知府大人趕緊安排吧！」李縣令笑咪咪，順勢把球踢回給戴如斌。

三位你來我往說了一通，站在李彥錦身後的謝沛卻興趣滿滿地打量著項古青，憶起了前世的事……

上輩子，唐琦去世前，項古青還只是個軍侯，而謝沛和智通則憑著兩年來的軍功，從小兵混成屯長，是比軍侯低一級的軍官。

好巧不巧的是，謝沛的上官孫軍侯與項古青有些別苗頭的架勢，平常沒事時，兩人總愛比一比誰更厲害。

有一次，不知怎的，他們比起腕力，說好雙方各出三人，三局兩勝，輸的那方，要幫贏家洗一個月的衣服。

洗衣服對這些兵漢而言，實在是件麻煩事。因為操練和殺敵，他們的衣服髒起來非常可怕，但清洗時太用力，低劣的粗布麻衫就會「嘶啦」一聲，咧嘴大笑。所以，要不是鎮北軍軍紀嚴明，這些傢伙寧可臭死，都懶得去洗自己的衣襪。

因此，洗一個月的衣服，可是非常重的賭注了。

項古青手下有個自詡為小孔明的狗頭軍師，觀察了孫軍侯這邊選出來的三人。最壯的應是光頭和尚智通，其次則是粗臂大漢，最差的就是身材有些瘦小的謝沛了。

看完後，小孔明就向項古青提了田忌賽馬的建議。

於是，前兩場，雙方打成平手，各有勝負。

到身形削瘦的謝沛上場時，對上的是項古青這邊出的孔武壯漢。

小孔明見狀，毫無風度地在一旁哈哈大笑。「上馬對中馬，中馬對下馬，下馬對上馬。哈哈哈！這回是中馬對下馬，對、下、馬！」

「下馬」謝沛很客氣地對「中馬」拱了拱手，神色從容地坐在桌邊。

幾乎是眨眼的工夫，小孔明的笑聲還未停下，謝沛就站起來，衝對方說了句「承讓」，淡然地走開了。

孫軍侯這邊，眾人轟然大笑，拚命地叫起好來；而項古青他們則瞪大了眼，看著謝沛離去的背影，半天都緩不過勁來。

孫軍侯走到小孔明身邊，拍了拍他的狗頭。「計策是不錯，可惜狗眼太低了啊！謝沛……可不是什麼下馬，人家是汗血寶馬呀！哈哈哈！」

就這樣，項古青麾下眾人洗了一個月衣服，對謝沛印象深刻，內心暗罵，好一匹狡猾的怪馬！

比過腕力後，項古青他們正想著要如何把場子找回來，結果，北疆蠻族聯合了十幾個部族，突然大舉入侵寧國。

孫軍侯與項古青分在同一條防線上，在某次蠻軍進攻時，孫軍侯替項古青擋下了致命的一刀，自己卻被砍斷左臂。

那一戰，鎮北軍死傷慘重，唐琦苦苦支撐，才終於頂住蠻族的攻勢。而孫軍侯在謝沛和智通的護持下，保住了性命，卻也因為殘疾，只能解甲歸田。隨後不久，唐琦因病去世，鎮北軍群龍無首，險些讓蠻族趁亂而入。

自唐琦去世後，項古青就心灰意冷，失了鬥志。待謝沛積累軍功升為遊擊將軍時，項古青依然還是一名軍侯。

謝沛念及孫軍侯的情分，把項古青調到麾下。從牴觸防備，到茫然無措，最後，項古青終於從謝沛的身上看見希望，成了謝沛最信任的心腹之一，乃至於為了跟在謝沛身邊，寧可故意衝撞監軍，也不願升官去其他地方。

最後謝沛陷入絕境時，項古青因此被人故意提前調開，不知這位認準了就一根筋信服到底的心腹，會落個什麼結局。

此時，再看到這傢伙，謝沛內心是非常高興的。

做為多年並肩殺敵的同袍，謝沛非常了解項古青。他可不是什麼莽撞的粗漢，此時故意做此情態，必然是打著歪主意，且等著看吧！

第六十七章

果然，在戴如斌請來湖白府廂軍指揮使費馳藹後，項古青就鬧開了。

湖白府廂軍並不比別處強多少，被大大小小官員吸了多年的血後，此時可謂要人沒人，要糧沒糧。

一般從上面派下來的官員，若是懂事點，大家就你好我好地湊一起，半掩半露地談好價錢。廂軍這邊出點銀子把事情糊弄過去，上面的官員收點禮，回京時幫著遮掩、遮掩，這事就算結了。

可項古青卻根本沒這麼想過，恍如剛從北疆沙場上走下來的凶神般，什麼花言巧語都沒用，說不通的，就用蠻力闖過去。偏他打著奉旨平亂這面大旗，真說起來，還占著理呢。

這位不通世情的莽校尉，直愣愣地衝著指揮使那紫脹的臉，問出一連串惱人的問題——

「為何八千廂軍只能派出五百人給我？」

「為何糧草只能供給十日？」

「為何兵甲還要去軍器庫重新申領？」

「為何……」

廂軍指揮使費馳藹被問得險些把心裡話大罵出來。

為何？因為老子也要賺錢養家、打點上下！

費馳藹平時給戴如斌送了不少好處，此時便頻頻使眼色求助。

戴如斌收了人家的東西，怎樣都要說兩句話，平一平場面。

「咳，項校尉勿急。費指揮使所說是眼下他能準備出的東西，畢竟廂軍往日也多是做些修城運糧的差事，你這一來就要調兵平亂，他能湊出這些人，也算不錯了。」

費馳藹一聽，連連點頭。「正是，正是，實在是事出倉促，力有不逮啊……」

戴如斌是官場老油條，找藉口的本事，可比費馳藹高明多了。

項古青咧嘴笑道：「原來如此，我還當費大人是想糊弄我呢。」

費馳藹：「……」你倒是被我糊弄呀！

正當他剛鬆了一口氣，就聽到「砰」一聲巨響，嚇得他和戴如斌在椅子上抖了一下。

項古青抬起拍了案桌的大掌，笑道：「費指揮使多慮了。想必你們也知道，我剛從北疆調回京，強悍的鎮北軍，不是隨便招點兵就能練成的。你不用擔心那些廂軍不成器，只要把人、把糧交給我，我保證他們沒問題。

「這樣吧，明日我跟你去駐地看看，八千廂軍，只要能站能跑，我就能帶著他們去對付那些亂匪，放心！啊哈哈哈……」

他胸脯拍得山響，笑得肆意張狂；可費馳藹卻面容扭曲，額頭青筋暴脹。

這貨是真蠢，還是故意為難人？是故意的吧？肯定是故意的！逼急了老子，就派人把他做了！反正，出來平亂，被亂民砍死也很尋常！

戴如斌看局面尷尬，眼珠一轉，瞧見在一旁看戲看得正樂的李彥錦。

「咳，說起來，用兵不是講究兵貴神速嗎？項校尉大才，就算能把那些不中用的傢伙訓練好，可也要耽誤不少時日，是吧？」戴如斌說道。

項古青點點頭。「我當然希望一來就有合用的兵卒，可你們不是說廂軍羸弱，不堪大用嗎？」

戴如斌也點頭。「唉……這也是多年的沈痾，費指揮使多番努力想要改變，奈何……奈何……」

費馳藹臉色木然，顯然是剛才氣過頭了，還沒緩過來。

戴如斌一看，配角沒入戲，只好自己繼續演下去。

「不過呢，我倒有個兩全其美的主意。之前我對項校尉說過，李縣令實乃我轄下最得力的官員，這不是虛言。校尉恐怕不知，李縣令上任以來，已經訓練出五百鄉勇，聽說衛川縣內的山匪多被這些鄉勇清剿乾淨，可見戰力還是不錯的。」戴如斌笑咪咪地誇著李彥錦，一副與有榮焉的模樣。

李彥錦和謝沛聽了，內心暗罵不已，這老王八蛋竟把禍水東引到他們頭上來了！

項古青愣了下，他還真沒想到，這小白臉模樣的縣令，居然能養出五百鄉勇，還能去清剿山匪，這可不是一般人能幹出來的事……

李彥錦見狀，趕在戴如斌繼續噴壞水之前，搶著道：「府臺大人說笑了。衛川那五百鄉勇不過是矮個裡拔高個，對付小毛賊時，與其說是真刀真槍地打贏，倒不如說是人多勢眾，把那些毛賊嚇趴了，如何當得起知府大人的謬讚，實在羞愧……」

李彥錦嘴裡說著羞愧，可面上卻一副得意模樣，讓在座幾位真以為他不過是聚集了幾百個人，把那些毛賊嚇跑而已。

項古青看著李彥錦，眼神微微一閃，轉頭對費馳藹和戴如斌道：「也罷，一隻羊是趕，一群羊也是趕。回頭我訓練那八千廂軍時，可以讓李縣令把那五百鄉勇也帶過來，一併訓練。只是你們可要多備些軍糧，免得我白辛苦一場！」

戴如斌和費馳藹面面相覷，他們本想用李彥錦的鄉勇把廂軍換下來，現在倒好，他們的廂軍不但沒有開脫，李彥錦的鄉勇好像還順勢插了一腳……

李彥錦趁他們發愣之時，扭頭看了看謝沛。

謝沛衝他微微點頭，右手做個沒問題的手勢。

李彥錦見狀，心裡有了底，越發踏實起來。

談了半天，眼看談不下去了，戴如斌趕緊開口道：「練兵之事，不在這一時半刻。我看，不如由李縣令陪著項校尉，先去衛川看看地形。想夾擊嶽陽亂匪，必要從衛川經過，早些熟悉地形，項校尉也好想出最佳的對策來。」

此時，費馳藹的腦子終於動了下，開口道：「正是，正是。項校尉先行，我帶著人準備糧草兵器，隨後就到，我們在衛川碰頭。到時候，大軍駐紮下來，校尉可以一邊練兵、一邊擬定計策，這樣兩不耽誤，行事也便宜些。」

項古青聽費馳藹終於鬆口，心中猜想，應該是要趁著他去衛川的工夫，弄些人來湊廂軍的數。

不過項古青並不關心這些，他本就知道恐怕要不到好兵。因此，不管什麼歪瓜裂棗，只要能正常行走，再稍加訓練，他就有信心用這些人去平亂。

於是，他衝戴如斌和費馳藹點點頭。「也罷，你們總要準備兩天，我就先去衛川看看。五日後，若見不到費指揮使的廂軍來衛川，那我只能向上面稟報，說某人無能庸碌、延誤軍機了……」

費馳藹聞言，險些拍桌而起，心裡轉了弄死項古青的主意無數次，最後咬牙切齒地說了句「告辭！」，氣沖沖地離去了。

戴如斌見狀，裝出一副無奈的樣子，嘆道：「費指揮使怕是真被氣到了。不過，項校尉不用擔心，你先與李縣令去衛川，回頭我會好好勸勸費指揮使的。」

項古青哈哈笑著。「那行，反正我等五天。若是不見人影，大人和指揮使恐怕才要被我這愣頭青給氣死了。」

他說罷，起身對李彥錦拱手。「走吧，李縣令，咱們先去衛川轉轉，讓費大人和戴大人乘機去雇人、籌糧。」

他說得痛快，卻把戴如斌噎得不上不下。要和他較真吧，這愣頭青不定還會說出什麼更難聽的；可就這麼放過，自己心裡又憋屈……

戴如斌還沒想好要怎麼辦，李彥錦也帶著謝沛告辭了。

看著三人離去的背影，戴如斌陰沈著臉，對小廝說了句：「去找費指揮使，就說晚上請他來家裡小酌幾杯。」

另一邊，出了府衙後，項古青有些漫不經心地說：「今日已晚，明日辰時，還請兩位來客棧尋我，再出發去衛川。」

李彥錦點頭應了，和謝沛告辭離去。

一路上，兩人未再談論練兵的事，找間館子吃了晚飯，才回到投宿的客棧。

進了房間，謝沛推開窗看看，才轉頭對李彥錦說：「走了，看樣子是軍中斥候出身。」

李彥錦笑道：「沒想到，項校尉竟是如此謹慎之人，連咱們都要盯，疑心可不小吶。」

謝沛替兩人倒了杯茶。「這很正常，畢竟對他而言，這裡人生地不熟，不謹慎點，怕是連小命都難保。」

李彥錦眼珠轉了轉。「今晚咱們要不要去看看費指揮使，我覺得那人怕是對項校尉動了殺心。」

謝沛琢磨了下，搖搖頭。「他和戴如斌應該會好好商議一番，咱們等下直接去戴府。」

李彥錦想想，從包袱裡掏出一套工具，幫彼此喬裝一番。畢竟，按項古青的做派，今晚他們夜探戴府時，搞不好會遇到熟人呢……

兩人收拾好，從客棧窗口翻出去，大搖大擺地去了戴家宅院。

不久，他倆繞到一條背街的巷子裡，這巷子的一側，正是戴家後牆。

左右看看，四下靜悄悄，無人經過。

兩人相視一笑，輕鬆地躍進了戴家的後院。

這不是他們頭一次來戴家，不用人帶路，熟門熟路地摸到了戴如斌常常用來款待客人的西花廳。

夫妻倆剛摸到近前，就見西花廳裡果然設了筵席，幾個下人進進出出，似乎正在上菜。

謝沛衝李彥錦比個手勢，兩人悄無聲息地竄上院中大樹，然後從枝上躍到西花廳房頂。

謝沛尋了個視角開闊的位置，移開幾片陶瓦，與李彥錦一起伏低身子，朝下看去。

此時酒菜剛剛擺好，戴如斌和費馳藹一邊說話、一邊走進西花廳。

兩人入席，喝了點酒，說起項古青。

受了一肚子窩囊氣的費馳藹，猛灌了口酒，道：「戴大人，下官心裡苦啊！這從京城裡來的項校尉完全是個不通世情的二愣子，他嘴巴一張，就要八千廂軍，我到哪兒弄人?!難道我不想安安生生當官嗎？難道那些空餉都進了我的荷包嗎……」

戴如斌聽他這話要扯到自己身上，連忙打岔，胡亂安撫兩句後，說道：「費指揮使放心，我絕對是站你這邊的。你可想好了要如何應對嗎？」

費馳藹皺眉問：「戴大人，您可知項古青是什麼來頭嗎？」

戴如斌嘿然一笑。「我正是想跟你說說此事……」

原來，之前戴如斌派馬仁遠幫他送壽禮，結果半路上，壽禮被謝沛洗劫了。

馬仁遠等人醒來後，驚慌失措地清點財物。不幸的是，其中幾件貴重禮品失了蹤跡；萬幸的是，劫匪竟然沒動那些祥瑞之物。

馬仁遠等人明白，若是就此返回，肯定要因為壞了戴如斌的大事，而難逃罪責。

於是，一夥人湊在一起，嘀嘀咕咕商量一番，決定同舟共濟、共渡難關！

他們把身上的銀子全拿出來，想看看能湊出多少。

這時，馬仁遠才發現，自己暗藏的三千兩銀票、信件和帖子都被偷了，渾身上下只剩可憐巴巴的五兩銀錢。

最後，一行人湊出六十多兩銀子，省吃儉用地趕奔京城。

到了京城後，馬仁遠重新弄了禮單，把那些被謝沛挑剩的祥瑞送到戴如斌的大哥家。

戴如斌和他大哥的感情並不好，兄弟倆都是貪婪之人。

戴家大哥看了禮單，非常的不滿。

這裡面的油水也太少了！滿車都是祥瑞，這些玩意兒，他留著又沒什麼用。尤其是裡面還有些果子之類的東西，無法保存太久，不送上去，轉眼就要爛了……

於是，戴家大哥氣呼呼地從戴如斌的禮品中扣了兩件比較好的，其他的都報上戴如斌的名字，送到禮部去了。

馬仁遠丟了東西，心裡發虛，想著回去時，最好能弄點討好戴如斌的東西。

可是，他們連路費都沒剩多少……

眾人商量後，決定分頭去打聽京城最新的消息。

於是，鎮北軍的唐琦和他手下軍官回京後，被徹底閒置的事，被馬仁遠等人記了下來。待他們回到衛川後，便與其他消息一併稟報給戴如斌。

雖然戴如斌對自己的賀禮沒得到重視倍感失望，但聽了馬仁遠送來的京城消息，也勉強算是滿意了。

因此，當項古青來到湖白府時，戴如斌就覺得此人名字耳熟。見面之前，馬仁遠小聲提醒，戴如斌才想起，這位正是被聖上和太上皇不喜的那幫人之一。

費馳藹聽戴如斌把項古青的來歷說了一遍，喜得撫掌大笑。

「如此甚好！這麼一個被聖上厭棄之人，老子怕他個鳥！」

戴如斌聽了，只覺費馳藹實在太過粗俗，要不是擔心拔出蘿蔔帶出泥，他才懶得與這種人多費口舌。

「既然如此，那好辦了！」費馳藹又飲了一杯酒，惡狠狠地說：「回頭，我先給他點甜頭嚐嚐。若他老老實實地去平亂……」

戴如斌眉頭一挑。「你是要……」

費馳藹嘿嘿奸笑：「大人放心，我那甜頭是白嚐的嗎？待他平亂成功，我的人就會給他來個……」伸手在脖子上比畫一下。

戴如斌眼神一閃，並不搭話。

費馳藹湊過去，小聲道：「他死了，他的功勞如何，還不是憑大人來定？到時候，大人既除了聖上厭棄之人，又立下平亂大功，怕是不日便要飛黃騰達了！」

戴如斌聞言，滿意地笑了笑。「若是如此，費指揮使的功勞，自然也不小……」

兩人一起笑起來。

費馳藹吃口菜，磨磨後槽牙，又說：「若是這廝不識抬舉，不好好平亂，反倒要尋我等的麻煩……那就別怪我心狠手辣，提前動手！」

另一邊，房頂上，謝沛忽然扭頭朝外看。

李彥錦見狀，也順勢瞧去。

只見一個黑影乾淨俐落地從對面院牆翻進來。不過，這個黑影顯然不太熟悉地形，落地後，就躡手躡腳地，在戴家宅院裡轉了起來。

李彥錦側過臉，頂了下謝沛的額頭，然後輕手輕腳地躍回大樹。

謝沛知道，李彥錦是去探探，看來者是不是項古青的人，是的話，便稍微看顧一下。謝沛則是繼續盯著西花廳的動靜。

花廳裡，費馳藹與戴如斌已經說完正事，開始扯起風月之事。

謝沛一邊側頭聽著、一邊留意李彥錦那邊的情況。

黑影在戴家宅子裡摸索了一陣，終於尋到西花廳來。

謝沛已經看出來了，來人身手敏捷，卻只練過外家功夫。因此，當他靠近時，還是弄出了動靜。

來人也知道自己的能力，沒有靠得太近，只是伏在花廳外的草叢中，靜靜等著。

李彥錦有些不解，隔這麼遠，實在看不到花廳裡的情形，莫非此人耳力過人，能聽得到裡面的動靜？

不過，李彥錦很快就發現，自己想錯了。

那人伏在草叢中等了片刻後，就開始盯著幾個進出花廳的下人。

當他的目光黏在一個身形與他差不多的小廝身上時，李彥錦才恍然大悟，原來他是想把小廝弄過來，然後冒充小廝靠近花廳啊……

只是這黑影來得太晚了些，他還在找機會把小廝引過來時，戴如斌就與醉醺醺的費馳藹走了出來。

黑影連忙壓低身形，屏住了呼吸。

費馳藹喝多了，身形有些不穩地站在門口，待丫鬟幫他繫上披風後，便轉身，有點大舌頭地向戴如斌告辭。

「大人不用相送……我回去了。放心，我絕不會讓那姓項的小子給您添亂，嘿嘿……」

戴如斌懶得客氣，胡亂擺了擺手，讓下人把費馳藹送出門。

草叢裡的黑影見狀，隨著費馳藹，離開了戴家。

而謝沛和李彥錦會合後，也跟著費馳藹，去了他在府城的宅子……

第六十八章

次日一早，李彥錦去客棧尋項古青。

「欸？怎麼就你一個人？」項古青納悶地問。

李彥錦笑道：「謝縣尉是個急性子，昨晚就趕回去了，我要為項大人引路，便沒有與他同行。」

項古青看著他，微微眯了眯眼睛，旋即點頭。「行呀，那咱們別耽擱，趕緊走吧！」

說完，他一揮手，叫來十幾個護衛，與李彥錦一同離開了府城。

說是提前回了衛川的謝沛，此時卻出現在府城外的廂軍大營裡。

若按鎮北軍的規矩，軍營中不許種樹，以免有不軌之人藏身樹上。

可眼前的廂軍大營，別說是樹了，連營門都大開著。進出時，只有一個老漢瞇著昏花老眼胡亂打量，便放行了。

謝沛不費吹灰之力，就潛入軍營，尋到了費馳藹。

謝沛在大營中待了一天，見費馳藹召來十來位親信，密謀如何坑害項古青。

聽完他們的計劃後，謝沛連夜運轉輕功，朝衛川奔去。

勁氣已經相當深厚的謝沛，奔走三個時辰後，就趕到了衛川縣，而李彥錦一行人還在回來的路上。

後發先至的謝沛休息一日，好整以暇地接到了李彥錦和項古青等人。

項古青在看到謝沛的那瞬間，眼中劃過一絲驚疑。

沒想到，這位突然不見的謝縣尉居然真的提前回了衛川。莫非是他想錯了嗎……

不過，還沒等他想出結果來，當天下午去看衛川縣的鄉勇時，項古青又吃了一驚！

那些精神抖擻的鄉勇，竟按著某種極為眼熟的招式操練。

跟隨項古青一同前來的護衛中，年紀最小的那個直接問出了聲：「這……怎麼與咱們平日練的差不多呀？」

項古青雙目炯炯有神地盯著看了一會兒，小聲道：「還是不一樣。你們仔細看他們的刀法……」

護衛中有兩個使刀的行家，看了片刻，倒吸一口涼氣。「竟是比我們軍中教授的那套，要高明不少！」

項古青聽著，忽然露出古怪笑容，衝身邊的護衛低聲說道：「咱們沒白來！都把眼睛擦亮了，一定要把主導的人挖出來！」

下午看完鄉勇們的訓練後，項古青一改之前的霸氣模樣，親熱地拉著李彥錦和謝沛套起交情來。

「兄弟我是個粗人，向來是心裡有什麼就說什麼。我一見兩位，覺得格外投緣！今晚，咱們定要喝個痛快，誰也別急著回家！」

李彥錦眨眨眼，看著這傢伙還想去攬謝沛的肩膀，連忙哈哈大笑一聲，撲了上去。

「好兄弟！夠痛快！走走走，今天我先幫你們接風！咱們去白玉樓，酒菜吃個夠！」

李彥錦熱情地抱住項古青的雙臂，彷彿久別重逢的親哥倆般，死活不放手。

謝沛看李彥錦這模樣，連忙低頭忍笑。而項古青身邊的護衛，互相瞅瞅，頓時覺得，這個縣令怕是有點傻吧……

晚上，李彥錦和謝沛在白玉樓替項古青一行人接風。

項古青心眼不少，看李彥錦如此熱情，反倒提防起來。因此，除了他以外，其他護衛都只吃飯菜，便出了包廂，沒人沾酒。

謝沛也乘機退出去，她得去安排項古青和其他人的住所。

李彥錦見狀，心裡鬆了口氣。他請客，完全是為了擋住項某的狗爪。

但老丈人謝棟卻是個直腸子，一聽要在白玉樓裡宴請鎮北軍的好漢，直接開了幾罈謝沛從汝陽帶回來的杜康酒。

李彥錦端起杯子一聞，立時心疼，這可是自家娘子大老遠帶回來的心意呀！要不是想著要孝順老丈人，他連一罈都不想送人。

如今，看著謝棟就這樣把謝沛的心意白白送出去，他心裡實在是捨不得呀！

「欸？這是什麼酒？怪香甜的！」項古青喝了一口，忍不住大聲稱讚。

項古青在北地喝的，都是燒刀子之類的烈酒，之前雖也嚐過南方酒，可總覺得喝到嘴裡寡淡無味。沒想到，在這不起眼的小縣城裡，竟藏著如此好酒。

李彥錦心想，算他識貨，不然真是太糟蹋了！

接下來，飯桌上，一個想要趕緊套話，一個則是想搞定麻煩好早點回家，兩人推杯換盞，都喝得有些急促。

因此，菜還沒上完，李彥錦的舌頭就大了起來。

「項兄，你說咱倆、咱倆為何這麼投緣呢？嗝……要不是今日太晚，我都想斬、斬雞頭跟你……結、結拜……」

項古青醉眼迷濛地趴在桌上，笑道：「咱們兄弟倆，講那些虛禮做啥……心意到，就行、行了……」

李彥錦似乎想點點頭表示同意，結果醉醺醺地，直接在桌面上磕出「砰」一聲脆響，然後就趴著不動了。

項古青叫他兩聲，都沒反應，遂搖搖晃晃地起身走過去。

他拉了把椅子，挨到李彥錦身邊坐下，嘴裡嘟囔著：「李兄弟，別睡啊，哥哥還有好多話想和你說……說呢，嗝～～」

李彥錦心頭一動，含含糊糊應了聲。「啥……說啥……」

項古青眼珠左右一轉，讓護衛守著門口，嘴裡依然是喝多了的聲調，道：「今兒下午，我可真長見識了……李兄弟手下這些鄉勇，真是練得好呀……嗝～～沒想到兄弟不但能當官，還會練兵，是個文武全才，哈哈哈……嗝～～」

李彥錦低頭趴在桌上，心想項古青真是來挖牆角的！不過自家娘子練兵的本事，在衛川不是秘密，瞞不住，倒不如乾脆順著竿爬，把話岔開！

「文武全才……呵呵呵，小弟我算……算什麼！項大哥，和你說句老實話吧，你別、別生氣……之前我說和你投緣，那是騙你的，哈、哈哈……」

李彥錦醉醺醺地側過頭，面對著項古青，笑得討打。

守在門外的四個護衛，原本就豎著耳朵留意房裡的動靜，此刻聽李彥錦冒出這些話來，都有些忍俊不禁。

項古青嘴角抽搐兩下，懶得裝醉了，連這種話都說出來，就不可能是假醉！

「哦……那你為什麼要騙我吶？」項古青也不去摟李彥錦的肩膀了，把手拿下來，替自己挾了一筷子酥皮鴨，沒好氣地問道。

一旁趴著的李彥錦，很自然地伸出手，把項古青筷子上的鴨腿抓過來，往自己嘴裡一塞，含含糊糊地說：「那、那是因為，我有一個……一個秘密，嘿嘿～～」

項古青動了動空空如也的筷子，強忍住修理李彥錦的衝動，瞇著眼問：「啥秘密呀？十歲尿炕？三杯就躺？」

李彥錦嘴裡咕噥幾下，右手輕輕一扯，把光溜溜的鴨腿骨從嘴裡抽出來。緊接著，這醉鬼突然把鴨骨頭戳到項古青鼻子上。

「大、大哥！分、分一半鴨腿給你～～」

項古青氣得一把拍開油乎乎的鴨骨，完全沒注意到，李彥錦這一戳，是如何敏捷迅速。

李彥錦似乎醉得眼睛都睜不開了，閉上眼，搖頭晃腦地自言自語起來。

「我……我從小到大，最佩服的人，就、就是唐大將軍！那才是咱們寧國的大英雄、大豪傑！我……我不想當官，我也想上陣殺敵，馬革裹屍……」

李彥錦說得不甚清楚，卻讓原本有些煩躁的項古青安靜了下來。

「可……可如今，唐將軍卻……我不甘心，不甘心吶！」李彥錦似乎把平日裡憋著的話，藉著醉酒之機，倒了出來。

「那些虛偽小人，為……為了一點蠅頭小利，就敢……敢構陷忠良；自己心思齷齪不堪，便……不顧大義，自毀棟梁……」

李彥錦越說越傷心，最後竟是掩面嗚咽起來。

項古青從離開北疆起，就憋在心口的一股鬱氣，在李彥錦的嗚咽聲中，化為滿腹酸楚，險些讓這位流血斷骨都不眨眼的硬漢紅了雙眼。

項古青努力吸了幾口氣，眨眨微紅的眼，沈聲喊了句：「進來，把李大人送回去吧。」

兩個護衛聞聲而入，動作恭敬地架起李彥錦，送回縣衙後宅。

白玉樓裡，項古青面對著還沒動上幾口的菜餚，強壓下滿心酸澀，乾脆把護衛都叫進來，大家安安生生，輪流吃了頓好飯。

次日一早，項古青再見到李彥錦時，雖然還是一樣笑呵呵，但謝沛夫妻倆都覺得，他的笑容真誠了不少。

李彥錦讓謝沛先去忙，自己則熱情中帶著點尷尬地迎上去。

他寧可犧牲自己，也絕不給姓項的留下挖牆角的機會啊……

因著昨日見過了英武鄉勇，項古青對衛川的兵士訓練起了很大的興趣。

當他聽說縣裡還有一支剛成立沒多久的天字號守備隊時，頓時興奮了起來。

天字號耶，那肯定是衛川最厲害的軍隊！

於是他死皮賴臉地打聽了天字號的訓練之處，硬是不顧李彥錦的糾纏，跑了過去。

這一瞧，他頓時傻了。

「咳，這、這……這就是天字號守備隊?!」

項古青看著前方正在練習射箭的四十多個藍衣小娘子，舌頭險些打成了如意結。

追上來的李彥錦撓撓頭。「才成立沒多久，再多練一陣，就會不錯了。」

項古青和他的護衛正瞠目結舌，就見謝沛竟然毫不見外地混在一群小娘子中間，更過分的是，這傢伙還不時藉著調整她們的射箭姿勢而動手動腳！

喂！別欺負他們不懂啊，在北地，也有不少小娘子學功夫呢！她們的師父若是男子，都只能隔空比畫，誰像這縣尉，居然直接握人家的手腕！

哎呀！還踹這個小娘子的腿彎！

啥！竟然捶那個小娘子的後腰！

這、這還有沒有王法了?!

幾個年輕護衛氣得差點衝上去揍人，但看看自家校尉沒發話，只能用鼻孔噴了幾下粗氣，強忍下來。

沒事、沒事，回頭給這好色縣尉套只大麻袋，不揍他個豬頭豬臉，絕不甘休！

護衛們彼此暗暗交換了眼神，默默幻想謝沛被揍得痛哭流涕、哭爹喊娘的模樣……

另一邊，項古青自聽過李彥錦那番「酒後吐真言」後，就覺得這縣令其實挺不錯的。於是，他面色不太好地湊到李彥錦耳邊，低聲道：「兄弟，你還是約束、約束謝縣尉吧……你瞅瞅他，在那些小娘子身上拍拍摸摸的，實在是……有些不堪啊！」

李彥錦一愣，他骨子裡本是現代人，又知道謝沛是女的，才覺得眼前場景沒什麼問題。此時被項古青這麼一說，他才發覺，這件事，他們夫妻倆怕是辦得有些離譜了……

「項大哥，多謝！」李彥錦正色對著項古青行禮。「唉，是我們疏忽……」

項古青見狀，臉色好了些，拍拍李彥錦的肩膀。

「我就知道賢弟不是那種貪花好色的無恥之徒，只是，你心裡乾淨，卻要防著手下人作惡。像謝縣尉，我就覺得……咱們男人嘛，真要憋不住，寧可花點錢去去火，也不能禍害良家女子！你說是不是這個理？」

李彥錦心裡默默轉了幾個主意，臉上忽然泛起欲言又止的神情。

「項大哥，此事說來，實在尷尬……我敢保證謝縣尉對這些小娘子絕對沒有壞心，他只是……只是……」

李彥錦吭吭哧哧半天，說不下去，把項古青急得半死。

「他只是怎樣？你倒是說呀！」

李彥錦左右看看，把項古青拉到附近的柳樹下，脹紅了臉，似乎下了很大的決心，準備開口。

項古青瞧李彥錦這架勢，雖然還不明白到底發生了什麼，可雞皮疙瘩卻已經順著手臂起了一串！

「喂喂喂，你臉紅個什麼鬼啊?!」

項古青心裡陣陣發毛，感覺這傢伙等下就要說出些不妙的話來……

李彥錦深吸口氣，破釜沈舟般，艱難地說道：「大哥，謝縣尉他……他對我有些……綺思……」

「綺思？」

不知為何，項古青非常小聲地重複了這兩個字，似乎嗓門一大，就要驚動邪惡勢力般。

「嗯，是呀……」李彥錦有些羞澀地低下了頭。

項古青聽了，眼珠瞪得溜圓，脫口而道：「你嗯什麼嗯?!像這樣的傢伙，不趕緊宰掉，難道還留著過年?!」

李彥錦看項古青一眼，抿緊了嘴，不忍地說：「可謝縣尉他、他是很好的人啊……」

項古青大罵：「好個屁啊！」

都覬覦你的清白了，怎麼還一點都不生氣？

欸？這不對啊！

項古青後知後覺地張大了嘴，眼珠子快瞪出來，嘴角瘋狂抽搐著，結結巴巴地說：「難道……你也看上他了？」

李彥錦低下頭，用腳尖踢著小石子，幾不可聞地「嗯」了一聲。

項古青倒抽一口冷氣，再也控制不住自己，拚命搓了搓兩條臂膀，看天看地看左看右，就是無法直視眼前這個嬌羞的縣令大人。

昨晚豪邁痛飲，憂憤難平的李賢弟，怎麼突然就……

項古青再轉頭去看那群小娘子中的謝沛時，忽然發現，那人真是越看越古怪！瞧他走路的樣子，沒事踮什麼腳後跟？那輕盈步態看著就彆扭。哎喲，連手指也長得像娘兒們……

難怪李彥錦敢打包票，說謝沛對那些小娘子沒什麼邪念吶……敢情，這兩個大爺們早就在彼此身上歪了心啊！

項古青縮肩抱臂，僵硬了許久，才乾巴巴地冒出一句：「節哀……咳咳！」

這話一出口，兩人都是一呆。

李彥錦額角暴起一根青筋，心想，這大概對項古青的刺激太大了，還是假裝沒聽到算了……

中午吃飯時，謝沛奇怪地發現，項古青那夥人不見了。

「欸？他們人呢？」她幫自己添了碗蘿蔔大骨湯，問道。

李彥錦嘿嘿一笑。「項校尉說要去查看地形，不用我們作陪。」

謝沛聽了，也沒多想，歪著頭，瞇起一隻眼，朝手中的筒子骨裡瞄了瞄，發現骨髓還沒化掉，遂湊上嘴，吸溜、吸溜地吮了起來。

李彥錦看娘子吃得噴香，轉身拿過濕帕子，等著幫她擦手。

想起某人拒絕與他們一同吃飯的表情，他不禁又暗樂了起來。

第六十九章

下午，項古青等人跟著幾個老吏，在衛川縣附近轉轉。

他們很快就從幾個本地人嘴裡問出來，衛川縣內所有的兵士訓練，都由謝沛一手操持。

護衛們倒是很高興地商量著，該如何想法子把謝沛調到唐琦麾下，唯有內心藏了秘密的項古青還在左右掙扎、猶豫不決。

如果把謝沛弄過來，他會不會捨不得李彥錦，從而要求兩人一同調動？如果他捨得李彥錦，會不會在軍中看上別的男人？如果李彥錦知道他移情別戀，會不會追來糾纏……

項古青想著，煩惱地猛抓頭髮幾下，嘴裡大叫一聲：「不要！這就是個大禍害！」說著，他滿臉不善地吩咐護衛們。「你們聽好了，沒事少在謝縣尉面前晃！我醜話說在前面，那人功夫不比我差，你們單獨對上他，怕是誰都難逃魔爪。」

「魔爪？」護衛們彼此對視，都覺得有些莫名其妙。

年紀最小的那個，滿臉興奮地問：「項大哥，既然那謝縣尉不是好人，咱們乾脆主動出手，一擁而上，幹掉這個魔爪！」

「噯，不要瞎搞！總之，你們記住，離他遠一點，離那個縣令也遠一點，就行了！」

項古青不好解釋自己的擔憂，只能煩躁地嚷嚷道。

三天後，費馳藹帶著兩千廂軍和半個月的口糧，趕到了衛川。

兩千人裡，只有六百人是真正的廂軍，其他一千四百人，都是費馳藹許銀錢雇來的。這些人須等到完事，才能領到雇錢，所以真正讓費指揮使心疼的，還是那半個月的口糧。這原本都是裝進他口袋裡的東西啊，如今卻要重新掏出來，實在讓人心疼。

費馳藹心疼之下，就想在衛川縣幫自己補回來。

他不但提出要讓廂軍進城駐紮，還毫不客氣地為自己開了份十天不重複的豪華菜單。「告訴李縣令，按這個準備就成，不用太過客氣。」

費馳藹不要臉地把菜單遞給衙役，讓他傳話去了。

結果，這份菜單還沒送到李彥錦手裡，項古青就帶人來了。

「費指揮使來了，帶了多少人馬、多少糧草呀？」項古青開門見山地問道。

費馳藹磨了磨後槽牙。「還是太倉促了點，這幾天，我都沒怎麼睡……」

項古青聽他解釋幾句，嘆了口氣。「若聖上知道寄予厚望的廂軍竟是這種模樣，不知該如何心痛啊……」

費馳藹嘴角直抽，還沒來得及辯解，就聽見這該死的傢伙用包容忍讓的語氣說：「算了，算了，先這麼湊合著。費指揮使，既然人少，只好多多訓練了。時日不寬裕，咱們趕緊去我看好的地方紮營吧。」

就這樣，才進城，連凳子都沒坐熱的兩千廂軍，就和他們的指揮使一起被項古青拉到離衛川縣城二十里遠的野地。

在這前不著村、後不著店的地方，費馳藹的豪華菜單，最終淪為了一張廁紙……

早在抵達衛川的頭一天，項古青便派出兩組護衛前往荊湖和豫州，打探其餘人的情況。

然而，兩組人馬先後送回了讓人憤怒、鬱悶的消息。

原本，項古青還以為湖白府廂軍已經夠糟糕了。可是，真是不比不知道，廂軍的情形，沒有最糟，只有更糟！

荊湖府那邊，別說湊六百人，竟連個空殼子都沒有。想要追究責任，荊湖府廂軍指揮使居然還在上任路上；原本的指揮史早報了丁憂，幫他的七舅老爺守孝去了。

至於爆發瘟疫的豫州，去平亂的小將不但要和當地官員周旋，還要時刻提防敵視他們的百姓突然出手攻擊，簡直腹背受敵，日夜不寧！

因為荊湖府和豫州的窘況，所以項古青有了比較充裕的工夫，可以好好練一練湖白府的廂軍。

轉眼，半個月過去，兩千廂軍在項古青和護衛的訓練下，果然比之前長進許多。

只是，還沒開打，他們的糧草就快吃完了，所以費馳藹被逼著回去運糧。

費馳藹氣死了。原本他是想著弄點甜頭，讓項古青去平亂，待平亂成功，再收拾他，好把功勞瓜分掉。

可是，項古青把人馬、糧草騙到手後，就死活不挪窩了，一群人成天蹲在荒郊野外，搞什麼見鬼的訓練……

早幾天，費馳藹便動了殺機，眼看糧草一天天被消耗掉，項古青卻根本不提平亂之事。若是責問他，人家就追問，剩下的六千廂軍和糧草在哪兒……

費馳藹忍無可忍，終於放棄侵吞功勞的計劃，打算直接動手殺了這個該死的校尉！

費馳藹想得很好，但被他安插進廂軍隊伍的親信卻遲遲無法得手。

原來，別看項古青一副愣頭青的模樣，行事卻繼承了唐琦的嚴謹之風。軍營中，不分白天黑夜，身邊始終有四個精英護衛保護著他。這群護衛可不像費馳藹養的廢物，稍微有些風吹草動，便能立刻察覺。

無法近身下手，那闖進主帳殺人，總可以吧？

但是，項古青建立的臨時軍營中，軍紀嚴明，沒有正常事由的閒人，根本連主帳的影子都瞧不著！

費馳藹急得上火，苦思多日後，身邊的師爺忽然提出個奸計。

「大人，既然咱們沒辦法在軍營中動手，那只能把人騙出來，再……」

費馳藹皺眉。「騙出來？要怎麼騙？他能上當嗎？能甩開那些護衛嗎？」

師爺嘿嘿一笑。「大人，他在軍營中，自然行住坐臥都有人守著。可男人在辦某些事時，我相信，他絕不會讓人在一旁看著……」

費馳譪看著師爺猥瑣的笑容，忽然睜大眼，樂道：「對！他辦那事時，總不會還讓四個護衛守在屋裡吧？哈哈哈……」

師爺摸了摸自己的八字鬍，說起自己的計劃。

「大人，此事還要好好籌謀一番才行。咱們得找到可靠的窯姐兒，要能迷得住那人，又有膽子配合咱們動手……」

三日後，衛川縣城裡，正在巡邏的孟六經過窯子，忽然被裡面的芳姐兒叫住了。

「孟大哥，我有點事，想同您說說……」

孟六發現芳姐兒神色有異，遂吩咐手下繼續巡邏，自己進了窯子。

片刻後，孟六走出窯子，趕回衙門，急匆匆去見謝沛，低聲稟報了芳姐兒所說之事。

「沒想到，咱們衛川縣裡竟有人這般猖狂。」

謝沛皺眉，縣尉負責縣內秩序，此刻聽到這種事，自然不能掉以輕心。

「還有，芳姐兒說，那人的口音雖然像衛川人，但到底和本地人不同。應該是附近州縣，至少是湖白府境內之人。」孟六補充道。

謝沛點頭。「芳姐兒做得很好。你告訴她，安心等著，明日我會派人前去襄助，到時候聽他吩咐行事就成。」

孟六點頭應了，下午就去傳話。

原來，昨日有個嫖客去找芳姐兒，快活了一番。

芳姐兒年紀已經不小，容貌也不出色，可性子爽朗風趣，常逗得尋歡客們開懷大笑。快活完，嫖客約莫非常滿意，臨走前，又低聲與她談起另一樁生意。

嫖客說，兩日後，他的主家會請友人來此地消遣，因主人想捉弄夫綱不振的友人，請芳姐兒無論如何要把人留下。

又擔心那人膽怯，不敢行事，嫖客還說，會帶助興藥，讓芳姐兒尋機偷偷下到酒裡。

這話聽著似乎沒什麼毛病，芳姐兒笑著應下了。

待客人走後，她與老鴇說，老鴇到底老辣，察覺出不妥之處。

別的倒也罷了，只說助興藥，這在其他地方可能不太常見，需要自備，但在妓家卻是最常用不過的東西。平日裡，為讓那些有錢嫖客大散銀錢，她們自己都會偷偷用些，從最簡單的助興羹湯，到催情藥粉都有。

那位嫖客，看其行事，也是花中常客，對這種事，應該心知肚明。

他明知窯子裡就有助興藥，卻要自己帶，還要託芳姐兒偷偷下到酒裡。

老鴇一聽，頓時覺得，這其中怕是藏了禍心。

芳姐兒和老鴇商量，老鴇說，她們乾脆躲出去，避開後日那嫖客，也就罷了。

但芳姐兒想，嫖客若真想害人，就算找不到自家，定然還會找別家；又或者，這次不成，再等下次，總之繼續害人。

這三年來，李彥錦和謝沛把衛川縣治理得井井有條，百姓安樂；兩人還辦了不少案子，為真正的苦主解了冤屈。因此，他倆在衛川縣中的聲望，一日高過一日。

連芳姐兒這種暗娼，都對兩位官老爺非常尊敬。有他們管著衛川，再沒有兵士和地痞敢肆意欺壓、搜刮她們這些女子。

因此，最後芳姐兒決定冒冒險，把這事告訴巡街的孟六。

孟六心細，還問了嫖客的模樣，才回縣衙稟報。

謝沛聽完後，想起之前在府城外的廂軍營裡見過的某個傢伙，那人正是費馳藹的親信。

如此看來，這事還真是個局了……而且要對付的，就是項古青！

於是，謝沛去找李彥錦商議。

其間，李彥錦不知說些什麼，竟把性子沈穩的謝沛逗樂了幾次。

看來，之後有好戲看了！

很快地，到了與嫖客約定的日子。

芳姐兒有些坐立不安。雖然孟六已經告訴她，此事稟報上去，謝沛會派人過來處理，可沒見到人之前，她實在是心神難安。

中午吃過飯，大部分的人都在消食小憩，窯子門前，突然來了位身材高眺的女客。

從早上起，老鴇就守在門口，此刻看見有人，先是緊張了下，待發現是女客後，臉色頓時尷尬起來。

「這位娘子，我們這兒白天不接客，屋子裡沒有別人……」她以為是某位嫖客家的娘子，跑來尋人或鬧事的。

孰料，那位娘子一掩嘴，嬌笑著說：「哎呀，我叫白姐兒，是來幫芳姐兒的。孟六哥不是都和妳們說好了嗎？」

「啊?!幫、幫忙的啊！」老鴇腦子裡轉了好幾下，才反應過來。

她和芳姐兒原是猜想，縣尉大人會派幾個能幹衙役埋伏在床底或牆後呢。誰承想，人家竟派了個女嬌娘來！

芳姐兒聞聲而出，驚訝得櫻唇微張，不過想到最近非常有名的藍衣女兵，眼珠一轉，便明白過來。

「嬷嬷，快請姊姊進來吧。」芳姐兒脆聲說道。

「誒，誒……請進、請進，家裡只有幾杯淡茶，還請不要嫌棄。」

老鴇腦子裡還亂著，嘴裡一通胡言亂語，把人請進來，讓芳姐兒帶她去了堂屋。

芳姐兒笑吟吟地請白姐兒坐，又喚來一個剛留頭的小丫頭，讓她坐在門檻上守著，有人靠近，就大聲言語。

「姊姊果然不凡，一看就透著股英氣！」

芳姐兒好奇地打量白姐兒，發現她除了嗓音有些粗啞外，相貌還真是美得別有一番滋味，遂小聲跟她商議起來。

「還請女官爺不要介意，妳最好換一身打扮。不然，等下那些人來了，怕要以為妳也是……如我一樣，說不定會動手動腳……等會兒，我幫妳找套粗布襖褲，就說妳是我請來的廚子，這樣才不會讓人起疑。」

孰料，白姐兒聽完，翹起蘭花指，用帕子掩嘴笑道：「哎呀，芳姐兒真是細心，不過，不用了。不瞞芳姐兒，我要在乎這個，大人就不會派我來了。等下，妳當我是同行便成。」

芳姐兒聞言，小嘴張得溜圓，俏臉抽搐兩下，乾巴巴地說：「這……咳，好吧。」

白姐兒見她這模樣，越發笑得花枝亂顫，笑夠之後，說道：「等下，芳姐兒看緊那嫖客的友人，待你倆進房後，把實情告訴他，讓他在房內聽動靜。」

芳姐兒點頭。「我們等女官爺把壞人抓住後，再出來。對嗎？」

白姐兒道：「妳告訴他，讓他別壞了謝縣尉的事，待我出聲喊你們出來，妳再開門放人。待在屋裡時，也別靠近門窗……」

白姐兒又細細交代了幾句，便滿臉興奮地在窯子轉了起來。

老鴇跟在兩人後面，偷偷拽了下芳姐兒的袖子，擠擠眼睛，小聲問道：「這個人……行嗎？我怎麼瞧著……」

芳姐兒擺手。「嬤嬤，這是位女官爺，能開弓射箭，上馬揮刀。放心吧，她們對付幾個軟蛋，根本小事一樁！」

老鴇小聲唸了句佛，雖還是有些不安，卻只能依計行事了。

與此同時，縣城外，項古青搭的臨時軍營裡，費馳藹努力擠出笑臉，正在和他說話。

「唉……項校尉來了這麼久，我都沒請你吃過飯。往日咱們因為差事，有些爭執，但不管怎樣，都是為了朝廷、為了百姓。

「明天，我要回府城運糧，今晚不如由我做東，請項校尉進城樂呵、樂呵。項校尉千萬別客氣，咱們的交情好，今後運糧送兵也更順利不是？」費馳藹陪著笑臉、暗藏威脅地說。

項古青一愣，這傢伙竟然要請客？心裡轉過幾個念頭，笑著應下。

「咳，不瞞費指揮使，這半個月，可把我累壞了，要是能出去鬆快、鬆快，有何不可？不知費大人想去哪兒樂呵？」

費馳藹聞言，心裡鄙夷，嘴上卻嘿嘿笑道：「項老弟只管放心，好酒好菜，少不了你的。且你成日和這些酸臭軍漢在一起，怕是許久沒開葷了吧。今晚老哥找了個嬌俏可人的小娘子，讓你好好鬆散、鬆散！」

項古青挑高眉頭。這廝不但要請吃飯、喝酒，連女人都送上來了？無事獻殷勤，那可是非奸即盜……

不過，他向來膽大心細，臉上露出猥瑣笑容，猛地一拍費馳藹的肩膀。

「費老哥，夠意思！咱們什麼時候去？現在就出發嗎？」

費馳藹瞧他一副急色模樣，嘴角撇了撇。「不急、不急，那種地方，白日不開門迎客，早去也沒意思。一個時辰後，咱們騎馬去吧。」

「好！」項古青喜得直搓手。「哎呀，我得去洗漱一番，莫熏跑了嬌娘，哈哈哈……」

費馳藹見目的達到，仰著頭，離了項古青的主帳。

他還沒走遠，就聽見項古青在身後吆喝著，要燒熱水洗澡、洗頭……

待費馳藹走遠後，項古青叫來兩個貼身護衛，低語一陣後，他們轉頭出帳，找了四個護衛，悄悄離開軍營。

項古青吩咐完，自去洗漱。待他收拾乾淨，費馳藹就來喊人，便一起騎馬出去了。

第七十章

就在項古青與費馳藹出發之時，有人敲了窯子的門。

老鴇迎了出去，來的正是前日尋歡的嫖客。

不待她客氣幾句，那人便吆喝道：「趕緊弄些好酒好菜，我家主人馬上就要帶著朋友過來，叫芳姐兒快快打扮！」

芳姐兒迎出門，看看那人，朝身後的白姐兒微微點頭。

嫖客見到芳姐兒，上下打量一陣，道：「再換件顏色鮮豔點的衣裙來，披個紗衣什麼的……」話沒說完，就看到芳姐兒身後的陌生女娘。

「欸？這是何人？」嫖客的臉色有些難看。

芳姐兒還沒開口，白姐兒一扭一扭地走上前，揮揮帕子，嬌滴滴地說：「客官怕是有些呆呢。你家主人帶著朋友來消遣，怎可只有一個嬌娘相陪？莫非你家主人樂著，朋友在旁邊乾看嗎？」

嫖客嘴角抽搐，上下掃了遍這妖裡妖氣的女娘，轉頭問芳姐兒：「她是哪家的姐兒？可靠嗎？我家主人跟前，不是誰都能靠近的。」

芳姐兒點頭。「再可靠沒有了！這是我家表姊，男人走了，一個人在家待著無趣，就來看看我。她是個再有趣不過的人兒，你家主人肯定滿意！」

嫖客聽了，又轉頭瞧了瞧高䠷的白姐兒，見她拋個媚眼過來，還順勢抖了抖那對豐滿的胸脯……

「噗！好、好吧！」嫖客連吞幾口口水，話都說不全，眼珠子只差沒掛在那對圓滾滾的肉饅頭上。

接著，嫖客把芳姐兒拉到一旁，遮遮掩掩地遞了個小紙包過去，再三囑咐：「這是上好的春藥，不傷身體。我主人的朋友有些迂，妳下藥時一定要避著他，別被看見了……」

交代完正事，嫖客放下十兩銀子，臨走前，狠狠盯了騷得發浪的白姐兒一眼，才嚥著口水出了門。

待嫖客走後，芳姐兒就把小紙包交給白姐兒。

白姐兒打開一看，是些淡黃色粉末，低頭聞了聞，感覺像是幾種藥混合而成的藥粉。她把這些藥粉倒在另外一個紙包中，仔細收起來，對芳姐兒說：「妳去弄點黃豆粉混麥粉，再重新包上吧。」

芳姐兒應下，出去買包灑上黃豆粉的點心，又在巷子口的小館裡叫了桌乾淨精緻的席面，約好時辰送來。

準備妥當，就等魚上鈎了。

半個時辰後，馬蹄聲嘚嘚，兩名男子在窯子門口下了馬。老鴇迎上前，喚幫閒過來牽馬去拴。

費馳藹把馬鞭一丟，斜眼問她：「酒席可擺好了？前兒就派人來預定的。」

老鴇滿臉堆笑。「擺好了。客官只管進屋，飯菜正香，酒也溫著，正盼您來吶！」

費馳藹哈哈一笑，拉著項古青進了屋。

兩人見堂屋裡已經擺好酒席，直接上桌，準備開動。

費馳藹看屋裡只有他們和老鴇，眼珠一轉，對老鴇喝道：「豈有此理，妳家娘子怎麼不出來見客？莫非還要人請？」

老鴇一迭聲地說：「就來、就來，芳姐兒知道今晚客人矜貴，換了幾套衣裳都不滿意，這才耽誤了點工夫，客官勿怪。」

費馳藹看著項古青，笑道：「哎喲，這才是女為悅己者容吶～～」

他話音剛落，就見兩個窈窕女娘掀開掛簾走過來。

費馳藹一見來了兩人，不知哪個才是芳姐兒，頓時暗罵手下蠢笨。

好在，兩位娘子行完禮後，就自己報上名字了。

「我是芳姐兒，這是白姐兒。」

不等項古青開口，費馳藹連忙說道：「哎喲，這個白姐兒對我胃口。老弟，我就不客氣了，欸嘿嘿嘿……」

項古青瞧著高眺的白姐兒，總覺得哪兒不對勁，但面上沒顯出來，只衝芳姐兒點點頭。

「那妳陪我吧。」

費馳藹見事情順利，遂開心地勸起酒來。

就在屋裡四人吃吃喝喝之時，衛川縣城的夜色中，有三批人馬正朝這座小小宅院趕來。

最先到的，是項古青的精英護衛。他們提前埋伏在城門內側，看到項古青進城後，就緊跟其後，一路尾隨而至。

幾名護衛都扮成尋常閒漢，只在褲腿和腰間藏了兵器。瞧見窯子裡除了自家校尉和費馳藹之外，並無其他男子，稍稍放心些，守在窯子外。

第二批趕來的，是費馳藹的十來個親信。他們早摸清了窯子內外，一來就貓到某間房的院牆外。

這夥人在府城行事猖狂慣了，如此明顯地蹲在人家院牆外面，竟然毫不在意。

房頂上，謝沛冷眼瞧著他們，搖了搖頭。

她潛回孟六等人身邊，吩咐道：「你們分成六人一組，扮成巡邏的模樣，在這條街上來回走。等下聽到窯子有人尖叫時，就衝進來大喊抓賊，到時候，我會帶著你們抓人。動手時，別管那人吆喝什麼，直接堵嘴捆人。後面的事，再聽我吩咐就行。」

「是，大人放心！」孟六等人低聲應道。

謝沛點點頭，轉身兩、三步竄上房頂，身形一晃，又消失不見了。

此刻，窯子的堂屋裡，費馳藹正拚命向項古青勸酒。

不久，桌上的酒壺全喝空了。

費馳藹偷眼打量項古青，發現他臉色脹紅，眼神也有些呆滯，感覺下藥的時機到了。於是，在芳姐兒起身去替酒壺加酒時，費馳藹假裝尿急，也跟過去。

兩人一走，白姐兒忽然衝項古青拋了個媚眼，隨即低聲道：「項大人，我是謝縣尉派來的，等下您再喝兩杯就裝裝醉，跟芳姐兒到房裡待著。到時候，芳姐兒會把事情解釋清楚，此刻不便多言。」

項古青正裝著醉，聽她這麼一說，愣住了。

不過，沒等他開口追問，費馳藹就大呼小叫地回了堂屋。

項古青看著端新酒進來的芳姐兒，又瞟了眼有些興奮的費馳藹，心裡有了判斷。

待芳姐兒再給他倒酒時，他假裝喝多了，將酒盞裡的酒灑出大半，一小半含在嘴裡。再藉著吃菜喝湯的機會，把含在嘴裡的酒全吐進湯碗中。

當他假裝飲了兩杯後，就見費馳藹已經激動得忘記遮掩，兩眼放光地盯著他，面上甚至浮現出一絲猙獰之色。

項古青兩眼一瞇，伸手摟住身邊的芳姐兒，猛地起身，連帶著掃過桌上的碗盤酒盞，乒乒乓乓地砸落一地。

「走走走，老子難……難得出來快活、快活，誰要看你這老、老傢伙喝酒……芳姐兒，咱們進屋去，我給妳看個好……好寶貝，欸嘿嘿嘿～～」

項古青嘴裡胡亂說著，摟著芳姐兒朝房裡走。

費馳藹咬了咬牙，為求謹慎，到底沒有立刻翻臉，朝芳姐兒使了個眼色，道：「還不快把人扶進房，妳可要好好伺候啊……」

芳姐兒點點頭，嬌笑著把項古青扶進去。

兩人離開後，此刻還待在堂屋裡的費馳藹終於鬆了口氣。

他親眼看著項古青喝下摻了蒙汗藥和春藥的酒水，現在只需等著藥效發作，那廝失了神志後，就可以招呼人進去，把他宰了。

弄死項古青，再把這幾個娼妓一併滅口，然後他帶著人連夜出城，諒衛川縣令沒憑沒據的，也不敢找上門來！

費馳藹把事情想了一遍，覺得沒什麼遺漏的，心情放鬆下來，才有心思打量起身邊的美人兒。

老實說，這個白姐兒其實不對他的胃口。長得太高、氣質太硬，嗓子還太啞……他喜歡的，可是嬌嬌小小、柔柔弱弱的那款。不過，小地方嘛，想來也沒多少配得上他的嬌娘，湊合、湊合吧……

費馳藹想著，眼珠一轉，目光落在白姐兒飽滿的胸脯上，猥瑣一笑。

「這小地方的女人雖然粗俗，可也有些妙處。瞧瞧這對奶子，怕是比砂鍋還大幾圈……嘿嘿……」

白姐兒聽了，雙眉高高挑起，右手端起面前的酒壺，左手用力按住費馳藹的後頸，一邊撒嬌、一邊猛灌費馳藹。

「客官，您要是把這些酒都喝了，我就給您看看，比砂鍋還大的……嘻嘻～～」

費馳藹被灌得連連直咳，心裡正有些不爽，孰料，還沒發作，就覺得雙腿一軟，小腹中冒出一股奇怪的癢意。

白姐兒感覺費馳藹掙扎的力道變小，就把他的胳膊拉到自己肩膀上，做出被人摟著的姿勢，把他拖進了隔壁的房間。

白姐兒一邊拖人、一邊小聲嘟囔：「走走走，進屋給你看看比砂鍋還大的……你爺爺的鐵拳！」

兩人剛進房，謝沛就從窗戶竄進來。

她看著在地上亂拱亂蹭、站不起來的費馳藹，問道：「這是中了什麼藥？」

李彥錦扮的白姐兒扠著腰，嗤笑了聲。「反正都是他自己弄的，看樣子，應該是強效春藥和軟筋散之類的東西。」

謝沛聽了，踢地上的人一腳。「那就不能浪費他這番心意，你等等我。」說著，翻出了窗戶。

片刻工夫後，謝沛拎著一個人，又竄進來。

「這是剛剛來的嫖客，應該是費馳藹的心腹。我已經打暈他了……」

謝沛的話沒說完，白姐兒就把人接過來，準備動手。

發現謝沛還盯著他瞧，白姐兒沒好氣地說：「喂，妳還想看著呀？趕緊轉過去！」

謝沛哼笑一聲，別過頭。

只聽見一陣唰唰唰亂響，白姐兒把費馳藹和他的親信剝了個乾淨，然後抓著兩人的後脖子，把他們丟到床上。

床簾還沒來得及拉下，被下藥的費馳藹就忙乎起來……

「行了，妳出去吧。」白姐兒聽那動靜有些不堪，遂催著謝沛離開。

謝沛忍住笑，走到門口，就聽見身後忽然傳來難聽的尖叫聲，彷彿用鐵刀在刮著某人的骨頭……

候在外面的孟六等人，一聽信號來了，立刻大吼著「抓賊啊」，衝進窯子，破門而入。

項古青的護衛見狀，立刻跟上。

而原本貓在院牆外、等著費馳藹召喚的十幾個親信則傻眼地你瞧瞧我、我瞅瞅你。不過，見那麼多人衝進去，怕費馳藹出事，也只能翻牆的翻牆，走大門的走大門，跟進了窯子。

另一間房裡，已經知道事情始末的項古青，也被隔壁的尖叫嚇了一跳。可他記得芳姐兒說過，讓他們等謝沛出面再出去，因此只能貼在門上，聽著外面的動靜。

堂屋裡，很快就傳來一陣雜亂的腳步聲和呼喝聲，項古青聽得出來，至少有三十多人衝進了堂屋。

緊接著，亂糟糟的人群中，不知是誰帶頭，居然直接奔向項古青隔壁、費馳藹和白姐兒所在的房間。

砰！有人把房門踹開，接著，時間彷彿停頓了一瞬。原本鬧哄哄的宅院裡，剎那間寂靜無聲……

一個熟悉的尖叫聲忽然響起，眨眼間，窯子裡恍如炸了馬蜂窩，鬧聲震天。

「我的老天爺呀！竟然有男人跑到窯子裡來偷男人啊！」

此時，費馳藹的親信也擠了進來。然而他們無論如何都想不到，居然看見自家大人與他最得力的親信赤條條地疊在一起，而且大人正亂親亂拱，嘴裡還不斷地發出羞死人的淫言浪語，情狀不堪到讓他們這些平日浪慣的人都覺得自己實在太純潔了……

這時，項古青在房間裡等得心急火燎，當他再也忍不住，準備衝出去時，終於聽到謝沛的聲音。

「愣著做什麼？抓到賊人了嗎？」

謝沛大聲吼道，孟六等人這才醒過神來，顧不得噁心，衝進去把兩條白花花的光豬捆了個結實。

費馳藹的親信想阻攔，可他們不敢暴露費馳藹的身分。畢竟，被當賊人誤抓，還好處理；要是在這種情況下爆出費馳藹的身分，回頭別說臉了，怕連自己的小命都沒法保住……

這些親信一猶豫，費馳藹和他的「相好」，就被謝沛帶了出去。

隔壁房裡，項古青早在聽到謝沛的聲音時，就推開門縫，看起了熱鬧。

待他瞧見謝沛帶著兩隻光溜溜的豬離開時，面上神情頗為複雜詭異……而費馳藹的親信們眼巴巴看著自家大人被謝沛抓走，還沒想出法子把人撈出來，其他鄉勇的動作更快，把他們全部抓進縣衙大牢。

有人叫囂吵嚷，結果非但無人理睬，連吃喝都沒人管了。

有人見狀不妙，忙把身上揣著的銀子掏出來，想要打點一二。

獄卒接了銀錢，哼笑一聲。「別怪老子沒提醒你們。有人進來，吵得比潑婦罵街還熱鬧，什麼時候連說話都沒力氣了，自然就有人送吃的、喝的來。」

這些人一聽，頓時蔫了下來，只敢小小聲偷罵幾句，不敢再鬧。

第二天，更要命的打擊來了。

原本這些親信還指望著費馳藹出去後，再來搭救他們，孰料，他們的救星竟然在自己的猛藥之下，差點一命嗚呼。

前來診病的老大夫搖著頭，從牢房中走出來，邊走邊嘆。「世風日下啊……像這樣作惡作得發了馬上瘋的，居然沒死？如今癱著，反倒帶累旁人，唉……」

「馬上瘋?!」一眾親信聽了，面面相覷，茫然失措。

幾日後，當他們見到連口水都管不住、已然癱瘓的費馳藹時，這才知道，大勢已去。

有腦子活絡的傢伙，當即棄暗投明，願意出面作證，誓要揭發費馳藹多年來的罪行……

五日後，正在府衙大堂喝茶的戴如斌接到衛川送來的急報。

看完後，戴如斌氣得跳腳大罵！

原來，李彥錦竟然拿出一份費馳藹的口供。這份口供要命的地方在於，上面把費馳藹這幾年來送了戴如斌多少賄賂寫得清清楚楚；甚至連戴如斌背地裡咒罵多少上官，議論多少是非，都一一道來。

若讓別人看到這份文書，戴如斌不用想升官的事了，能保住頭上的烏紗帽，就算萬幸。

戴如斌口沫橫飛地罵完費馳藹，又罵起李彥錦。如果李彥錦提前傳消息來，他完全可以暗中把事情抹平，可如今李彥錦這麼做，事情便棘手多了。要是他沒辦法在明面上給李彥錦一個交代，這混蛋就能名正言順地把案子捅到上面去。

好在，戴如斌別的才能不多，推卸責任、拋黑鍋的本事卻不小。

他接到急報的當天，就帶人把費馳藹在府城的宅子抄了。

這一抄，自然讓戴如斌抄到重要證據。不但有費馳藹表達對朝廷不滿的幾首反詩，甚至還有他與三年前下山作亂的山匪保持密切聯繫的信！

至於費馳藹這個不學無術的廢物，是如何寫出合平仄的押韻詩詞的？只能說，他城府極深，矇騙了眾人……咳。

當項古青把費馳藹押回府城後，戴如斌看著中風癱瘓的費某人，鬆了口氣。

為盡快了結這樁爛事，也不讓李彥錦再拿費馳藹的口供說事，戴如斌不得不出了點血。

他把從費馳藹家中抄出的銀錢全給了項古青，算是湖白府出錢支援朝廷平亂。回頭項古青愛買多少糧，就買多少糧；想雇多少兵，就雇多少兵。全隨他的意，府城再不管了！

項古青很滿意這個結果。尤其是與荊湖和豫州的同袍相比，他如今的處境簡直好得不能再好了！

於是，項古青暫時留在府城，派護衛不斷買糧草，同時四處挑選雇傭合意的兵卒。

第七十一章

少了好些「幫手」後，項古青的臨時兵營裡，就有點亂了。

原本六百廂軍還罷了，反正都是當兵，在項古青手下，除了累點，吃喝住用上，倒更好些，因此還算老實聽話，訓練時也更認真。

而那些衝著錢來的一千多人則不一樣。此時他們得知費馳藹壞了事，這下子，之前費馳藹許諾的報酬，怕是要打水漂了。

沒錢拿，又要吃苦受累，最後還得賣命。這種虧本事，誰願意幹啊?!

因此，這一千多人開始暗中聯絡，打起逃跑開溜的主意。

項古青不是傻子，很快就察覺到這批人起了異心。

按理，他只要說一聲，事成之後，還會按費馳藹的許諾發錢，甚至再多說一點，就能讓這一千多人留在軍營中。

可項古青看慣了鎮北軍中那些熱血忠勇的好男兒，再看這些心思猥瑣、愛走邪門歪道的傢伙，就覺得他們不配當兵，更別說還要拿出那麼多錢來雇這些下三濫了。

於是，項古青去找謝沛和李彥錦，說道：「這些人實在不堪。這次我回來之前，府城那邊已經陸續招到一些可用之才，與其把錢花在他們身上，不如多招些真正的好漢。所以，這些人，我不打算留了……」

李彥錦一愣。「就算再不堪，也用不著全殺光吧？」

「咳！你亂想什麼？我只是不打算再留他們在軍營中！」

項古青無言，想不到李彥錦這小白臉的心竟然如此之黑，動不動就想著把人宰了……

謝沛皺眉想了下，開口問：「可是其他幾路官兵出了事？」

項古青眼睛一亮。「謝縣尉好機敏。不瞞兩位，我原本想好的兩路夾擊、三路包圍，如今只有我這一路弄到人馬跟糧草。所以，我還有足夠的時日練兵、買糧。」

謝沛點頭，看看李彥錦，說道：「既然校尉不打算再用那批人，不如把他們交給衛川縣衙吧。」

「你們要這些地痞做什麼？」項古青問道。

謝沛嘆口氣。「衛川離嶽陽太近，說不準哪天就要打起來。可是，之前召集五百鄉勇時，已經把縣裡所有能用的男丁都用上，以至於我不得不把主意打到女子身上。即便這樣，最多不過再增加二百女兵罷了。衛川缺人吶！哪怕是地痞，我都願意抓來試試！」

項古青低頭思考了一下，覺得沒什麼不妥，就笑道：「也罷。這次買糧招兵的錢財，實是你們送給我的。那我也大方點，把這一千多人當作謝禮，送給兩位好了！」

李彥錦卻擺手。「這是為了百姓，為了衛川，哪能當作私人謝禮送來送去。這一千四百多人，本就違了法紀，他們明知自己冒充廂軍，欺瞞朝廷，居然還想著討要錢財。我身為衛川縣令，必要管上一管！」

項古青聽他說得義正詞嚴，一本正經，心裡頗有些嫉妒。這廝真是長了一張好臉皮，還有一副好口才啊！

項古青想完，懶得再與他瞎扯，轉頭跟謝沛商議起正事了。

次日一早，臨時軍營裡，有人來稟，說是之前被費馳藹雇來的人，可以到主帳裡驗明身分，然後分批離開。

早就受夠折磨的雇兵們，很快在主帳前排起了長隊。

主帳裡，李彥錦和謝沛帶來書吏和鄉勇幫忙記錄名冊，維持秩序。

很快地，第一批雇兵在衛川鄉勇的「護送」下，離開了軍營。

只是，這些雇兵並未開心多久。

剛離開軍營的範圍，護送他們的鄉勇就突然變了臉！

突襲下，兩百雇兵暈頭暈腦的，被鄉勇們全部拿下，送進縣衙的大牢裡。然後，二十名一組，依次上堂受審。

看著威嚴的縣令大人，滿堂的水火棍，這些雇兵們才真正懂了。之前冒充廂軍的事的確違反法紀，按律，他們要被發配到三千里以外、瘴氣瀰漫的南蠻之地……

這下子，那群膽小怕死之人嚇壞了，大堂上頓時響起一片震天的哭嚎聲。

嚇完還不算，這些傢伙各領了十板子，才回到擁擠的監牢中。

在潮濕陰暗的牢獄裡，不少人摸著腫痛的屁股，生出了無限的悔意。

如果之前沒跑來當雇兵，該多好呀……如果，今兒沒離開軍營，該多好呀！

就這樣，兩百雇兵被一通連嚇帶打的下馬威徹底收服了。

兩日後，兩百雇兵聽說縣令大人開恩，給了戴罪立功的機會時，人人爭搶著，生怕再回到那個可怕的黑牢中……

重見天日的雇兵們，被鄉勇和衙役帶著，先去吃了頓飽飯。在香噴噴大饅頭和雜糧飯的誘惑下，那些之前動手抓他們的「仇敵」，也變得可親可愛起來……

吃飽喝足後，兩百雇兵被帶到了城外。

公田旁有塊剛清理出來的空地，新蓋了兩排土磚房。每個房間裡，都是兩排大通鋪，一邊能睡下十來人。

謝沛開了十間房的房門，先讓他們安置好，再把人都召集起來，開始說話。

「我不知道當初費馳藹許給你們多少銀錢，讓你們膽敢冒充廂軍。如今，既然李大人開恩，允准你們戴罪立功，那我暫且先記上這筆帳。從今天起，只要能聽指揮，認真做事，我就把你們都當作衛川人！」

謝沛說著，負手而立，身姿如松。

「做衛川人有什麼好呀？」下面幾個站沒站相的憊懶傢伙，忍不住交頭接耳起來。

謝沛抬眼掃視眾人，朗聲道：「衛川人有什麼好？或許你們在這裡住一陣子，就不會這麼問了。在衛川，只要你真的出力幹活，就一定能拿到約定的報酬；在衛川，只要安分守己，就沒人能隨意欺凌你；在我們衛川，能講理！」

這話一出，下面人先是一靜，接著有人小心翼翼地問了句：「官爺，那我們要是幹活的話，也能和旁人一樣領到工錢嗎？」

謝沛嚴肅地點點頭。「這正是我要說的話！想必你們也猜到了，後面還有一千多人要過來戴罪立功，但大家也看到了，這裡房舍修得有限，所以，從明天起，大夥跟著衙門公人一起，先把屋子修起來。我們也不讓你們白幹活，除了包食宿，每天另發二十文錢，十天結算一次。」

一聽有錢能拿，還是十天就能拿一次，兩百多人頓時興奮了起來。

不過，謝沛曉得，這些可不是之前專門雇來幹活的老實人，因此冷聲說道：「不過，我醜話說在前面。我不像費大人那樣，但凡有偷懶耍滑、挑撥生事的，就只能到衙門大牢裡好好歇著了！」

不想再回去挨打受罪的雇兵們，聽了謝沛這番話後，多數人都選擇老實地幹活，不敢再鬧事了。

就這樣，謝沛兩口子連年都沒好好過，一直忙到正月底，才接管完項古青手裡的地痞。

一群閒漢就這樣在衛川縣城外團圓了。

屋舍修好，人到齊之後，謝沛一邊教他們最基本的口令規矩、一邊讓他們重新修補、加固城牆。

項古青也陸陸續續招來六百多個合用的兵士，很好奇謝沛能把那群地痞弄成什麼模樣，因此時常跑來偷瞄幾眼。

瞧這批人被謝沛壓著，老老實實修了上百間土房和幾段城牆後，他忍不住有些好笑。

看來謝沛也知道，這些人最多只能幹點活罷了。若上戰場，他們這貪生怕死，一嚇就尿，吃啥啥不夠，幹啥啥不行的德行，才真是要壞大事啊……

不但項古青這麼想，連那些雇兵都是這樣想的。

只是，他們原本以為，自己多半要落個白幹活沒錢拿的下場，孰料，謝縣尉說要給多少錢，竟是一文不少，真發到各人手中。

看著手裡沈甸甸的銅錢，不少人喜孜孜地覺得，留在這裡幹活，也是挺好的事。畢竟，有吃有住，隔幾天還能喝點小酒、吃點好肉，算是很不錯的日子了……

待城牆修完之後，這群人就閒了下來。

剛開始，還有人覺得輕鬆快活，可日子一天天過去，他們已經習慣每十天就能領到兩串錢，這下手裡突然空了，就有些慌張。

當所有人焦慮不安之時，謝沛又來了。

她開口就說，給大家帶來好消息，之前眾人幹活時表現不錯，所以縣令大人肯放他們離開了。

可這個好消息並未得到多少歡呼，想到今後吃住都要自己操心，不知能去哪裡賺幾個錢，不少人開始愁眉苦臉了。

有多少人是天生就想當地痞呢？嚐過堂堂正正幹活拿錢的滋味，再讓他們去過以前那種日子，根本讓人高興不起來啊……

謝沛看著眾人的反應，對這一個月來的成果還算滿意，遂嘆了口氣，道：「我見大家似乎不想離開，莫非還想留在衛川幹活嗎？」

下面有膽子大的人，立刻接話：「大人，小的們確實想留下。如今外面找活太難，且一個不好，工錢便會被人弄走，沒地方說理。

「大人，早知道衛川是這種好地方，不用您來抓我們，我們自己都會來投。如今，請您別丟下我們，再給我們安排些活兒吧，哪怕工錢少點也成啊！」

這人說完，好多人跟著附和，只有少數人動了離開的心思。

謝沛見狀，笑著說道：「也罷，既然你們如此信任我，我就跟你們交個底。如今城裡確實沒有適合咱們這麼多人幹的事情，若我把大家留下，沒個名頭，容易被人說閒話，搞不好還要惹來麻煩。

「我想來想去，只有一個法子，就是也幫你們弄個鄉勇的名頭，這樣便能名正言順地讓大家留在衛川縣了。」

「鄉勇？這可好得很啊！你看平時城裡那些巡邏兵，跩得跟什麼似的……」

「欸？我聽說那些鄉勇每月可有不少餉銀啊，咱們是不是也……」

想到那些穿著皂衣皂褲、精神抖擻、威風八面的衛川鄉勇，剛才還愁眉苦臉的一幫人，頓時興奮了起來謝沛也不催他們，招招手，叫來書吏，讓他寫下要離開和要留下的名單。自己則坐到一旁，默默觀察。

最後，一千四百人裡，走了兩百多人，其他的都選擇留下。

離開的兩百多人中，除了那些一心一意要走的，有些人情況比較特殊。當初他們之所以接受費馳藹的雇傭，是因為家裡太窮，等錢吃飯，甚至是等錢救命。如今，他們賺了工錢，自然急著回家。

像這樣的，謝沛當然不會阻攔。只是她沒想到，這些漢子把錢送回去後，竟然又趕回來，還不乏把兄弟朋友一併帶來的。

而選擇留下的人中，有幾十個實在太過老弱，他們若是想走，謝沛不會阻攔，可是，他們卻全選擇了留下。

謝縣尉沒有瞧不起他們，而是和新來的人一起，安排了適合的活計。

幾日後，確定了去留的人，謝沛一臉為他們好的表情，提出了要和這些人簽契。

「你們也知道，法不輕傳，像有些大家族，那些秘笈功法之類的，只有嫡支才能學。我呢，今後也會教你們一些厲害招數，雖然稱不上秘笈，但也不是誰都能學的。且今後你們還要領餉，所以一定要簽個契，彼此都放心些。」謝沛不急不緩地說道。

「應該的，應該的，若有那不懂事的，學了大人的武功，卻不好好做事，定要懲治、懲治。」下面有人應道。

想到簽了契書，今後就能安穩地留在這裡過日子，眾人很痛快地在契紙上按下了手印。

待把這些瑣事處理完後，一千二百多名地痞，在謝沛一聲令下，被帶進山裡訓練去了。

另一邊，之前項古青常嘲笑這批被他淘汰的歪瓜裂棗，如今聽說謝沛帶著他們進山訓練，頓時起了興趣。

他偷偷派了護衛，跟在謝沛等人後面，看看他們到底在搞些什麼把戲。

第七十二章

謝沛帶著一群地痞，進了古德寺後山的谷地。

這山谷有個名稱，叫葫蘆谷。蓋因整座山谷被分成一大一小，恰似一只被劈開的葫蘆。除此之外，葫蘆谷周遭的山壁也很特殊，竟是向內傾斜，彷彿要把山谷遮蔽起來一般。

謝沛把訓練之處選在這裡，自然有她的用意。她早看出來了，這批新兵，若說幹活，馬馬虎虎還湊合，可想讓他們上陣殺敵，保管逃得比誰都快。

他們之所以願意留下來當鄉勇，是以為鄉勇只負責巡街護衛，用不著上戰場與人拚命。若他們知道謝沛夫妻的真實打算，估計就算多給三倍銀子，也留不下幾個來。

這也是為什麼謝沛要和他們簽契的原因。至少今後有人想跑時，也要先在心裡掂量掂量，一溜，可是要賠十倍的錢吶……

入谷紮營後，謝沛便開始了訓練大計。

練兵與修房子、鋪路可不一樣，尤其是在謝沛手下，那真是不把人榨乾耗盡，絕不甘休。

對此，謝沛也很無奈。要想徹底收服這群地痞，不出點狠招是不行的。

果然，才練半天，就有人嚷嚷著受不了，要走了。

謝沛冷笑一聲，一巴掌將谷口上方的巨石拍下來。

這下子，葫蘆谷變成了進出不得的悶葫蘆……

新兵們全看傻了眼。

之前瞧謝沛溫溫和和的，不少人以為他不過是有身好本事、其實心很軟的年輕人罷了。因此，嚷嚷著不幹的幾個人，還想著怎麼哭，讓謝沛連毀約都不追究。

孰料，才剛開個頭，謝沛驟然翻臉，直接堵死山谷的出口……

顯然地，哪怕願意賠錢，謝沛都不打算放他們走了！

於是，新兵們就在這叫天天不應、叫地地不靈的葫蘆谷裡，開始了痛苦的訓練日子。

他們不是沒起過歪心，可來硬的，謝沛帶著老鄉勇隨行，可以隨意修理他們；來軟的，更慘，直接斷糧。

得了，想活著，就老老實實聽話吧！

日子過去，當李彥錦的春耕完成時，葫蘆谷裡的新兵也終於結束了訓練。

這兩個月來，雖然談不上練成多高深的武功，可比起普通人，他們已經有了兵士的模樣——能聽號令，整齊進退；能在隊長的帶領下，揮刀出擊；能忍受長途行軍和急速行軍；聽到撤退時，也知道不能一窩蜂地瞎跑。

三月底，謝沛帶著一千二百名新兵走出了葫蘆谷。

當新兵隊伍再次出現在城郊時，原本見過他們的鄉勇都吃了一驚。
之前那些站沒站相、懨懶鬆散的傢伙，此時已經成了站姿筆挺、目不斜視的好兵！
不過，臉上得意的笑容還是暴露出他們原本的性子——欠揍！

在謝沛回來的第二天，彩興布莊的葉管事突然送來一封急信。
這信並沒有按往常那樣，先送到李長奎或智通手裡，而是直接傳給李彥錦和謝沛。
兩人遣開衙役，趕緊打開一看，頓時變了臉色。
原來，正月時，北疆新上任的大將樊通與蠻軍大戰一場，潰敗而逃。
這一敗，不但讓鎮北軍損失慘重，更可怕的是，還讓蠻軍直接占領了一府之地。
如此大事，樊通居然動用各種方法，摀住消息。
蠻軍所占的，乃長城以北的陶合府。因地勢較為平坦，陶合府長年受蠻軍侵擾，但在唐琦率軍駐紮時，那裡幾十年不曾失守，且逐年善耕之下，已經成了北疆重要的產糧之地。
這次被蠻軍占領，陶合府在他們的鐵蹄下，生靈塗炭，滿目瘡痍。
蠻軍在陶合府肆虐一個月後，趕著數萬俘虜和劫掠來的巨額錢財，志得意滿地離開。
待他們走後，樊通才給升和帝送了加急軍報。
可這份軍報中，根本不提因他貿然出手，造成鎮北軍重大損傷；只說蠻軍全力突擊，鎮北軍作戰不利，才乍失了陶合府。
好在他樊通臨危不懼，重新整頓鎮北軍，才迅速奪回陶合府。

這樣不要臉地幫自己貼金就罷了，樊通擔心以後被人捅出他冒進失策的事，竟憑空對遠在京城的唐琦潑了一盆髒水。

軍報上說，起初戰事失利時，下面有多名將領行事可疑，且蠻軍對鎮北軍的調度異常熟悉，陶合府才被輕易占走。

樊通含沙射影，懷疑這是有人想借蠻軍之力，為自己謀權奪利。

不得不說，樊通是個非常會琢磨上意的小人，他來北疆之前，便看透皇家人對唐琦的防備與忌憚。

因此，這份軍報直接扎了升和帝的心窩子。

朕就知道！朕早懷疑唐琦這個混蛋了——

軍報是三月初傳回京中的。當天，升和帝召唐琦進宮自辯。

自回京後，唐琦沒踏出自家宅院一步。

他很希望能進宮與升和帝徹談，然而，他等了小半年，終於等到進宮旨意，聽到的卻是一番毫無根據、可笑至極的責難。

唐琦自辯時說了什麼，並未傳出。可自那一天起，他再沒有回過府。

他的護衛四處打聽才得知，唐琦已被關押，至於關押之處，不是能隨便打聽出來的。

護衛們顧忌唐琦的性命，不敢輕易挑動民心，激怒皇家。於是，唐琦被押的消息，竟然沒多少人知曉。

雖然升和帝把人關起來，卻遲遲沒有決定該如何處置唐琦。不是他感念唐琦多年來的守邊之功，而是畏懼被趕出京城的十一名小將。

因鎮北軍損傷嚴重，且陶合府的防衛被毀個乾淨，樊通在軍報中請求，趕緊調其他地方的禁軍來援。否則，蠻軍很可能會順著陶合府的缺口，直奔中原。

升和帝很聽樊通的話，在他心裡，樊通才是值得信賴的心腹。所以，他立刻下旨，調了三地禁軍，前往北疆。

只是，禁軍一走，寧國的防衛就有些空虛。

之前是為了拿下唐琦，才藉著平亂為由，把他身邊的小將趕出京城。

此時，這些小將手裡已或多或少積攢兵力，若貿然對唐琦下狠手，他們會不會因此做出大逆不道之事，可是很難說。

升和帝左右為難之際，有奸臣進言，既然唐琦有勾結蠻軍之嫌，那他手下的親信也難逃罪責。不如先讓地方武官奪了他們的兵權，將其看押起來，一一審問。

有罪的，自要押送回京；無罪的，則留下繼續平亂。

只要把人抓起來，有罪無罪，還不是隨升和帝的心意了嗎？

李家人得了消息，立刻派高手一路接力，將消息傳給了謝沛夫妻。

看完信後，夫妻倆皺起了眉頭，沈思起來。

「看來，皇帝老兒大概撐不到後年了……」李彥錦開口道。

謝沛點點頭。上輩子，唐琦去世後，北疆雖然亂了一陣，但鎮北軍並未遭到京中打壓，待謝沛等小將迅速崛起後，鑾軍再沒占過多大便宜。

可這輩子，有了樊通這麼個無能奸佞，北疆真是……岌岌可危！

「先別管那些。」李彥錦拍拍娘子的手。「眼下咱們要趕緊做點什麼？」

謝沛抿唇思索一會兒，道：「與咱們最近的，就是項古青。我倆先保住他，再想法子儘量保住其他平亂的小將，只要項古青他們手裡有兵，京中就不敢對唐將軍下死手。」

李彥錦點點頭。「這事必須告訴項古青。他聽了，不會一個衝動跑回京去吧？」

謝沛嘆了口氣。「衝動可能難免，咱們好好與他說說利弊，應該能勸住他。」

兩人商議片刻，便派人去請項古青來了。

項古青來後，就先笑嘻嘻地衝謝沛拱手。

「哎呀，我正想著來見見二位，好請謝縣尉出馬，也幫我訓一個月的兵吶……」

他的話未說完，就見夫妻倆的臉色不太好，於是收起玩笑表情，疑惑地問：「看兩位這面色……莫非是遇到什麼難事了？」

李彥錦起身走到門口，左右看看，確認四周無人後，才轉身衝謝沛點頭。

項古青見這架勢，臉色也嚴肅起來。

待謝沛將京中諸事說了一遍後，項古青氣得牙關緊咬，面色鐵青！

「一群該死的王八蛋！不行，我要回去救將軍！」

項古青猛地起身，就要向外走。

謝沛在他身後，道：「那些人就盼著你們回去！你們趕得越快，唐將軍死得越早！」

項古青腳步一頓，轉過頭，臉上的怒意還沒消退，咬牙切齒地蹦出兩個字：「為何？」

謝沛嘆口氣，問他：「你可清楚，唐將軍到底是因何事被抓？」

項古青磨了磨後槽牙。「還不就是那昏君……」剛說半句，就硬生生憋住。

好在，謝沛和李彥錦聽到這句話，神色絲毫未變，項古青才放下了戒備。

謝沛點點頭，繼續問：「你也知道是那位動了殺心。那你想過沒有，如今孤身陷在牢獄中的唐將軍還有什麼值得他忌憚，而遲遲不敢下手？」

項古青不是蠢人，很快就想明白其中道理。

謝沛見他鎮定下來，遂說了剛才和李彥錦商量好的對策。

三人又商議片刻，決定分頭行事。

當天，項古青向謝沛借了幾匹馬，又跟李彥錦借了一筆銀子，飛快趕回軍營。

他回去後，立刻派出十四名精英護衛，兩人一組，奔赴荊湖、豫州等七個地方。

離得較遠的三組護衛，每人配上雙馬，且還各揣三百兩銀票，以防萬一。

五日後，荊湖府負責平亂的劉玉開，和豫州的湯孝邦收到了項古青送來的消息。

兩位小將得信後，氣得拍碎桌子，踹翻板凳。不過，兩人沒有衝動，即刻派出人手，想趕在朝廷旨意之前，讓其他同袍都知道消息。
與此同時，劉玉開和湯孝邦開始大肆招兵，不但把自己的錢全花出去，連項古青託護衛送來的銀票，也被換成糧草。
兩地官員見狀，背地裡偷偷嘲笑他們，幹這種賠本買賣，實在是蠢。
殊不知，這才是寧國風雲變色的開始……
四月中旬，湖白知府戴如斌接到密旨，要他羅織罪名，將項古青就地處斬。
然而，戴如斌卻在趕赴衛川的途中，離奇失蹤了！
緊接著，朝廷派出去傳密旨的太監和官員，紛紛遭遇意外，不是坐船時遇上水賊，就是行路時被劫匪殺了。
消息傳來，朝堂眾人都是一驚。
雖然明面上這些人都是死於意外，但誰都清楚，死因如此相似，絕不可能是意外。
退朝後，升和帝在養心殿中煩躁地走來走去，突然大罵出聲。
「我就知道！這幫無恥寡恩之徒！朕不想傷他們性命，才特意放出去，結果呢？他們就是這麼回報朕的！居然肆意殺害傳旨公公和朝廷命官，他們眼裡根本沒有我這個皇帝，他們肯定早存了反心！」
升和帝的陰謀沒有實現，更不敢胡亂處置唐琦，心頭怒火越發熾烈。
於是，之前上竄下跳要陷害唐琦的一幫人，處境尷尬。甚至於，若不小心在升和帝面前多露幾次臉，還很容易惹得他心生不快，臉色難看。

一時間，朝堂人人自危，唯恐惹禍上身……

在京中諸人縮頭縮腦、各自尋找保命之道時，各地小將卻彷彿脫韁野馬般，暢快地幹起了大事。

最先被拿下的，正是湖白府。

李彥錦和謝沛已經營此處多年，廂軍指揮使和知府又相繼「遇害」，文、武兩方都失了首領後，湖白府的官員就被兩口子掌控了。

這次，謝沛連假文書都沒用，直接打著追查知府遇害的名頭，四處出擊。

她和李彥錦負責拿下官員，項古青則負責收攏各縣鄉勇。

五月中旬，湖白府那些罪大惡極的官員，全被謝沛下了獄。

剩下兩、三個還堪用的，被關在府衙中，在李彥錦眼皮子底下，戰戰兢兢、任勞任怨地辦差。

掌管了府衙，下面的縣鎮則由謝沛派人去接手。

之前在衛川縣跟著謝沛和李彥錦幹了幾年、且表現良好的書吏，全被分到各縣，暫代縣令等官職。

這些人頂替了那批朝廷官員後，按照衛川的規矩，先把律法整理一遍，從稅賦到刑律都做了刪改，尤其是減輕賦稅，讓當地百姓直接大喘了口氣。因此，這些新縣令很快就站穩了腳跟。

若是普通人，突然去接管一縣一鎮，多半很難順利上手。可這些跟過謝沛的人不一樣，不只有本事，還各配了一百名精壯衙役。不管去到何地，只要有刺頭敢冒出來惹事，便能直接收拾他們。

而且，謝沛為保證人手充足堪用，將衛川的衙役、鄉勇和葫蘆谷新兵打散混編。老練圓滑的衙役配上武力強的鄉勇，再帶上七十名葫蘆谷新兵，就足以護住新上任的縣令們了。

受謝沛和李彥錦的影響，這批新官員非常重視當地的兵力，嚴格控管，且行事俐落果斷，又不過分迂腐。在他們接手湖白府各地政務後，除去最初行事的青澀，很快便改變治下風氣，氣象一新。

這在寧國上下一片腐朽糜爛的氣氛中，顯得格外不同。

此外，謝沛夫妻還在出入湖白府的各條要道上，設好了關卡。

來往人員嚴查戶籍、路引，但凡要進出湖白府，卻拿不到衙門開具的路引之人，直接抓了，押回去細審再說。

一個月工夫，湖白府境內便悄悄換了天地。

但與謝沛夫妻、項古青相比，劉玉開和湯孝邦就沒這麼幸運了。沒有堪用的幫手，只能強硬些，先用兵力掌控全局。

當各地局勢較為穩定時，已經到了六月。

孰料，幾天之後，北疆突然再次爆發大戰。

大概是嘗到春季劫掠的甜頭，這次蠻軍來勢洶洶。他們留下飼養牲畜的婦孺老幼，各族的成年男子都在族長帶領下，齊聚寧國北境，準備大舉進犯。

此時，鎮北軍剛被樊通「清理」一遍，把忠於唐琦的軍官撤下一半，換上自己的心腹。樊通自己沒有多少領軍之能，他的親信更是鑽營小人。被這些人一攪和，鎮北軍簡直亂成一團，士氣越發低迷。

於是，蠻軍十六個部族，聚兵五萬，將寧國邊防打得搖搖欲墜。

都說一將無能，累死三軍。鎮北軍在樊通的帶領下，沒能撐住多久。七月初，陶合府再次被攻陷，蠻軍瘋狂嚎叫著，長驅直入。

這次不比之前，蠻軍兵力充足，他們的目標可不止陶合府這麼一點點地盤。

樊通見勢不妙，竟然果斷裝病，把兵權交給幾個副將。這些副將中，有一半是唐琦帶出來的，另一半則是樊通的親信。

唐琦帶出來的副將，被樊通的做派氣得吐血，但值此危急關頭，顧不得再去多想，只能帶領手下，拚死抵抗。

幾乎被廢了雙手雙腳的鎮北軍，就這樣，以殘存的身軀，在北境掙扎。

他們擋住剩餘四萬蠻軍，已是搏命而為，再無力追擊衝進陶合府的一萬多名蠻軍……

第七十三章

蠻軍一路燒殺擄掠，直衝到離京只有六百里遠的呂梁城時，加急軍報才送進京城。

這一天，朝堂大亂，人心惶惶。有消息靈通者，已經開始收拾行李，想出京躲避。

「廢物！你們都是廢物！」

升和帝拍案大怒，下面的群臣無人願意伸手接這個大石頭。

「蠻軍都殺到家門了，邊境的軍報才送到案前，你們怎麼不等這大殿裡換了人，再來開口?!」

升和帝怒火沖天，罵聲不斷。

「一群廢物！全給我拖出去……」

升和帝的那個「斬」字沒說出口，宰相便出列勸道：「陛下息怒，此時國家危急，正在用人之際，不如讓大家戴罪立功，好盡快解眼前之危！」

有宰相帶頭，其餘官員才紛紛進言，商議該如何是好。

升和帝漸漸按捺住怒火，頭疼地開始想法子。

因蠻軍入侵，從北至南，一路勢如破竹，鎮北軍和各地禁軍、廂軍完全抵擋不住。於是，派誰出去對戰，成了眼下最關鍵的事。

其實，所有人，包括升和帝在內，心裡都有一個名字。這個人，帶領鎮北軍二十餘年，不曾讓蠻軍踏進中原一步。

這個人，正在京中！

然而，誰都不敢當著升和帝的面說出他的名字。因為，他已經被升和帝秘密關押了近三個月。

眼看著蠻軍步步逼近，哪怕他們如今因搶掠太多而拖慢步伐，可從呂梁城攻至京城，也不過就是幾日的工夫。

兩天後，再也顧不上面子的升和帝，厚顏無恥地將唐琦放了出來。既指望他領兵拒敵，卻還虛偽至極地囑咐，要他戴罪立功。

唐琦沈默無語地接下聖旨。

傳旨太監還盼著他能說點感謝天恩的話，最好是痛哭流涕地表表心意什麼的。

然而，唐琦面無表情、無悲無喜地行個禮後，便直接去京西大營了。

就在唐琦領著京西大營的三萬禁軍出征那天，一直在頤和軒養老的太上皇突然宣佈，要離京南巡！

消息一出，朝堂頓時沸騰起來。之前還勉強群策群力地想著如何抵抗蠻軍，此時竟都爭吵著，應派何人護送太上皇。

升和帝的面色猶如吃了三斤屎般難看，可不管他內心如何咆哮，被一個「孝」字壓著，就不得不好生伺候著親爹離京。

此時，升和帝才覺得，自家親爹也太長壽了些……

太上皇走得很急，但即便如此，還是帶走不少如樞密使之類的重要官員。

就在京城中人人提心吊膽，京城外唐琦殫精竭慮地阻截蠻軍時，太上皇一行人南巡到了揚州。

自從離開京城後，這群人越走越輕鬆，待他們來到這名都時，之前在京中的惶恐和糾結，都在柔風細雨中消散而去。

時值七月，本應最是繁忙的淮陽河上，因太上皇親臨被封了起來，寬闊的河面上，顯得有些空空蕩蕩。

揚州城內的豪富、鹽商們，又是心疼收益、又是興奮激動。

今夜，太上皇將臨湖夜遊。愛鑽營的富商，已經砸下血本佈置，還打通門路，選了兩名絕色女子送上去。

是夜，西湖邊，水榭裡，太上皇左擁右抱，將兩位不似人間的美女摟在懷中。

香爐中，青煙裊裊暗香藏；水榭中，一樹梨花壓海棠……

另一邊，湖畔的亭子裡，隨行官員正笑著誇獎鹽商巨頭。

「這次，你做得不錯啊！」

鹽商嘿嘿笑著。「多虧大人指點。大人若不嫌棄，家中還有幾匹瘦馬無人餵養，還請大人幫忙收留一二。」

官員聞言，臉上露出男人都懂的微笑，低頭飲了杯酒。「也該等太上皇先過目。我們臣子，怎可搶先？」

鹽商一愣，旋即笑道：「正是、正是……」

兩人說著，忽聽水榭那邊爆出一聲刺耳尖叫，緊接著是一陣亂響，侍衛大呼起來——

「護駕！有刺客！」

一時間，湖邊大亂。

夜色中，數條黑影竄上水榭，刀光劍影中，有人悶哼、有人慘叫。

而之前正壓著嬌嫩海棠的老梨花，此刻動也不動地趴在了床榻上……

次日一早，揚州百姓發現，城裡氣氛異常不安，兵士、護衛滿街亂竄。

下午，消息傳出來——昨晚，南巡的太上皇遇刺，死了！

京城裡，聽見噩耗的滿朝官員呆若木雞。

升和帝面上哀痛，心裡卻喜多於悲。終於啊……從他出生就壓在頭頂的大山，終於倒下了……

然而，他還來不及歡喜，就被眼前的蠻軍犯境和太上皇的身後事煩死了。

而且，太上皇手中的暗衛封影刃，始終沒有回京。

待南巡官員將伺候太上皇的太監押送回京後，升和帝才知道，三位皇家護衛在太上皇遇刺當夜，就被人圍攻而亡。至於封影刃一行人，回來的官員和太監都不清楚他們的蹤跡。

升和帝鬱悶之下，只能安慰自己，好在他身邊還有五位皇家高手，只要不離開皇宮，他就是安全的。

京城外，唐琦已經與蠻軍交戰半個月，不得不說，他確實當得起「國之梁柱」的讚譽。他帶著一群陌生且不太聽命的驕橫禁軍，短短十幾天工夫，硬是在呂梁城外，抗住蠻軍的鐵蹄。

雖沒將蠻軍趕出中原，卻也絆住他們衝向京城的腳步。

不過禁軍折損甚大，唐琦上奏，須速調兵力前來支援。否則，呂梁難保，京城難保！

升和帝焦頭爛額之際，並沒有發現，數場血淋淋的暗殺已經悄悄展開。

京中數名官員相繼死亡，表面上看來毫無關聯，但其實他們全與富平侯有著不為人知的關係。

除此之外，還有幾名商人和平民意外死去，他們經營的商鋪也相繼關門。

京城陷入了詭譎的氣氛中……

富平侯府裡，似乎與往日沒什麼不同，但外鬆內緊，日夜提防了起來。

書房裡，姚錫衡面色凝重地對嫡子姚勁道：「看來，是太上皇遇刺時，露了痕跡啊……」

姚勁眉頭緊皺。「他們何必非要對太上皇動手？與其在他身上拚光本錢，還不如……」

姚錫衡搖搖頭。「你不知道，當初那位走時，對他的繼任者留了死令。他一生的悲劇都是太上皇造成的，隱姓埋名苦苦經營多年，不就是為了復仇二字嗎？」

姚勁不解地問：「那他們怎麼不早點動手？如今京中風雨飄搖，萬一被蠻族所趁，豈不是……」

姚錫衡嘆了口氣。「哪有這麼容易啊？要不是太上皇離宮，他們哪來的機會下手？那一系受他影響，性子都有些偏激，豈會在乎什麼風雨飄搖、國家安定之類的事。」

姚勁沈默一會兒，道：「眼看這火就要燒到咱們身上，父親，不如咱們也避一避吧？」

姚錫衡搖搖頭。「來不及了。你沒發現嗎？按說，動手的是他們，可封影刃卻栽到我們頭上，這說明，咱們已經被他們拋棄了……」

姚勁氣得咬牙不語。

姚錫衡自言自語著：「當初，你太爺爺就對我說過，少摻和皇家的事，那裡面的人，沒有幾個念恩情的。只是你奶奶在世時，為她這個哥哥苦苦哀求我，我實在不忍，才……

「只是，如今害了我兒啊……就算咱們出京，就算逃過封影刃的追殺，可是其他的人，會放過咱們嗎？」

姚勁看著父親蒼老的模樣，心中大慟。

姚錫衡慈愛地伸出手，撫了撫兒子的頭。

「她是我的母親、你的奶奶，我們因著她，也避不開。這麼多年了，姚家三代人為了她，日夜不安。我的孫兒、孫女實不該再為此喪命。所以，勁兒，孩子們只能靠你護著了。」

姚勁眼眶發紅，沈默不語了。

父子倆安靜了好一會兒，姚錫衡從書房的暗格裡摸出一件東西，遞給姚勁。

姚勁接過來一看，是一塊材質奇特的牌子，比金鐵輕，卻比木頭硬，觸之不似玉石冰涼，讓見多識廣的他一時沒能認出到底是何物製成的。

姚錫衡看著牌子上獨特的錦霞草圖案，不禁又想起那個美麗而倔強的少女……

姚勁看父親發呆，等了片刻，才開口問道：「父親，這是何物？」

姚錫衡眨了眨眼，道：「這原是我的虧心事，總覺得去世之後，沒辦法向你娘交代。然而，世事難料，如今，咱們姚家的後人，恐怕還要因這件錯事，才能尋出一條生路……

「你四歲時，我接了聖旨，赴安順出任守備。安順一向是安置有罪官員的地方，隆泰帝如此對我，多半是因為你奶奶的身分。於是，我把你們母子留在京中，獨自赴任。

「不想，我剛到安順就遇到襲擊，好在你爺爺留了不少好手給我，他們護著我，一路逃進深山。不知為何，那些追殺我的人沒有進來，而是守在出口，不曾離去。

「我和護衛們受了傷，一時衝不出去，只能另尋出路。但是，我傷勢加重，兩日後，就暈厥了。待我再醒來時，發現我們一群人進了一座奇怪的村子……」

姚勁幫父親倒了杯茶，聽他回憶往事。

「那村子裡的人，每個都在眼睛上塗了兩個大大的黑圈，乍看甚是可笑。不過細瞧之下，我們發現，這些皮膚微黑的村民，竟個個功力深厚。更讓人想不到的是，他們的首領，居然是一個十四歲的少女，他們喊她——童。」

姚錫衡說到這裡，停了半晌，吸口氣，才繼續說起來。

「那叫童的少女與其他村民不一樣，能聽得懂官話，雖然說得不太流利，但也勉強能夠交談。

「我們這些人，有些傷得很重，但村裡的藥草極靈，陸陸續續把我們治好。我便起了貪念，想把這些藥草，至少是藥方弄到手，今後作戰，也能救回不少寧軍。

「為此，我厚著臉皮，開始接近那個叫童的少女……」

說到此，姚錫衡的老臉微微泛紅，想起當初做下的孟浪之事，心中酸澀難言。

姚勁也從他的表情中看出了端倪，有些尷尬，不知該如何面對老父年輕時的風流事。

姚錫衡抹了抹臉，道：「咳……為父年輕時，的確……長得不錯。」

姚勁悶笑了聲。「我聽奶奶說過很多次，說咱們姚家男人的長相，一代不如一代。當初，太爺爺生得完全不似凡人，到了爺爺這輩，雖說略遜於太爺爺，也是被諸多公主爭來搶去。奶奶還說，當年為了嫁給爺爺，可是把一輩子的聰明才智都用光了……」

姚錫衡聽著，想起慈祥的母親臨死前悔痛的模樣，忍不住用力眨了眨眼睛，憋住眼淚。

「小娘子們總是容易被俊俏的郎君欺騙，我終於把那藥方騙……咳，弄到了手。之後，我們的傷都好得差不多了，遂準備離去，但是，童卻要我們過完果酒節後，才許離開。

「我想著，果酒節無非就是喝些果子釀的酒的節日，又因心裡愧疚，就答應了。」

姚勁想起父親剛才的不自在，立刻猜到，後來多半發生了不該發生的事兒。

果然，姚錫衡胡亂幾句，把自己醉後幹的壞事一筆帶過，倒是對那村子的獨特習俗耿耿於懷。

「……我本來還發愁，自己還沒上任，就弄出女人來，回頭讓你娘知道了，怕是不好交代。結果，第二天一早，童就把我趕出家門，讓我被一群護衛偷笑了好幾年……」

「噗！」姚勁實在沒忍住，把嘴裡的茶噴了出來。

富平侯嘆口氣，淡淡地說：「當初我可比你現在吃驚多了。我不平之下，纏著童問，為什麼要趕我走？童說，這是她們村子的習俗，果酒節上沒管住自己的人，在接下來的一年裡，必須保持獨身，直到第二年的果酒節。我看童那模樣，是真為自己沒把持住而憤怒……」

姚勁聽得目瞪口呆，不過轉念一想，他也曾經聽聞南邊有些地方的風俗非常古怪，可能父親就遇到了其中一種吧。

姚錫衡有些感慨地說：「後來，我時常回想，其實那個村子真是活得痛快。據說只要在十八歲前，能在果酒節管住自身的，今後可以自由婚嫁。她們那裡，多是女人做主，男人除了打獵、與其他人發生爭鬥時要出力外，平日都過得好似孩童般快活……

「唉，說遠了。後來，我到安順上任後，曾回去找過童，結果進山後就迷了路，只好下山。直到我任滿回京，再次路過那座山時，才碰巧又見到了她。

「那時候，她似乎遇到了難事，問她又不說，我就把我的玉珮給她，說是如果需要幫忙，可以用玉珮來京中尋我。她接下後，給我這塊牌子，如此才能在山裡找到他們。否則，除非他們自己露面，旁人很難尋到他們的蹤跡。」

姚勁看著手裡的牌子，有些遲疑地問：「過了這麼多年，萬一童……不在了怎麼辦？」

姚錫衡嘆氣。「你不知道，隆泰帝的封影刃太過恐怖，我見過的人中，也許只有那座村子裡的人抵擋得住。現在，咱們不管去哪兒，恐怕都逃不過封影刃的追殺。唯一有希望的生路，就在那裡。不管怎麼樣，都要去試一試。」

姚勁點點頭，慎重地收下牌子。

姚錫衡說著，抬眼仔細打量兒子，笑道：「幸虧你的眼睛挺像我，童見了，還是能認出來的。你帶著兩個孩子，今天就走，你媳婦去得早，如今倒不用跟著你顛沛流離……」

「父親，您跟我們一起走吧！」姚勁懇求道。

姚錫衡搖搖頭。「家裡總要留個人撐撐樣子。那些封影刃，你當是好騙的嗎？走吧，依這局勢，說不定我還能僥倖活下來。到那時候，咱們父子再聚不遲。」

姚勁知道父親決定的事，不會再改，忍著悲意，向他告辭。

當天，姚勁藉口去莊子上散心，帶著兩個孩子出了京城。

這天夜裡，京城外的另一處莊子裡，突然爆發出一陣砍殺聲。

次日一早，有位臉色蒼白的年輕人，從密室中走出來。

他強忍著腹內劇痛，問身邊的黑衣人：「富平侯府可有動靜？」

黑衣人臉上的血跡還沒擦掉，皺眉道：「昨日，姚勁帶著兩個孩子去莊子上散心了。」

「這種事情，怎麼沒有立刻報上來?!」年輕男子怒道。

黑衣人低頭。「屬下忙著給揚州的事收尾，一時疏忽。」

年輕男子半晌無語，嘆道：「一時疏忽……富平侯這是要和我們撕破臉了。」

黑衣人心中暗想，自己這邊出手嫁禍時，就該料到，將來姚家必然不肯甘休。

年輕人摀住嘴，忍住喉間的血腥味，道：「現在我們還剩下多少人？」

黑衣人說：「京城這邊，幾乎都犧牲了，外面的人手，倒沒什麼損失。」

年輕人點點頭。「此時姚勁離京，定然是去尋援手了。你帶著我的信物跟去，看看他找的到底是誰。若是可以聯手，就……盡棄前嫌試試吧……」

黑衣人一驚。「主子，您這是？」

年輕人無奈地仰起頭。「我中毒已久，如今毒發，來不及了……好在祖父的血脈不止我一個，還有希望……」說到這裡，忽然正色道：「夜殤聽令！」

黑衣人立刻單膝著地。「夜殤在此。」

「今後，你成為尋龍密使，在祖父的血脈中，挑出最合適的繼承者，將我們剩餘的勢力交到他手中！在此之前，若能跟著姚勁尋到新幫手最好；若尋不到，擇主之前，所有人蟄伏，以待時機。」

年輕人強撐一口氣說完，再忍不住，噴出了一口烏血。

夜殤悶聲應了句：「得令！」眼中閃過些許不忍，接過年輕人遞過來的信物，轉身上馬而去……

與此同時，呂梁城的戰事持續著，唐琦率軍苦戰。

宮裡忙著操辦太上皇的喪事，追查真凶。

京中人心惶惶，越來越多人悄悄離開。

這些人中，逃過一劫的姚勁父子三人混在其中，很快出了京。

然而，在他們身後，一個眉目尋常的年輕人，不急不忙地，一路尾隨而去……

第七十四章

轉眼到了九月，夏季種的水稻已經開始出穗，今年秋天，湖白府又會是大豐收。

李彥錦和謝沛努力在湖白境內高築牆、廣積糧之時，遠在貴州南部的黑山上，忽然傳來了一陣歡叫聲——「童姥姥，姥爺回來了！」

一隻全身淺灰色、左右翅膀上各有一個大大白點的鸚鵡撲著翅膀，叫著飛進竹樓中。

滿頭白髮、眼神寧靜的中年美婦從繡布前抬起頭來，點了點鸚鵡的喙，道：「斑斑，我姥爺早就去見馳神了，你莫非是見鬼了嗎？」

名叫斑斑的灰鸚鵡抬起左爪，撓了撓鳥嘴，歪著頭想了一會兒，道：「是斑斑的姥爺，不是童的！」

中年美婦輕笑一聲。「你的姥爺也早就埋在黑山上了。看來，你是見了個鳥鬼。」

「呱！不是的，童以前說過的，那個小白臉姥爺，帶著咱們的馳牌跑了，再沒回來！剛剛，我聞到馳牌的味了，就在黑山裡吶！肯定是小白臉姥爺回來了，童，快去看看！」

灰鸚鵡活像個小人兒一般，嘰嘰喳喳吵鬧個不休，要童去探探究竟。

童愣了片刻後，起身道：「行了，別吵，咱們去看看，是誰把馳牌送回來了。」

言語間，一絲黯然之色從她眼眸中閃過……

黑山中，姚勁懷裡揣著姚錫衡給的牌子，帶著兩個孩子和自己的救命恩人，在山林中來回尋路。

這一路上，姚勁等人走得還算順利。可是，快接近貴州時，不幸遇到了劫匪。

三人雖然略通武功，可這群劫匪不但人多，而且出招時頗有章法，絕非尋常匪類。因此他們很快就露了敗跡，受傷不敵。

眼看父子三人就要命喪於此，忽然間，林中竄出一個眉眼尋常的年輕人。

年輕人背上負著弓箭，二話不說，開弓就射。讓人驚訝的是，他竟是「嗖嗖嗖」地箭無虛發，連斃數人。

姚勁見狀，頓時大喜，連忙道謝求救。

年輕人武功高超，把一群歹人打得死的死、逃的逃。

姚勁感激萬分，想問恩人姓名，表表謝意時，不想年輕人卻擺了擺手，直接離去。

如此行事，讓姚勁心裡藏著的那點懷疑消失不見，暗暗感激，果然是遇到高人相助了。

之後，姚家三人進了貴州。

他們在客棧投宿時，又遇到那位年輕人。只是，這位高手卻因囊中羞澀，被夥計刁難譏諷。

姚勁在一旁看著，發現此人明明身負武功，可是在被夥計刁難時，卻只是憨憨一笑，並未動怒。此舉終於讓姚勁放下提防，走出人群，幫他解圍。

隨後的路途上，因彼此投契，又有先前的救命之恩，姚勁與這位名為「葉尚」的年輕人結為兄弟，從此「姚大哥」、「葉老弟」的叫了起來。

但姚勁不知道的是，這位葉尚實為神秘組織的第一高手、現任尋龍密使——夜殤。

自進了黑山後，夜殤便覺得有些不對勁。雖然他和姚家人在山裡走了一個時辰，並未發現什麼異常之處，可他自幼受過訓練，善識山路。他敢肯定，這個時辰裡，他在三個不同的地方，都見到了同一棵樹。

這裡果然有古怪……夜殤還沒琢磨明白，就聽見頭頂上有人大叫——

「姥爺，姥爺～～」

四人吃了一驚，連忙抬頭看去，卻見頭頂除了樹枝、樹葉外，並無一個人影。

「欸？好大一隻灰喜鵲呀！」姚勁的小兒子姚奧黎，突然指著樹葉間叫道。

姊姊姚玉珠笑著說：「弟弟，那不是喜鵲。」

兩人話音剛落，就見灰色大鳥搧著翅膀，飛到靠近他們的樹枝上，然後歪頭盯著四人，仔細打量起來。

「姊姊，這鳥兒看起來好聰明吶！」姚奧黎輕聲道。

「！@#￥」

忽然間，這隻大鳥張嘴叫了起來，只是叫聲非常古怪，並不是普通的鳥鳴，彷彿在說某種方言。

「欸？你是在和我說話嗎？」姚奧黎驚訝地問，好奇之下，忍不住伸出手，想摸摸那隻大鳥。

結果，他的手指一靠近，大鳥便移開兩步。牠也不走遠，恰恰停在他搆不到的地方。姚奧黎見狀，不死心地又試幾次，都被大鳥輕易避開了。

在他們身後，夜殤眼中精光一閃。這黑山裡果然藏著秘密，不但路上似有陣法，連一隻鳥都透著古怪。

就在四人一鳥面面相覷之時，一道清越的聲音在眾人身後響起——

「你們是何人？」童面容平靜地開口問道。

夜殤大驚，飛快轉身，見一位華髮早生的中年婦人站在掛滿青色果實的杜英樹下。

原本這該是一幅詩意的景象，只是，這婦人面上兩個圓圓的黑圈實在太過奪目，頓時讓人再生不出什麼欣賞的念頭……

夜殤心裡咚咚亂跳，方才他完全沒聽見身後有動靜，若婦人想傷人，他們早已躺下了。因為有些驚亂，夜殤一時不知該如何開口，而他身邊的姚勁卻因為旁的原因，也處在尷尬的沈默中。

姚勁看著眼前的婦人，單論其肌膚容貌，哪怕被黑圈遮蓋大半，他依然覺得此女比自己還略小幾歲。可婦人那一頭銀白的髮絲，卻讓姚勁不得不懷疑，她恐怕是自己的長輩。

再想到父親說過的話，姚勁頓時不自在起來。

就在姚勁四人有些無措之時，童卻盯著姚勁和他的兩個孩子看個不停。

片刻後，童開口問道：「你們與姚錫衡是什麼關係？」

姚勁長出一口氣，心想伸頭一刀，縮頭也是一刀，乾脆厚著臉皮，把懷裡的牌子掏出來，道：「那是家父。」

童接過牌子看了看，斑斑立刻拍著翅膀靠過來，伸嘴一叼，飛走了。

夜殤側頭看去，姚奧黎則驚呼一聲：「哎呀，大灰叼走牌子了！」

遠處傳來幾聲鳥叫，似乎包含著深切的不滿。

什麼大灰？牠叫斑斑！

童打量四人，道：「你們都是一家人？他也是姚錫衡的兒子嗎？」說著，微微朝夜殤抬了抬下巴。

「哦，不、不是。」姚勁答道，接著把自己路上遇險，得夜殤相救的事情說了一遍。

童聽了，點點頭。「既然如此，你們先隨我來吧。」話落，帶眾人朝那片杜英樹走去。

夜殤跟在眾人身後，留心地記路。可走沒一會兒，他就發現，之前從不會在山林中迷路的他，竟已經有些辨不清方位了……

好厲害的陣法！夜殤暗驚，心裡越發提防起來。

當晚，四人被安置在一座竹樓之中。

竹樓周圍，好似雜亂無章地修了些奇怪的東西，不清楚的人，多半會以為是南方山民祭祀的殘跡。然而，這些東西一旦被觸動，卻能將人牢牢困住，使之無法踏出一步。

下午洗漱休息後，晚上吃飯前，四人再次見到了童，她的肩膀上正停著剛才那隻會說話的灰色大鳥。

童見眾人都在打量牠，介紹道：「牠叫斑斑。」

「斑斑～～」姚家姊弟倆忍不住輕喚了一聲。

斑斑眨眨圓眼睛，歪頭看看這對少年少女，禮貌地點點鳥頭，算是打了招呼。

大家在一樓的廳堂裡落坐，童開口道：「你們於吃食上可有什麼忌諱？等下差不多該吃飯了。」

四人搖頭，童又繼續問：「這次來，可有什麼事嗎？」

夜殤見姚勁有些猶豫，不知如何接話，遂起身抱拳。「我是出門遊歷之人，並無所求。」又對姚勁說：「大哥，你們安坐，我想出去走走。」話落，衝幾人點點頭，走出堂外。

其實，姚勁不是不信任自己的結拜兄弟，只因等下所言，涉及家中老父的風流韻事，當著夜殤的面，他實在開不了口。

待夜殤走後，姚勁才磕磕巴巴地，將姚家的遭遇細說了一遍。

「……如今，封影刃並未停手。雖然我離京時，家中暫且無事，但父親覺得情勢嚴峻，便厚顏請求，想將姚家孩兒托庇於此。還請童……童姨，能接納我等。」

童聽了，面上一派平靜，片刻後，忽然問道：「你在京中四十年，可聽說過一個叫高登雲的人？」

姚勁一愣，沒想到對方不但沒追問父親的事，反倒問起一個不相干的人來。

思索了一會兒，姚勁搖搖頭。「並未聽說。童姨急著找他嗎？除了名字外，可還有其他線索？」

童有些失望。「急也急了幾十年……要說其他線索的話，當初他說自己是高門大族的旁支，並不住在京城，老家在隴南……」

另一邊，在外面閒逛的夜殤聽見兩人對話，大吃一驚。

雖然姚勁不認識高登雲，但夜殤對這個名字，卻再熟悉不過！

高登雲，正是他們曾經下過功夫培養的皇家子嗣。

據說幾十年前，長輩對他寄予的厚望，甚至超過了後來成為家主那位。只是，此人後來的數次行動都沒什麼成效，才被剔除出去。

夜殤的腦子飛快轉著，這回姚錫衡幫兒孫找的靠山，恐怕是非常之硬。

入山遇到童後，他們陸續瞧見其他山民，以他的眼力來看，這些人個個習武，且功力還高得驚人！

原本夜殤覺得，這天下單論武力，最驚人的恐怕是封影刃那夥人。可放眼望去，與這些滿山亂跑、抓野雞、獵走獸的山民一比，便覺得凶名在外的封影刃，好似也不怎麼樣……

如此驚人的戰力，夜殤自是動了拉攏的心思。

夜殤還沒想好要從何處下手，冷不丁卻聽那婦人提起高登雲，靈光乍現。

屋內，童微微朝夜殤所在的方向瞟了一眼，對姚勁說：「不如問問你路上認識的兄弟，有沒有聽說過高登雲這個人？」

姚勁自然點頭，起身把夜殤叫進來。

童仔細打量了眼前的年輕人，這才開口相詢。

夜殤聽了，抬頭回憶著。「這名字……我倒有些耳熟……」

乍見有人似乎知道高登雲的消息，童的眼睛霎時一亮，卻強忍著，並未出言催促。

夜殤皺眉思索，忽然拍掌道：「啊！我想起來了！」

屋內眾人聞言，齊齊睜大了眼睛，盯著他不放。

結果，夜殤一開口，就讓童變了臉。

「這人已經去世十幾年了。我對他有印象，是因為他入贅一個世代經商的大族。當時，我家長輩有去觀禮，說高登雲真是運氣極好，竟能讓那個大族的下一任族長傾心相待……」

姚勁聽得糊塗，問道：「那下一任的族長是男是女？」

夜殤笑道：「是位極厲害的女子。我父親那輩人都說，她一個能頂十個兒子。」

「後來呢？」童有些焦急地追問。

夜殤撓了撓頭。「我聽說，他倆成親後，不知出了什麼變故，原本被定為下一任族長的女子，竟帶著高登雲和孩子，自請出族了……」

「啊?!」眾人聽了，心裡越發覺得古怪。

童卻眉頭緊皺，似乎正思考著什麼問題。

夜殤見狀，略去不能說的事，繼續道：「這還沒完。聽說他們出族後，搬到極為偏遠的深山中，過了幾年，大族突然辦起喪事，我們這才知道，高登雲一家，竟然全部去世了。」

姚家三人聽完，倒抽一口冷氣，而童的臉上也猶如蒙上一層寒霜。

「全家都死了？定然有內情吧？」姚勁輕聲說了一句。

夜殤點頭。「正是。當時，這事鬧得挺大，聽說他們一家人都是被人斬首死去的。有人還猜，是不是那經商大族的仇家所為？」

說到這裡，童再也等不下去，開口問道：「你可知道，那高登雲的身邊有什麼女孩兒不曾？比他小二十歲的樣子。」

夜殤被問倒了，想了好半天，才道：「只聽說他有個兒子，身邊似乎沒有女兒、義女之類的孩子。」

童的心猛地沈了下去，夜殤一時也不知該說些什麼，眾人又陷入了沈默。

過了一會兒，停在童肩膀上的斑斑低下頭，蹭了蹭童的白髮，用一副老媽子的語調說道：「童，該回家吃飯了～～」

童吸口氣，伸手摸摸斑斑的羽翅，對姚勁四人道：「好了，等下會有人把飯送來。你們先在這裡休息兩天，回頭再商議後面的事吧。」

眾人能從童的語氣中聽出她的失落和深深的疲憊，不好再說什麼，只能送她離開了。

第七十五章

童回到自己的住所後，想了一晚。

第二天一早，她叫來女兒，也就是他們䰠族現任的族長——寧。

「阿媽，您有哪兒不舒服嗎？」寧有些擔憂地問。在她記憶裡，童很少一早來找她，除非是有大事發生。

童看著寧臉上兩個圓圓的墨圈，心中暗想，若是女兒洗去了臉上的䰠紋，那雙與姚勁很相似的眉眼就會顯露出來。

不知不覺間，她又陷入了回憶……

沒錯，當初那個荒唐的果酒節之夜，童與姚錫衡春風一度後，竟然珠胎暗結。幸好，䰠族人並不在意這類事，只要女方願意生養就行。

童懷胎四個月時，黑山上來了個英俊的漢族青年，他身上帶著傷，昏倒在杜英樹林中。䰠族人雖然長年隱居在黑山上，卻不會特別敵視外人，尤其是遇到傷者，䰠族人多半會施以援手。

英俊青年被治好後，似乎不願離去。為了留下來，他主動幫忙幹活，從男人的狩獵到女人的煮食，他都很努力地去做。

時日一久，大家都喜歡上這個溫和愛笑的英俊青年，而童也和這位名叫高登雲的男子熟悉起來。

鼬族中，除了少數字的寫法更為古老些，其他使用的文字，與漢人並無太大區別。可是族人中，只有極少數人學過寫字，更別提能看懂那些難懂的書籍了。

童得到上一任族長的認可，繼承族中珍藏的各類書籍。可惜，上一任族長只能看懂一小部分，傳到童這裡，能懂的就更少了。

因為懷孕，童少了很多訓練武藝的工夫，多出來的時辰，就開始琢磨起這些複雜難懂的古書。

原本，她只是自己悶頭去讀，如今遇到一個似乎懂得很多的高登雲，不少疑問都在他嘴裡得到了解答。

只是出於戒備，童沒直接把書拿出來給高登雲看，而是截取一字半句，拿去問他。

在得到高登雲不少幫助後，童漸漸接受了這個陌生的外族人。

這期間，高登雲對童越來越好。明眼人都看得出來，這個外族小夥子，喜歡上他們的族長了。

可是童卻從沒回應過高登雲。她對自己在姚錫衡身上的一時不慎耿耿於懷，且已經打算好，要獨自養大孩兒。

高登雲明白了童的心意，遂不勉強，把童當作可以談心的好友般相處。

次年，童生下一對雙胞胎女嬰。

族裡對此異常歡喜，因為鼬族女子的地位比男子略高，且族中長年有男多女少的窘況。因此，身為新任族長的童，能給族裡帶來兩個天賦過人的女娃，眾人都樂見其成。

而且，經由高登雲的訴說，族人對漢人的一些習俗有所了解。為此，族裡特意發話，不得向孩子們的父親提起此事。

童生產後，高登雲竟高興得彷彿是自己的孩子出生般，待兩個女嬰漸漸長大，越發對她們上了心。

這樣的日子，一過就是三年。

寧三歲時，她和妹妹靜，在悶熱的夏季裡，同時發起了天花。

童憂慮得日夜難眠，上一任的老族長嘆息地說，在很多很多年之前，鼬族人是不會得天花的。但他們到底是如何避開天花這種可怕之病的，卻已經無人知曉。

兩個孩子漸漸發起高燒，身上卻遲遲發不出痘來，老人們看了，都覺得不妙。

那時，童還年輕，又是頭一次當母親，焦急之下，去尋南疆巫族相助。

巫族是南疆最神秘的部族，童將鼬族裡寶貴的烏龐楠木送出巴掌大一塊，才換來他們的援手。

然而，被派來的白巫在看過寧和靜這對雙胞胎後，卻嘆氣道，這兩個女嬰是雙靈奪運，今後必然只能活下來一個。若是不出意外，這一次天花後，就能見到結果。

童聽了，險些當場失態，還是老族長制止她，才勉強送走了白巫。

眼看兩個可愛的孩子病重，而靜的身子顯然比寧的差，出現昏迷、嘔吐等症狀。寧卻漸漸發出痘來，燒也慢慢地退了。

所有人心裡都在猜測，這對雙胞胎姊妹，莫非真的只能活下來一個？

看著靜的精神一日比一日委靡，童彷彿親眼看著女兒的生命流逝。

此時，不管她這個母親有多大本事，都只感到深深的無力。

就在童快把自己逼瘋之時，高登雲站了出來，想帶靜去京城求醫。

在他口中，京城裡有很多醫術高明的大夫，甚至還有專門給皇家治病的御醫。他說，反正留在這裡也是乾熬，不如讓他帶著靜去京城試試。

童幾乎沒有考慮，就同意了高登雲的提議。

高登雲走的那天，童一直送出了黑山。

山道邊，望著高登雲懷裡抱著靜、騎馬離去的背影，童只覺得自己的魂魄中，似乎有一塊也被帶走了……

那天，姚錫衡任職期滿回京。不知怎的，竟特意繞到黑山山腳。

於是，兩人恰好遇上，才有了玉珮換鼬牌一事。

對童來說，只有一夜之歡的姚錫衡，遠沒有相處了三年的高登雲可信。

因此，身為靜生父的姚錫衡，那天並不知道，自己有兩個女兒正在經歷生死之險，而其中一個，還被人帶去了京城。

童送走孩子時，想過最糟糕的情況。所以，她既盼著高登雲的消息，又懼怕聽到那可怕的結果。

然而，童沒想到，高登雲這一走，卻再也沒有回來。別說是靜的生死，連他的人都不知道去了哪裡。

為了靜，鼬族的老族長也曾經跋山涉水地親自去京城，卻沒打聽到高登雲的消息。

於是，這就成了鼬族人誰都不敢輕觸的傷心事。

這些年來，鼬族人對進入黑山的外人越發友善，也暗暗盼著，這些外人能帶來高登雲和靜的消息。

然而，幾十年過去，所有人都覺得，靜恐怕早就離開了人世；也覺得，愛笑的高登雲，恐怕是在回京的路上，就遭遇了不幸。

童後悔無數次，當年為什麼沒派人跟著高登雲，哪怕他再三拒絕，她也不該那麼草率地放人離去……

童終於將思緒拉了回來。

時隔多年，從夜殤口中再次聽到高登雲的消息，童翻來覆去，整晚無法入睡。

於是，她一早就來找大女兒寧，細述往事，然後不等寧開口，就堅決地說：「寧，這次我一定要去找妳妹妹。當初，是我太不像樣了，沒有護好她。如今總算有點線索，希望能把她帶回來……」

寧擦去童臉上的淚，哽咽著說：「阿媽，您去吧。別擔心，我會好好守著族裡的。」

童欣慰地點頭，斑斑在一旁拍著翅膀，叫道：「斑斑也去，斑斑也要去找靜姨姨～～」

寧湊過去，親親童和斑斑的臉頰。「阿媽，不如把卡卡和小不點都帶上，他們雖然沒有阿媽厲害，可總能幫著傳個信、跑個腿不是？」

斑斑站在童的肩膀上，上下動著身子，歡快地叫道：「卡卡、小不點也去，一起去！」

童撫摸寧的頭髮，沒有反對。

於是，待姚勁父子三人在黑山上安頓下來後，童就帶著夜殤，以及族人卡卡，和一大一小兩隻鳥，離開了鼬族人世代定居的黑山。

與此同時，千里之外的京中，姚錫衡正衣衫襤褸地蹲在前門橋邊，和一個疤臉乞丐湊在一處。

不知哪家的胖丫鬟恰好從二人身邊經過，看看滿臉鬍碴、破衣爛衫的姚老頭，又覷了眼旁邊的疤臉乞丐，縮手縮腳地丟下兩文錢，便轉身跑了。

胖丫鬟一邊跑、一邊小聲驚呼著：「唉唷、唉唷，嚇死人啦～～」

姚錫衡看著面前的兩枚銅錢，雙眼微瞇，緊接著與疤臉乞丐同時伸出手，各自搶了一枚銅錢，握在手中。

疤臉乞丐哼笑著說：「侯爺這手法，比咱們乞丐還厲害啊～～」

姚錫衡搓了搓鬍碴，瞥他一眼。「既入了你花子幫，自然要好好鑽研本行之技。行了，趕緊買包子吃。」

兩人站起來，一起朝不遠處街口的包子鋪走去。

三天前，封影刃決定動手血洗富平侯府。

數日前，姚錫衡放出最後一批下人，侯府中只剩下幾個死活不肯走的老僕，以及幾十名花錢雇來的護衛。

姚錫衡眼看那人在京中的勢力全被剿滅，知道自家這邊捱不了多久了。

想著封影刃殺人滅口的做派，姚錫衡乾脆打發了不相干的下人，兒孫們也走了，府裡霎時變得空蕩蕩，寂靜中，透著一絲古怪。

到了下午，姚錫衡越發感到不對勁。他也說不出哪兒有問題，只覺得周遭那些平日裡不曾留意的小雜音，似乎全都消失了……

看來，今夜，封影刃恐怕就要動手了。

然而，姚錫衡怎麼都沒料到，下一刻，府前街道兩頭，湧來無數貧民和乞丐，烏壓壓的人頭擠滿整條大街，彷彿整個京城裡的窮苦人都聚到了這裡。

死活不願出府的老僕見狀，兩腿發軟地擋在府門前，問道：「你、你們想幹什麼?!」

人群中，有人帶著哭音嚷道：「謝謝大慈大悲的老侯爺，今日要給咱們這些窮苦人發錢、發糧了！」

「謝謝老侯爺！」

「謝謝侯府！」

一群人亂七八糟地喊起來，排在最前面的老者、婦孺乾脆跪下來，磕起了頭。

姚錫衡站在府門後，捋了捋花白的鬍鬚，慈悲心起，對老僕喊道：「讓他們且等一刻鐘，我們馬上就開始發錢糧。」

外面的人聽到聲音，以為是侯府管家發話了，頓時喜不自勝，連連磕頭鞠躬。

人群外，一個年輕人低聲向身旁的中年人說道：「這姚錫衡怎麼搞的？」

中年人目光森冷地說：「無妨，把人盯緊就行。這不過是他最後的瘋狂罷了，知道命留不住了，所以乾脆……」

一刻鐘之後，富平侯府開始發錢了。

幾個老僕喘著粗氣，把裝滿銅錢的大筐子抬到門外，然後，各發一百文給那群乞丐。

拿到錢的人，喜得連連唸佛，卻有人突然嚷了一聲——

「不是說好還有米糧的嗎？怎麼不發了，可是要賴掉嗎？」

這話一出，氣氛便有些不對了。多數人雖然沒吭聲，可他們的眼神卻泛起了期盼，甚至是貪婪的意味。

再加上，侯府中出來發錢的，來來去去就是幾個動作不俐落的老僕，漸漸地，就有人起了歪心。

也不知事情是如何發生的，幾乎就在一瞬間，人群突然亂了起來。

大家你推我擠、吵嚷叫罵著，居然一窩蜂地闖進了侯府。

幾個老僕被推得踉蹌跌倒，眼看就要被人踩踏而過，忽地有人伸手拉住他們，又將他們推到了靠牆的位置。

人群外，年輕人顯然吃了一驚，扭頭去看中年男子。

中年男子臉色難看地說：「我在這裡盯著，你把人都叫來，守住侯府所有出口，絕不能讓姚家人溜走！」

「是！」年輕人轉身疾走。

然而，這麼一會兒工夫，衝進侯府的人越來越多，眼看就要失控時，一隊官兵遠遠地跑來了。

哄搶的亂民見狀，連忙向外逃散。

結果，中年男子沒能等來同伴支援，只能眼睜睜看著人群四散逃竄，暗恨失手了。

在男子的目光之外，一個疤臉乞丐在幾人掩護下，拽著一個花臉老漢鑽出了人群。

這花臉老漢，正是富平侯姚錫衡。

剛才，他聽到外面有許多乞丐討要錢糧時，就琢磨著，能不能伺機溜掉。

沒想到，他逃跑時，居然遇到一夥古怪的乞丐。

他們先搶了他穿著的粗布下人衣服，幫他套上破爛髒臭的乞丐服；接著，把他的鬍鬚三兩下剪成狗啃的鬍碴，還往他臉上抹了些髒泥；最後才把他夾在中間，趁亂混出去。

這群乞丐出了侯府，腳步沒停，卻是一邊跑、一邊逐漸分散。

最後，陪著姚錫衡的，只剩下一個疤臉乞丐了。

姚錫衡提心吊膽地等了幾天，京中沒傳出富平侯府被人血洗的消息，這才鬆了口氣，隨疤臉乞丐一起走了。

第七十六章

話說回現在，姚錫衡與疤臉乞丐走到了包子鋪，趁熱買了兩個包子。

兩人蹲在街邊吃起來，看看左右沒人，疤臉乞丐才小聲問了句：「能聊聊嗎？」

姚錫衡點點頭。

疤臉乞丐抬眼，彷彿看風景般，四下瞧了一圈，然後在這人聲嘈雜的大街上，低聲道：「老頭兒，你在外面是不是還有個私生子呀？」

姚錫衡老眼一瞪，罵道：「放屁！」

疤臉乞丐撓了撓下巴。「也是，看年紀，恐怕是你孫子才對。這樣的話，恐怕是你兒子在外面有個私生子了……」

「我兒子也不會！」姚錫衡知道自家兒子是什麼性子，答得毫不猶豫。

疤臉乞丐從他臉上看出了這份自信，有些狐疑地問：「你們父子倆真沒與別的姑娘發生點什麼事？」

姚錫衡正有些自得地要開口辯解，忽然身子一僵，想起四十年前，某個神秘部族裡的荒唐一夜……

疤臉乞丐見他這反應，忍不住嗤笑一聲。瞧他剛才還一副正人君子的模樣，現在，終於露餡了吧！

年紀。

「你問這話，可是見過什麼人？」姚錫衡遲疑地問。

疤臉乞丐點點頭。「我之所以出手救你，正是因為，我有個小輩的長相，與你……極為相似。」

「小輩？」姚錫衡看看疤臉乞丐。雖然他毀了容，可觀其身形舉止，依然能猜出大概的年紀。

「你應該與我兒子差不多大。你家小輩今年幾歲？」

「二十出頭吧。」疤臉乞丐猜測著道。

姚錫衡老臉一鬆，笑著說：「那絕不是我……咳，不可能的，不可能的！」心裡閃過一個念頭，頓時大驚。

疤臉乞丐眼珠一轉，道：「若與你兒子年紀相仿，那生個二十歲的孫子出來，也不奇怪吧？」

「孫子?!」姚錫衡瞪大了眼睛，有些回不了神，垂下眼皮，低頭琢磨起來。

自家兒子成婚晚，直到二十五歲方才尋到中意的娘子，二十七歲時生下第一個孩子。換作其他人家，自己這把年紀有個二十歲的孫子，是再正常不過的事。

姚錫衡默默推算著時間，若是那夜真的讓童珠胎暗結，若後來孩子嫁娶順利，並未延遲，今年他的……孫子的確會是二十出頭的年紀！

姚錫衡算完後，眨了半天眼，問疤臉乞丐：「你家小輩真的很像我？他的身世如何？」

疤臉乞丐嘆口氣。「你見到他時，就知道有多像了。他啊……是我徒孫家撿到的孤兒，後來入贅她家，做了贅婿……」

姚錫衡聽到入贅二字，頓時覺得一陣錐心。他不明白的是，若真是童的後輩，為何會流落在外？更想不通的是，究竟發生了什麼事，會讓那孩子成為孤兒……

「咳，疤……好漢，你看，反正咱們無事，不如……不如你帶我去看看那孩子吧？」姚老頭厚著臉皮請求道。

疤臉乞丐不為所動。「這麼說來，那孩子真有可能是你的血親了？」

姚錫衡語塞，半天說不出否定的話，最後艱難地點頭。「年輕時，曾荒唐過一回……」

疤臉乞丐鄙視地搖搖頭。「大男人管不住二兩肉，就別找藉口了。算了，看你還算誠懇的分上，別急，明兒便有機會出城了。」

這幾天，城門被封影刃監視，這也是疤臉乞丐和姚錫衡明知京城危險，卻沒直接離開，只能靜待時機的原因了。

次日一早，街上有人敲鑼打鼓，說守忠伯與誠興伯兩家要在京城西門外的寺前放糧，賑濟災民。

像這種正兒八經的賑災之事，從沒有哪家吃飽了撐著，敢以自家的名義去做。但守忠伯與誠興伯不同，這兩家分別是大皇子與二皇子的岳家，他們出面，也算代表皇室，因此沒人多言。

這陣子，封影刃死傷嚴重，此時面對湧入西城門附近的災民，只能先盯著。

封影刃是隆泰帝一手扶植起來的暗衛。最初，他們最重要、也是唯一的任務，就是追殺並清剿隆泰帝的二哥——高恒，及其遺留勢力。

高恒原是康廣帝最中意的皇子，在他落水「溺亡」之前，幾乎是板上釘釘的太子。

那時，隆泰帝高孜還只是三皇子，為搶奪皇位，他費盡心力設了一個局，讓高恒在賑災路上，落入河中失蹤。

五日後，高恒的「屍體」，在下游河灘被人發現了。

康廣帝大慟，罷朝三日，痛呼哀哉。

至此，三皇子高孜才有機會吸引康廣帝的目光。

兩年後，康廣帝去世，高孜終於登上大位，年號隆泰。

不過，隆泰帝一生都有個心病，那就是——自家二哥高恒並沒有淹死。

當初那具屍體，就是他預防意外，提前準備好的。

憑著這具屍體，他不但成功地讓康廣帝死心，且藉著侍疾的機會，痛哭高恒的不幸，讓康廣帝對他生出好感。

因此，封影刃仍在暗中不斷追查高恒的下落。

兩個月後，封影刃終於尋到一絲蹤跡。在距離出事之地上百里的一個村子裡，有戶人家突然幫家中獨女找了個贅婿，可成親沒幾天，就全家搬走了。

聽了那村子對那家贅婿的描述，封影刃可以確定，那人就是二皇子高恒。他不但沒死，還機智地避開追殺，不知藏到哪裡去了。

在那之後，封影刃四處追查，控制各個進京方向的路口，迫使高恒無法回京。

不過，在後來的追殺中，高孜驚懼地發現，竟有其他人暗中幫助高恒，幾次圍殺，都被巧妙地避開了。

雖然高恒保住了性命，可康廣帝卻沒能撐到他回京揭發真相。

康廣帝去世後，高孜登基為隆泰帝。高恒得到消息後，越發小心地隱藏起來，並開始暗中經營勢力，以圖為自己報仇，拿回該得的東西。

隆泰帝能猜到高恒的想法，於是不惜錢財和力氣栽培封影刃，給他們的命令只有一個——一日不消滅高恒的勢力，便一日無須做其他事情。

封影刃的領袖手裡有一份隆泰帝的聖旨，這份聖旨上說，除隆泰帝本人外，其他人，包括升和帝，都不能收回這道追殺令。

升和帝即位時，聽太上皇隆泰帝說過這事，只是在高孜口中，高恒成了預謀篡位的逆賊。升和帝自然不會跟親爹對著幹，繼續為封影刃提供錢財和各種支援，只盼著今後能將這些恐怖的人形暗器掌握在自己手中。

今年七月時，隆泰帝在揚州遇刺身亡，這是高恒一系出手最重的一次。

事後，他們企圖嫁禍給姚錫衡，卻依舊被封影刃重創，折了大半人手。

封影刃尋到線索後，召回散在全國各地的高手，猶如聞到血腥味的狼群般，開始瘋狂追剿高恒一系的剩餘勢力。

至於姚錫衡這邊，因早年暗中幫助過高恒，高恒的妹妹又嫁給姚錫衡的父親，雙方遂有了剪不斷的關係。

但此時，正所謂大難臨頭各自飛，富平侯府不但被高恒一系拋出來當擋箭牌，封影刃那邊，也不打算放過曾給他們添了無數麻煩的姚家人。

在夾縫中求生的姚錫衡，為了自保，只得送走兒孫，自己則扮成乞丐，混在急等著領粥的災民中，與疤臉一起向城外擠去。

疤臉暗中出手，在施粥時，挑動兩位皇子的手下發生爭鬥，讓寺門前亂成一片。

就在這片混亂中，姚錫衡與疤臉逃進寺後的山林裡。

五天後，兩人才鬆口氣，徹底擺脫了封影刃的追查。

時光荏苒，轉眼到了深秋十月。

如今已經自封為湖白代知府的李彥錦，終於忙完衛川和附近幾個縣的秋收工作。

入冬之前，他調了一批善於耕種稻魚田的衛川老農，分送到府內各縣，指導當地農家為來年春耕做好準備。

另外，謝沛帶回來的汝陽紅地瓜也收成了，除了繼續在衛川種植外，還選了離府城最近的一大片坡地、沙地種起來。

夫妻倆理順這些事後，待在武陽城，反而要比在衛川更輕鬆些。

謝棟捨不得孩子，乾脆把老宅託給智通，自己帶著喬家兄妹、謝小白和蟹黃，一起來到武陽城，住在謝沛夫妻新置的宅子裡。

謝沛和李彥錦下衙後，也會回家，但是一忙起來，可能就歇在府衙裡了。

如今，眾人已經漸漸住慣新地方，謝棟閒來無事，乾脆又幹起老本行——開飯館。

新家比老宅大很多，不但有開飯館的空間，也有練武場，讓大家在裡面施展拳腳。

因為同住一個屋簷下，喬家兄妹終於知道謝沛夫妻的真實身分，相處得更為融洽了。

十月的休沐，李彥錦忙了許久，終於可以稍微輕鬆一下。

於是，他決定好好犒勞自己和娘子。

夫妻倆本想說動謝棟和其他人一同出去遊玩，但是謝棟捨不得這天的生意，而喬曜戈和喬瀟然又很有眼色，不肯跟去打擾李彥錦兩口子。

結果，變成小夫妻獨自出門，度過兩人時光。

對此，李彥錦自是十分滿意。臨出門時，還扭頭偷偷衝喬曜戈豎起大拇指，引得兄妹倆摀嘴偷笑不已。

謝沛沒回頭，嘴角卻翹得好似一彎新月。

第七十七章

夫妻倆出了家門，沒雇車，也不騎馬，悠哉悠哉地朝城南走去。

武陽城南門外，大約十里遠的地方，就是東湖，雖不如其他名景那般盛名，卻也是一處極好的景致。

李彥錦手裡拎了竹編提盒，裡面裝著小吃食、水罐和一塊墊子，打算去湖中小島，與自家娘子消磨一日。

二人晃晃悠悠快要走出城門時，路邊的茶水鋪子中，一位滿頭白髮的婦人忽然轉頭看了過來。

她對面坐著個面目尋常的年輕人，起身湊到婦人跟前，低聲說了幾句。

平日李彥錦和謝沛上街，也常引人注目，此刻二人未察覺到什麼異常，依然說說笑笑著向外走去。

出了城後，行人漸少，兩人才稍稍運轉內勁，腳步輕快地遠去。

他們身後，夜殤一邊追著兩人的行蹤、一邊暗驚。雖然早從組織中得知李彥錦的事，可他沒想到，這顆棄子，如今竟是功力不淺。

因未施展全力，謝沛夫妻花了兩刻鐘，才走到東湖湖畔。

湖中長年有人打漁維生，也有專門擺渡的船家，兩人便租了條漁船去湖心島，又跟船家約好，申時再來接人。

待船划遠後，夜殤走出來，花了幾個銅錢，從旁邊船家嘴裡，問出謝沛夫妻所去之地後，回去告訴童。

「那小島上可有什麼人嗎？」童聽了夜殤回話後，問道。

夜殤回答：「聽船家講，那裡每年夏季都會被湖水淹沒，所以上面沒有住人。只有些秀才、書生閒來無事，愛上去瞎逛幾圈。」

童點了點頭。「那正好，方便我找他們問幾句話。」

兩人身邊還站著一個大眼睛的年輕人，正是被寧派出來幫童跑腿的鼬族人卡卡。

卡卡的外型頗為可愛，肩膀上不但停著一隻灰色大鳥，腦袋上還頂著嫩黃色的小鳥。這小黃鳥長得尤為逗趣，兩側臉頰上各有一坨紅色，像是誰家小娘子偷用了阿娘的胭脂一般。

湖畔的行人從卡卡身邊經過時，都忍不住掩嘴偷笑，低聲猜著，這位大眼睛的小郎君怕不是個耍鳥的藝人吧？

卡卡聽不懂官話，卻不驚慌，只要跟好老族長，做好她老人家交代的事情，就夠了。

於是，三人很快租了條船，也朝湖心島划去。

一頓飯工夫，三人就到了湖中的小島上。

這島並不大，中間有座石亭，島上沒什麼大樹，草葉灌木倒是長了一片。

十月深秋，草葉已經發黃，襯得顏色斑駁的石亭顯出幾分幽涼古意。

此刻，亭子中，有一對人兒，正並肩靠坐在長椅上，輕聲說話。

夜殤跟在童的身後，朝亭子走了幾步。

忽然，那對男女齊齊轉頭，朝他們看過來。

李彥錦聽到動靜時，還以為只有一個人。可當他轉過頭去，卻赫然發現，竟然有三個大活人……

這說明，另外那兩人必是高手無疑了。

他側頭看謝沛，發現自家娘子第一次露出如臨大敵般的慎重，那雙靈動眼眸正一瞬不瞬地緊盯著那位滿頭白髮的婦人。

童皺著眉，看著對面那張熟悉又陌生的臉，腳步卻沒有停下，繼續朝小夫妻倆走去。

謝沛和李彥錦見狀，站了起來，注視這有些古怪的三人。

童走到兩人前五十步遠時，終於開口問道：「你可是姓李？」

李彥錦微微皺眉。「不知三位要找誰？」

童聽了，點點頭。「是要找人……」話鋒一轉，又問：「聽聞你是孤兒出身，可對？」

李彥錦和謝沛對視一眼，都有些驚詫，心中暗想，莫非這婦人是來尋親的不成？

「看來，你也不認識她啊……」童眼神複雜地看著李彥錦，繼續問：「不過，既然你是李家人，那總識得李長參吧？」

謝沛夫妻聽見「李長參」這個名字，頓時想起李長屏說過的宗門往事。

看兩人的表情變化，童就知道，他們定然認識李長參。

「我想問問，李長參的男人高登雲，到底是怎麼死的？」童緊盯著他們追問。

怎麼死的？這件事，只有少數李家人才清楚內情。

謝沛兩口子已然認為，對面充滿危險的白髮婦人，是來追究高登雲之死，替他報仇的。

可在他們看來，高登雲為了自己的謀算，矇騙李長參的感情不說，還企圖把整個李家拉下水，淪為替他爭權奪利的工具，這是無法被原諒的事情。

而李長參之所以下了狠手，也是因為高登雲連自己的親生兒子都不放過，為了牽制李長參，竟把兒子教成一個充滿野心又自私瘋狂的傢伙。

對李家宗門而言，李長參背負著不幸的一生，卻盡她所能保住了家族。

哪怕她已經逝去，也是李家人必須維護的前輩。

看著李彥錦和謝沛漸漸冷肅的面容，童有些不耐起來。

既然等不到回答，就自己來找。

於是，童對身後的卡卡說道：「你去纏住那個女娃娃，我來問這小子幾句話。」

說罷，這位一路上從未出手的白髮老者，忽然動了。

她身姿迅捷如閃電，瞬間越過五十步距離，直接出現在李彥錦身邊。

接著，童雙手齊出，用快比殘影的身手，左手在李彥錦身上連擊四下，右手提起他的衣領，剎那間閃出了石亭。

不過一眨眼的工夫，李彥錦就成了童手中無法動彈的俘虜。

此時，謝沛兩口子才驚覺，這次，他們怕是遇到了真正的危險。

以兩人的功力，對方連連出手，他們居然連反應都來不及，這個差距……實在太大了！

謝沛柳眉倒豎，一咬牙，內勁全出，掌風朝童劈過去。

結果，童根本就沒有回頭，抓著李彥錦，直接朝湖面上竄去。

謝沛沒追上，因為她被招式古怪的大眼睛男子擋在原地。

她急著救人，對面前這礙眼的傢伙，便毫不留情。

卡卡的功夫輕靈詭異，看似毫無章法地攻擊，其實卻是攻向人體某些隱秘穴位。一旦被他擊中，就會引起多處損傷，最後很可能昏厥過去。

雖然謝沛一時看不明白卡卡的招式，但她沒工夫琢磨。既然對方能騰挪扭轉避開她的攻勢，那對不住，她只好出個範圍夠大的招數了……

這輩子，謝沛頭一次全力出手，一拳砸斷亭中粗硬的石柱。

少了支撐，石製的亭蓋應聲傾倒。

謝沛一躍而起，接下亭蓋，然後猛地蹬地，朝傻眼的卡卡一扔，來了個泰山壓頂！

「我的娘耶！這姑娘是大力神轉世嗎?!」一旁觀的夜殤目瞪口呆。

卡卡的身手在小範圍內才能好好施展，此刻讓他躍出去，已經來不及了。

好在，卡卡夠機靈，危急關頭，發現亭蓋的中心有個拱起來的空間。於是，在兩隻鸚鵡的尖叫聲中，他幾步竄到中間，抱頭屈身，把自己縮成一個團子。

砰！一聲巨響傳來，夜殤才猛地回過神。

再一看，石亭只剩下三根石柱，巨大亭蓋則嚴嚴實實蓋在剛剛卡卡所站的地方……

就在他心中一緊之時，亭蓋下面，傳來卡卡的叫聲——

「@#￥%！」

聽到他的聲音，炸了毛的兩隻鸚鵡也平靜下來。

謝沛見狀，冷笑一聲，來不及說話，就朝童跑走的方向直追而去。

她趕到水邊，抬眼看去，只見波光點點的湖面上，白髮婦人拎著李彥錦，如踏平地般，起起落落飄出去老遠，可比划船快多了。

謝沛皺著眉，把勁氣附在腳底，也想試著在水面奔跑。

可她試了兩次，都沒成功。

謝沛一怒之下，一脫外袍，跳入水中。

然而，她想像中那劈波斬浪的英姿並未出現，但見鬼的秤砣身子，卻讓她順利下沈。

氣得冒火的謝沛，閉住氣，迅速沈到湖底。

她的腳一觸地，立刻朝前猛蹬，這樣一蹬一竄間，竟讓她在水下跑得飛快。

這天的東湖，也算是開了眼了。

湖面上，一位婦人彷彿水鳥般，飛竄跳躍地飄過湖面；湖面下，一位怒髮衝冠的小娘子，如河馬……咳，如水獸般橫衝直撞，翻起滾滾黃沙。

不過，到底還是童更快些。她拎著李彥錦離開東湖，尋了個方向，很快就不見了。

片刻後，在童上岸的地方，突然噴出一股水柱——

緊接著，水中的河馬娘子衝上來。因為用力過猛，剎不住腳，謝沛渾身淌水地朝前竄了百尺，才堪堪停住。

她轉頭四顧，忍不住罵了句粗話，然後逼自己冷靜下來，尋找婦人和李彥錦的蹤跡。

終於，她在草叢中，看到了一串延伸向遠方的水跡。

謝沛集中精神，辨認出那串水跡的不同尋常之處。一灘灘的水跡之間，相隔甚遠，可點點滴滴地串起來，卻是一條筆直的線。

謝沛心中暗想，從這路線看，那白髮婦人並非心思太過詭譎之人，等下拚命之前，也許能嘗試著說服她……

謝沛一邊想、一邊沿著水跡飛奔，她必須趕在這些水跡消失之前，追上婦人與李彥錦。

此時，童已經拎著李彥錦，竄進了東湖旁的珞山。

一進山，童就覺得自在起來，彷彿腳底長了眼睛般，在樹林中行走，居然比在平地上還快了幾分。

尋到一棵巨大的柏樹後，童輕輕一躍，竄到高處的樹枝上。

此刻也被拎上去的李彥錦，渾身無法動彈，嘴裡也發不出聲音。
他心裡拚命想著主意，面上卻露出一副驚恐不安的模樣。
童押著他靠在樹幹上，又打量了幾眼，道：「你可還記得一點小時候的事情？」
李彥錦心想，記得、記得，小時候，他還是一名光榮的童子軍呢！卻說不出話來。
「啊，我忘記解開你的穴道了。」童輕輕皺眉。「等下我解開後，若你能安靜，好好回答我的問題，我就不會傷害你。」
李彥錦連連點頭，無辜的表情，讓童覺得有些尷尬。
在鼬族中，自懂事起，她再沒欺負過旁人。這種成了壞人的感覺，實在讓人……好生懷念啊～～
童在李彥錦身上連點幾下，身手快得讓某個想偷學的傢伙在心裡驚嘆了好幾聲。
不過，也因此，李彥錦越發老實起來，剛才轉過的幾個主意，都因為對方實力太恐怖而被斃掉了。
童見李彥錦果然沒有吵鬧，心情好了不少，口氣和緩地說：「你對小時候就沒有留下一星半點的記憶嗎？」
李彥錦低垂了眉眼，委屈巴巴地道：「十二年前，我被岳父從路邊救回家。那時，一群地痞以為我已經死了，想用屍體去訛詐我岳父。結果，岳父請了大夫，不惜錢財把我救活。我所有的記憶，就是從那時醒過來，第一眼看見了我娘子起……」
童雙眉緊鎖，她不敢想像，若這孩子真是靜的兒子，那麼靜是陷入怎樣的境地，才會讓她的孩子流落街邊，還險些被人當成屍體……
童看李彥錦神色淒苦，又因靜的緣故，實在狠不下心逼問。
不過，她並不是一味只知道心軟之人。靜的情況，她必須問清楚，既然不能狠心相逼，不如讓對方心甘情願地說出來好了。
童閉上雙眼，嘆了聲，語氣壓抑而痛苦地說：「你可知道，我為什麼一直盯著你看嗎？」
李彥錦眨眨眼睛，搖了搖頭。
童緩緩道：「因為，你的母親，很可能就是我失蹤多年的女兒啊……」
李彥錦微微張開了嘴，半晌才坑坑巴巴地叫：「外……外婆？」
童臉色一僵，她怎麼都沒想到，眼前這小子順竿爬的功力竟然如此深厚……定然是繼承了姓姚的厚臉皮！
「咳，如果是的話，你確實當喊我一聲外婆。」童忽然覺得，剛才若抓的是那個眼神凌厲的女娃娃，恐怕還好問話些。
「我也不瞞你，當初我女兒發天花時，被高登雲帶去京城求醫，結果他們一去，再無音訊。我原本以為，靜恐怕……可當我見到你時，就知道，阿靜當年定然被治好了。然後，還生下了你……」
童說著，眼神中多了些柔和。
李彥錦小心翼翼地道：「外婆，這會不會是有什麼誤會呀？世上的人那麼多，有幾個長得相似，也不足為奇啊。」

童點點頭。「你說得沒錯，可若一件事上屢屢出現巧合，那就不只是巧合了。高登雲帶走我的女兒，而他那時候已經娶了李長參，是李家的人；你和靜如此相似，卻也是李家的人；若靜活著，她嫁人生子，我外孫的年紀應與你相近。你覺得，這還只是巧合嗎？」

童在小輩面前，到底不好意思說出自己當年的荒唐事，只好把與李彥錦相似之人，從姚錫衡改成靜。

李彥錦聽了，也覺得有幾分道理，加上知道童並不是來為高登雲報仇的，鬆了口氣。

只是，還不待他開口說話，就聽見不遠處，有人輕喝道：「白頭髮婆婆，我勸您，最好把我相公還來，不然您的兩隻寶貝鸚鵡就要變成禿毛雞了！」

第七十八章

隨聲而來的，是一陣嘰喳啾啾的鳥叫，中間還夾雜著古怪發音，聽著有些耳熟。

童聽著斑斑和小不點不停罵著什麼「壞女人」、「騙人精」、「傻猴子」……頭不禁有些大了起來。

李彥錦偷眼打量童的神色，小心地勸道：「外婆啊，我娘子是個暴脾氣，反正咱們現在都認過親了，您把我放下去，我會幫您一起找娘的。」

童原本打算好好用母子情、母女情感動李彥錦，好讓他心甘情願說出李長參一家的事。結果，還沒來得及，就被謝沛破壞了。

說起來，這丫頭的本事還真不錯，居然這麼快就擺脫卡卡，趕上來了。

想到卡卡，童就揚聲對斑斑和小不點問道：「卡卡沒事吧？」

「沒事，嘰喳！」

「沒事，嘰啾！」

兩隻鸚鵡齊聲回答。

李彥錦和謝沛見狀，都是一驚。此刻，他們才發現，這兩隻鳥竟能聽懂問話，並且回答，這……可不是一般的聰明呀！

童點點頭，拎著李彥錦躍下大樹，來到謝沛面前。

此時，謝沛的模樣活像山裡的獵戶，手裡倒提著兩隻山雞……咳，是兩隻鸚鵡，神氣活現地扠腰站著。

瞧見大靠山來了，斑斑和小不點撲騰翅膀，連忙你一言、我一語地，把謝沛剛才做的好事爆出來。

「她假裝沒看見我們！」

「然後故意裝成跳不高的笨蛋模樣！」

「結果，跑著、跑著還摔了一跤！」

「然後趴著裝死！」

「我們上當了，湊過去看！」

「結果她一竄老高，就把我倆抓住了……」

童聽得很想摀臉，在黑山上長大、被族人餵養得天真蠢萌的兩隻鸚鵡，如何鬥得過小狐狸般的臭丫頭?!

雖然謝沛聽不懂兩隻鸚鵡在說什麼，但聽牠們叫得有趣，就把兩隻鳥拎到眼前，歪著頭打量。

剛才她趕過來時，已經從李彥錦和婦人之間的交談中，聽出白髮婦人並不是窮兇極惡之人。略放心後，對童這一行人生出了濃濃的好奇。

不論是武功，還是這兩隻鸚鵡，他們的路子顯然與中原大多數習武者有明顯的不同。就連長相，除了沒有動手的那個傢伙外，另外兩人都長有一對大大的圓眼睛，嘴唇也比普通中原人要豐滿些。尤其是那個被謝沛困在亭蓋下的年輕人，武功雖然高，可眼神卻帶著孩童般的純真，實在讓人很難討厭。

因此，謝沛聽到童和李彥錦那番交談後，決定先試試看，能不能和平解決問題。

當然了，雖然是和平解決，手裡多少還是要握著籌碼的。

雖然對兩隻鳥下手，有點欺負鳥，可誰讓她趕時間，來不及抓住卡卡呢？

「娘子，這位是我外婆！」正當兩個女人對著乾瞪眼時，李彥錦這個厚臉皮，語氣歡快地打破了僵局。

謝沛眼珠一轉，露出一副驚喜的模樣。

「哎呀！都怪我不懂事，一看有人抓你，就急得什麼都顧不上了。這可真是……外婆，您千萬別見怪啊～～哎呀，正好，頭一次見面，孫媳沒備什麼好禮，這是我剛在林子裡抓的野味，就送給外婆，圖個樂吧！」

說著，謝沛神態從容地走到童面前，伸手把兩隻「山雞」遞過去。

童微微一愣，把斑斑和小不點接了過來。

在她鬆開李彥錦的一瞬間，謝沛一把將自家男人抓了回來。

別看謝沛的動作有些粗魯，嘴裡卻彷彿小媳婦般，一迭聲地埋怨道：「你說說你，見到外婆了，也不趕緊和我打個招呼，這下讓外婆生氣了吧，活該捆著你！趕緊回去準備、準備，咱們替外婆好好接風洗塵。一家人，總得先認認親吶……」

童被謝沛一連串的話說得有些發懵了。

其實，李彥錦被抓過去那瞬間，她是能再把人搶回來的。

可聽著謝沛的話，她又覺得，人家這麼熱情，自己還要喊打喊殺，好像有點過分啊！

再說，若能見到其他李家人，說不定，可以更快找到靜的下落呢！

就這樣，童如流星般抓走了李彥錦，結果回來時，卻要帶著卡卡和夜殤，去外孫家拜訪親戚……

剛從廢墟中把自己解救出來的卡卡，吐掉嘴裡的泥，聽說要去老族長的親戚家做客，立刻陽光燦爛地笑了起來。

去親戚家做客，那就是有好吃、好喝的了，開心！

單純的卡卡，很久以後才知道，中原還有個詞叫做「鴻門宴」。

不過，這次去童的親戚家做客，卡卡還是很滿意的。

雖然語言不通，可看著胖乎乎的大叔，還有活潑可愛的少女，以及美味而分量充足的飯菜，卡卡簡直快愛上這裡了。

與卡卡一樣，也被謝棟的美食收買的，還有兩隻鸚鵡。

謝棟聽謝沛說，這兩隻鸚鵡很聰明，不但聽得懂主人提問，還會回答，頓時就把兩隻鳥當作小人兒一般對待。

不但切了南瓜、板栗、梨子、棗子、紅薯，還把自己捨不得吃的蜜罐拿出來，一個碗裡澆了一勺。

這一路上，斑斑和小不點都是有啥吃啥，胡亂對付過來的。如今嚐到順嘴的美味，兩隻話癆立時沈默寡言，埋頭大吃起來。

都說吃人嘴軟，拿人手短，童看著吃得歡欣的卡卡和兩隻鸚鵡，再說不出一句硬話……原本她還以為，也許能碰到幾個李家親戚，孰料一問，滿屋子裡，竟然全是謝家人。她看了看李彥錦，頓時覺得，自家孩子好似個吃軟飯的……

幸好，馳族本就對男子沒太高要求，只是童了解中原漢人的習俗，才對這個突然冒出來的外孫，多了一分擔憂。

飯桌上，謝沛向謝棟說了白日的奇遇，中間自然省去了一部分內容。謝棟得知對方可能是李彥錦的外婆，且其女兒在多年前失蹤後，眼眶立時就紅了。

「這些該死的人販子，都該抓了砍頭！您閨女叫什麼名字？我這裡開飯館，南來北往的人多，以後說不定能幫忙打聽消息。」謝棟掏心掏肺地說著。

童雖有心說靜是被高登雲帶走的，卻不由先報出女兒的名字。「那時候我喊她『靜』，她還有個同胞姊姊，叫『寧』。」

謝棟嘆了口氣。「家裡的閨女可千萬要看好，您那兒情況，我不知道，可我們這裡，平時被拐的多是女兒。拐走以後，賣到富戶當丫鬟，那算運氣極好的；而那些長得好的小丫頭，就……」

謝棟抹了把臉，忽然拍自己一下，道：「咳，瞧我瞎說些什麼呢！既然阿錦是在衛川被我撿到的，他娘應該也在附近，至少曾經在衛川出現過。要不，過兩日，我們陪您回衛川，仔細打聽、打聽？」

童看謝棟如此熱情，便說：「我也有些線索，阿錦師父的大姑爹，就是當年帶走我女兒的人。只是我長年住在南方深山，打聽不到他們的消息……」

「欸？」謝棟一聽，愣住了，轉頭看女兒、女婿，見兩人微微點頭，就道：「那這就更好辦了！親家姥姥，您怕是不知阿錦師門的情況，我給您打包票，那全是些仁義好漢。您的閨女既然是被他們家親戚帶走的，過兩日，李家七爺正好要來，您找他問問，肯定能得到一些消息。」

「欸？叔公要來嗎？」謝沛夫妻倆齊聲問道。

在旁邊聽了許久的喬曜戈開口道：「嗯，七爺爺說，今年要和我們一起過年，到時候智通大師也會來。」

在場所有人聽了，心裡都是一鬆，唯有夜殤感覺不妙。

組織多年前曾經透過高登雲，對李家有些了解，知道自李長參一家死後，李家有位排行老四的高手一直在追查真相。

後來，這位老四也死了，可據說，當年去接老四的，就是排行老七的李家人。

雖然不清楚李長參和那位老四後來查到了什麼，可夜殤覺得，他最好早點離開，去其他地方逛逛比較好。

於是，次日一早，夜殤說是要繼續遊歷，便向眾人告辭了。

他走後，童叫來小不點，輕輕撫撫牠的小腦袋，低語幾句。然後，這隻自帶腮紅的小黃鳥，拍拍翅膀，飛出了謝家。

童和卡卡在謝家耐心等待時，謝沛則悄悄溜回衛川，請彩興布莊設法聯絡李長奎。接著去找智通，把前因後果說了一遍。

智通聽完，皺眉道：「可惡！這高登雲果然不是好東西，居然還拐走別人家的閨女，只恨他死得太早！」

他說罷，囑咐謝沛：「妳趕緊回去吧，既然阿錦他外婆的功夫這麼高，妳離開得太久，她多半會察覺到。現在還沒說清楚，若引起誤會，容易壞事。等七叔來了，我會同他說的，你們不用擔心。」

謝沛點點頭，隨即運轉輕功，回了武陽城。

原本說好兩日後就來的李長奎，這次遲到了五天，才帶著智通趕到武陽城。

他進了謝家，二話不說就去見童，開門見山地問：「妳閨女的名字叫靜，今年應該是三十七歲，可對？」

童微微張開嘴，露出驚喜又懼怕的眼神，點了點頭。「正是……」

李長奎眉頭緊鎖，有些不忍地側過頭。「高登雲有一子，名叫李宜朝，娶了名叫姚靜的姑娘。若是活著的話，她今年正值三十七歲。」

「姚……靜……」童眼神茫然地重複道。

「姚靜?!」半晌，她彷彿反應過來般，目光中湧現恍然與憤怒。

接著，李長奎扭頭盯著李彥錦端詳半天，道：「要如你外婆所言，莫非你還真是我大姊的孫兒不成？」

當初李長昴發現，大姊最小的孫兒並沒有死在當場，但是多年來，一直沒有線索可以尋找。不承想，今日才知，親人就近在眼前！

「欸?!」李彥錦沒想到事情會變成這樣。幾天之內，他不但有了外婆，還有生死不明、不知去向的老媽。眼下，親媽似乎歿了，可又多出姥姥和其他一大堆家人來了……

「哎喲！那論起來，阿錦還得喊我一聲七舅老爺！」

李長奎一句話，聽得李彥錦「噗」的一聲，噴了一桌茶水！

沒想到啊，自己竟然也有個傳說中的舅老爺！

李彥錦強忍著臉上的抽搐，被李長奎一臂摟過去，哈哈大笑地說：「哎呀，阿錦，往日我總覺得你配咱們二娘，還差了點。如今嘛，我這舅老爺不好再嫌棄你了。不然，乾脆請其他幾位舅老爺都來好好練練你，讓你能在娘子面前挺挺腰！啊哈哈哈……」

李長奎那邊說得熱鬧，謝沛卻時刻關注著童的動靜。

自剛才聽到「姚靜」二字後，童就有些不對勁了，謝沛擔心她哀痛過度，會不會因此出手傷人。

卡卡聽不懂官話，卻也發現老族長的臉色不對，湊過去，嘰哩咕嚕地問：「童，出了什麼事？是卡到魚刺了嗎？」

童緩緩轉過臉，看看卡卡的大圓眼，又掃了屋子裡其他人一圈，慢慢平靜下來。

「這位……我該怎麼稱呼他？」童衝李長奎揚了揚下巴，向謝沛問道。

謝沛對這種複雜的關係也有些頭疼，於是向謝棟發出求助的目光。

此時謝棟還挺可靠的，掰著手指頭一算，道：「您喊他一聲親家舅爺，他喊您一聲親家姥姥就成。」

童點了點頭，表示明白。

「咳，親家舅爺，你可知道姚靜是如何走的嗎？」童竭力保持著平靜問道。

李長奎看看眾人，對謝棟說：「老哥，你這裡有沒有清靜點的地方？」

謝棟明白過來，忙道：「有的、有的，後面練功場旁邊有座給他們臨時休息用的小廳。二娘，妳帶著親家姥姥和七爺過去吧。」

卡卡見童起身，也想跟去，卻見童擺了擺手，示意無事。於是，他又坐下來，繼續吃糍粑魚了。

李長奎見狀，把李彥錦也叫上，四個人轉去小廳中詳談。

廳裡，謝沛從廚房端來茶具，幫大家都倒了杯茶。

李長奎藉著喝茶，整理了下思緒。

因為事涉李家過往，李長奎開始說之前，謹慎地問：「親家姥姥，您女兒身上可有什麼胎記或是痣之類的嗎？」

童想了下，道：「那些都沒有，就是痣，也只有很小一點，並不好辨認。不過，她出生時，耳垂就比她姊姊大，長到三歲時，比其他孩子都大不少。長輩還說，這是福相……」

想到女兒之後的經歷，童頓時覺得喉頭發苦，說不下去。

李長奎聽了，心裡已經信了九成，因為他收到謝沛託彩興布莊傳的消息後，就去找了五嫂蔡鈺。

在他們這些人中，蔡鈺見過李長參一家人，且李宜朝娶親時，她還去幫了幾天忙，對那個外甥媳婦印象挺深。

從蔡鈺嘴裡，李長奎得知了姚靜的長相特徵。

姚靜生得很好，皮膚光潔，幾乎不見一點斑；一雙眼睛又大又圓，看著很是嬌俏可愛。而且，她還長了一副福相，嘴唇豐潤，不帶刻薄之意，一對圓嘟嘟的大耳垂非常顯眼。

自見到童的第一眼，李長奎就知道，姚靜應該就是這位婦人失蹤的女兒了。

別看這婦人滿頭白髮，可那雙眼睛一樣又大又圓，嘴唇也很豐潤，便對上了。

再聽童說出耳垂的特徵，李長奎的心裡踏實下來，說話不再含糊。不但把蔡鈺告知的講了一遍，更細說了李長參一家遇上的慘事。

聽到李長參一家被斬盡殺絕、死狀淒慘時，童仰頭閉了閉眼。

好半晌，她才緩過來，問道：「那阿錦是怎麼逃出來的？」

李長奎也是不解。「我們在您來之前，還不知這小子就是大姊的親孫子，所以當初把阿錦救出來的，肯定不是我四哥。」

童低下頭，想了一會兒，道：「應該也不是靜的生父……不瞞親家舅爺，靜的父親，也許你們聽說過他，乃是京城的富平侯姚錫衡。」

眾人一驚，李彥錦忽然開口道：「那高登雲把您女兒定了姚姓，應該不是巧合。」他還沒習慣自己多出個娘來，所以把姚靜稱為童的女兒。

童沒有介意，點點頭。「我剛才生氣，正是因為想明白了高登雲的意圖。枉我還當他是有什麼難處，才把靜帶走，多年不回。結果從頭到尾，根本是他算計好的！」

眾人聽了，又是一呆。

童垂下眼皮，幫大家解疑。

「高登雲是在姚錫衡走了三個多月後，來到黑山的，他來沒多久，就說喜歡上我。呵，我那時候都顯懷了，你們能想像嗎？我挺著懷雙胞胎的肚子，他竟然還……

「原本，他是用動了真心來解釋。可你們知道嗎，之前跟我一起來的年輕人說，高登雲在上黑山前三年已成親，兩年後，還生下一個兒子……」

「哇！這太不要臉了！」李彥錦脫口而出。

謝沛和李長奎都點頭同意。

童繼續道：「原本我只是猜測，如今聽了李長參的經歷，我才確定，當初高登雲接近我，恐怕也是如同看上李家一樣，看上了䖘族。䖘族人人習武，像卡卡這樣的並不稀奇。

「我猜，高登雲是與我族人混熟以後，得知姚錫衡曾經與我有過糾葛，從而猜出兩個孩子的父親就是姚錫衡。他抱走靜，治病是真，但讓靜嫁給他的兒子，恐怕就是衝著我們部族與姚錫衡的勢力了……」

謝沛聽著，嘆了口氣。「不強大自身，卻費這麼曲折的心思來利用別人，真是……」

李長奎扭頭拍李彥錦，道：「以後你多留點心吧。你若是現身，怕也……不行，我得去叮囑他們，不能瞎說。」

想到方才高興之餘，自己當眾說的那番話，李長奎就有些著急，趕緊出門去交代。大姊一家無故慘死，李彥錦的身分若被揭穿，可真是再無寧日。

第七十九章

此時，廳裡就剩下童和謝沛夫妻。

童弄清楚女兒的死因，有了報仇的方向，真正平靜了下來。

她看著李彥錦，道：「之前我觀察過了，你雖練不了我的功夫，但族裡也有不少靈動敏捷的功法，比你現在所習要高深些。待我回去，找來給你……」

說著，她望向謝沛。「倒是妳這丫頭，運氣不錯。鼬族裡有一門稀罕武功，因要求嚴苛，連我都沒能練成。我本以為，鼬族這一代無望重現『玉魄三身功』，不想卻應在妳身上……」

李彥錦聞言，可憐巴巴地嘆口氣。「娘子越練越厲害，這輩子，我沒希望翻身了。算了，誰讓我天生就是個勞心的命吶……」

謝沛和童聽了，相視一笑，竟真有了點親人的味道。

這天夜裡，李長奎躺下沒多久，就聽見窗外有動靜。

因擔心李彥錦的緣故，他第一個反應就是仇家追來了，於是從床邊抽出一把裹著皮套的長刀，貼到窗邊，小心地向外看去。

結果，就見月光下，童拎著兩個人，站在院子裡。

李長奎仔細一看，立時從窗口衝出去。
原來，那兩人之中，竟然有曾經戲弄過李長奎和智通的疤臉漢子。
因那臉疤痕實在太過驚人，所以李長奎一眼就認出他來。
李長奎打量著只有眼珠能動的兩個傢伙，問道：「親家姥姥，這兩人是從哪裡抓來的？」
童沒回答，側頭看向其中一人，緩緩喊了聲：「姚錫衡……」
姚錫衡一呆，使勁轉著眼珠，想要瞧瞧童的樣子。
李長奎一聽這名字，立刻想起白天聽到的事情。
這……姚錫衡不就是李彥錦他外公嗎?!

不久，千里迢迢從京城趕到衛川，又從衛川尋至武陽的疤臉和姚錫衡，被帶到小廳中。
李彥錦和謝沛穿戴整齊，趕了過來。
童幫他們解了啞穴，疤臉一能說話，立刻衝李長奎喊道：「我有話和你單獨說。」
李長奎也有此意，於是兩人去了練武場的另一端。
李彥錦有些不放心，卻聽謝沛道：「放心，外婆還封了那人的其他穴道，叔公能應付的。」
李彥錦點點頭，然後滿心八卦地去看廳中那對正乾瞪著眼的老人。
「童，妳竟然一點都沒變……」姚錫衡看著對面的白髮婦人，不由說道。

童平靜地開口：「你老了，也醜了。」

姚錫衡頓時語塞，側頭看了看李彥錦，才小聲問道：「那小子，真是我們的……」

童沒有回答，而是問他：「你怎麼跑來這裡了？」

姚錫衡想了下，都還求著人家收留自己兒孫，便無須再顧忌什麼臉面了，於是把自家的事情從頭到尾說了一遍，還提了太上皇與其二哥之間的糾葛。

童聽完後，緩緩道：「原來如此，高登雲竟與你有這層關係。難怪他會帶走靜，還把她嫁給自己的兒子……」

姚錫衡一愣，連忙追問發生了何事。

待他聽完姚靜的遭遇後，遲遲說不出一個字來。

這個女兒，沒有享受過一天父親的呵護，卻因父族牽連，小小年紀被迫與親人分離。還被心思詭譎的高登雲利用，最後更遭受牽連而慘死……

這樣的一生，光想就讓人心痛。

「高登雲真的死了嗎？」姚錫衡啞聲問道。

他剛問完，童立即皺眉，搖了搖頭。「我不知道高登雲是死是活，不過，我要跟著李家人去靜生前最後待過的地方看看，還要把她的墳遷回黑山。然後，就去找謀害靜性命的那群惡徒……」

姚錫衡聽了，沒有片刻猶豫地說：「我跟妳一起去。」

童看著他，道：「跟著我，倒是個保命的好法子。」

姚錫衡脹紅了老臉。「那也是我的女兒！當初，妳為何不告訴我，我……」童沒有吭聲，片刻後才點頭。「一起去吧。靜生前，我們沒有盡責，如今只能替她報仇了……」

說完，兩位老人沈默了下來。

李彥錦見氣氛太沈重，又看姚錫衡滿身塵土、形容狼狽，便湊過去，笑著說道：「外婆，既然是熟人，不如今夜先休息，有什麼事，明天再說吧。」

他話音一落，姚錫衡就嘆了口氣，道：「好孩子，你也吃了不少苦吧？我……我當初實在是……」

四十年前那一夜，原本在姚錫衡的記憶中，還泛著點旖旎的味道。然而，知道姚靜和李彥錦的遭遇後，他終於明白，有些事，並不是一個輕飄飄的「錯」字，能夠承擔的。

至於李彥錦，自家事自家知，真正的李彥錦早在十二年前就死在街邊了。他雖覺得原身死得悲慘，但心中卻沒有太深的怨恨。

兩位老人都不是故意遺棄姚靜。真正的罪魁禍首，除了殺死她的惡徒外，還有高登雲以及他背後的勢力。

姚靜就不說了，那是高登雲處心積慮從童身邊騙走的。而原主李彥錦為何落得慘死街頭、無人收屍的結局？恐怕也少不了高登雲身後勢力的陷害。

在李長參一家被圍剿時，能趁亂救出李彥錦、並願意帶走他的，恐怕只有高登雲留給兒子李宜朝的那批人了。

雖然救了李彥錦，可他們帶走原身的目的，從高登雲之前的舉動和原身後來的結局看，便能猜測到，絕不會是好事。

都說冤有頭，債有主，在李彥錦看來，若要替姚靜母子報仇，首惡自然是那群惡徒及其主使者。

然而，高登雲和他背後的組織，卻也讓人心寒、厭惡。

所以，看著眼前兩位神情痛苦的老人家，李彥錦就忍不住想寬慰他們。

「外婆，外公，您二位都要好好休息啊，後面不論報仇還是怎麼的，都是很危險和辛苦的事。雖然我對娘沒有印象，可我想，她若知道事情的因果，定然更希望二老能平安順遂。所以……」

童不待李彥錦說完，就站起身，輕聲說道：「我去歇息了。」竟是不敢再聽李彥錦說下去。愧悔和內疚之意如生了鏽的鐵針般，深深埋在她心底，一碰就痛。

待她走後，姚錫衡盯著李彥錦，小聲嘟囔：「你這小子，比阿勁長得還像我吶……」

李彥錦不知姚錫衡說的是他兒子姚勁，還以為自己的生母姚靜也與眼前的老人有些相似。但他沒看過姚靜呀，頓時不知如何接話。

「咳，外公，您吃過晚飯沒有？」

見面容相似的一老一少正大眼瞪著小眼，相對無語，旁觀的謝沛忽然出聲問道。

「咕嚕……」姚某人的肚子立刻響亮地替他回答。

兩刻鐘後，姚錫衡的面前多出了一碗雞蛋青菜麵。

「嗯，好吃！」姚錫衡吃著有些清淡的麵條，嘴裡含糊地說道。

他正吃著，就聽到門口有人怪叫一聲：「好你個姚老頭，也太不夠意思了吧！居然一個人吃起獨食，把我這個恩人拋過了牆～～」

謝沛夫妻轉頭看去，見剛才拉李長奎去私談的疤臉漢子邁步走進了小廳。

李長奎跟在他身後，神情激動中，又帶著些茫然。

疤臉看看李彥錦，目光中似有欣慰之意。

「老七，有時我覺得，這世上真有天意……」疤臉對身後的李長奎說道。

「四……是呀……」李長奎拙劣地改口，讓謝沛和李彥錦都有些無語。

疤臉哈哈一笑。「得了，這裡都是一條船上的人，你覺得誰還能轉投封影刃不成？」

姚錫衡吸了口麵條，哼笑一聲。

「小子，我是你四叔公，等下有什麼問題，問你七叔公就成。我啊……得趕緊去看看我的寶貝兒子啦，啊哈哈哈～～」

疤臉大笑著向外走去，走到門口，忽然扭頭道：「臭小子，別有了外公就忘了叔公，也給我弄點好吃的來～～」

疤臉走後，謝沛和李彥錦便齊齊望向李長奎。

李長奎撓了撓絡腮鬍子，咂著嘴，一屁股坐到椅子上，緩緩說了起來。

原來，疤臉就是當初追查李長參死因的李家老四——李長昂。

他的兒子，正是一直跟著李長奎習武的智通。

當初，李長昂在追查李長參一家慘案的過程中，摸到皇家暗衛封影刃的蹤跡，引來數名暗殺高手，打算收拾他。

李長昂不想毀了大姊的良苦用心，乾脆假死，斬斷與李家的聯結。

同時，為避開封影刃的追殺，李家最英俊的四爺，毫不猶豫地毀去了面容。

從此，這世上少了個英俊瀟脫的李長昂，多了個滿臉疤痕的醜怪漢子。

十幾年來，李長昂一直在耐心布局。他知道，自己一個人絕不是封影刃的對手，於是，就把目標定為盡可能掌握封影刃的消息。

如今，寧國許多城鎮中，都出現了一個不太引人注意的組織——花子幫。

這正是李長昂多年經營的成果。他以一己之力組織這些人，哪些地方出現神秘失蹤或離奇死亡的消息，很快就能傳到李長昂耳中。

透過對這些事情的追查，讓李長昂成了封影刃自身外，最熟悉他們的人。

尤其，今年太上皇之死，引發封影刃的一連串舉動，更讓李長昂做出了最後的判斷。

見到姚錫衡後，李長昂欣喜地發現，為大姊一家報仇的時機，終於來了。

於是，他帶著姚錫衡來到武陽城，把斬斷多年的聯結重新續上。

時機已到，李家宗門不該再繼續沈默下去了！

李長奎並未把李長昂那些驚世駭俗的話全說出來，但其餘三人都想到了那些未盡之言。

一個由皇家建立和支援的暗殺組織，要在怎樣的情況下，才有可能被徹底摧毀？
唯有支撐它的皇家自身難保、即將毀滅！
這個夜晚，失眠的人不少。
但謝沛和李彥錦，卻睡得很踏實。
為了唐琦，為了項古青，為了湯孝邦……為了那些人間正氣，謝沛夫妻早已做好翻天覆地的準備。
如今，突然多出一個原因，不過是給兩人添分動力罷了。

次日一早，疤臉李長昂帶著童、卡卡和姚錫衡離開了武陽城。
隨他們一起離開的，還有智通和兩隻剛剛與謝小白交上朋友的鸚鵡。
聽著斑斑臨走前，用牠剛學會的中原話，唱起一首鼬族小調，謝家人深深覺得，童姥姥果然好心性！這些年來，竟然沒幹掉這個五音不全的話癆！
「再見吶～～我親愛的小白～～從此以後，我頭頂的鼻孔就是你的眼睛～～」
斑斑唱得沈醉，一旁的小不點瘋狂甩頭，拚命叫道：「不是鼻孔，是碧空！碧空！」
謝小白蹲在院中樹上，情不自禁地刨下了一堆樹皮……

十月底，項古青到了武陽城。
李彥錦和謝沛與他密談很久。

半個月後，分布在十數個地方的平亂小將，接到了傳信——

第二步行動，開始了！

從這天起，十一個地方的平亂廂軍開始調動。此時，若有人從天空俯視寧國大地，就會發現，這片土地上，有數支人流正往同一個方向匯聚。

如同溪流匯聚成江河，江河奔湧向大海一般，十一位小將用逐步傳遞的方式，將各自手裡的兵力集中到最靠近呂梁城的地方。

就在小將們不斷調兵的同時，湖白府內，謝沛也開始行動了。

與小將們不同，項古青他們會先趕去支援唐琦，而謝沛要做的，則是出去圈人、圈地、圈錢，從而徹底破開唐琦孤立無援、難以為繼的困局。

升和二十年十一月，歷史的車輪離開了那條坎坷曲折的老路，向著未知的征途，奮力前行！

第八十章

新年過後，湖白府的軍營中，突破了萬人大關。

駐守呂梁城的唐琦，得到麾下眾小將和李家宗門的支持後，又迎來謝沛夫妻帶來的萬人大軍。

雖然李長奎等人正在籌謀對付封影刃的事，但自從蠻軍攻至呂梁城後，李家宗門即開始調動佈置，準備加入抵抗外敵入侵的戰爭。

並非李家人願意為寧國皇族賣命，而是因為宗門訂下的第一條規矩——凡有外敵入侵，必竭盡全力，絕不苟且惜身。

這也是前朝末期時，李家會與張西傑合作，抵抗西境外族的原因。

結果，才太平不到兩百年，中原便再次動盪不安。

如今，哪怕被重創後的李家不再如前朝時那般強大，也不再擁有數萬私兵，可他們依然堅守祖訓，盡力為唐琦提供各種幫助。

這也是唐琦能帶著一群弱兵硬抗住蠻軍進攻的原因，麾下多出李家近百名高手相助不說，還得到他們從四面八方運來的糧草和物資。

至此，圍堵在呂梁城外的蠻族兵馬終於開始後撤，而在他們身後追趕的，是殺紅了眼的中原將士。

唐琦乘勝追擊，一路將北蠻趕回草原，順勢把鎮北軍的軍權接過來。有了數萬兵士擁護，軍權討回得非常順利。

呂梁城裡，宣旨的太監空手而歸，因為唐琦早已率軍去了北疆。

後來，升和帝連發五道聖旨，都催不回唐琦，終於知道，他最害怕的事情，發生了……

另一邊，剛剛回到湖白府的謝沛和李彥錦，還沒進門，就聽到一陣讓人頭疼的鳥叫聲。

「哦～～小白，你怎麼能如此無情，如此冷酷～～哇！呀呀呀！你抓不到我，啊哈哈哈哈～～」

謝沛走進家門一看，童一行人比他們還早幾天回來了。

洗漱休息後，謝沛和李彥錦一邊吃著順心合意的晚餐、一邊與大家說話。

「外婆，那邊的事進展如何？我和阿錦最近沒什麼事忙，需要我們做什麼嗎？」謝沛舀了一勺蟹黃豆腐，塞進嘴裡，嗯～～熟悉的美味啊～～

童幫她和李彥錦各挾了一筷子糟辣脆皮魚。「別急著想那些事。這是我們黑山鼬族的家常菜，你倆都嚐嚐看。」

這時，斑斑不知從哪兒飛進來，毫不客氣地直接停在謝棟頭上，大模大樣地看了桌上的菜，叫道：「留下魚頭，我要送給小白！」

李彥錦一聽，直接一筷子把魚頭夾到自己盤裡，吃了起來。

在斑斑憤怒的叫聲中，這廝還故意吃得搖頭擺尾，咂巴著嘴地說：「嗯～～這魚唇入味了！哎呀，魚頰真嫩～～」

童看他們吃得香甜，臉上浮現慈愛的笑容，她一邊替兩個孫輩夾菜、一邊不經意地說：「我打算把那些封影刃都引到黑山去……」

「什麼?!」謝沛和李彥錦齊齊抬頭，停下筷子，驚呼一聲。

童姥姥依然那副渾不在意的淡然模樣，繼續道：「我們查過了，殺了你娘和你奶奶的那批封影刃，如今雖然死得差不多，但他們現在的老大卻是當年那場殺戮的主使者。而且，若是不把這些人除掉，今後再想找那個叫高亶的傢伙算帳，也會礙手礙腳。」

高亶是升和帝的名字。謝沛夫妻倆聽童直呼其名，心知她是下定決心要為女兒報仇了。哪怕仇人是高高在上的皇帝，她也在所不惜，會力拚到底。

既然大家的目標一致，謝沛和李彥錦在夜深人靜之時，單獨與童密談了一番。

至此，一個多方配合、並肩作戰的計謀，終於有了雛形……

次日一早，童與卡卡帶著斑斑和小不點兩隻成了精的鸚鵡，暫時離開謝家。他們要提前去佈置，好將封影刃的注意引到遠在貴州邊緣的黑山上。

李彥錦檢查了府內事務，發現他不在的時候，喬曜戈做得相當不錯。雖然，他還需要老都頭韓勇及衛川縣調上來的老書吏幫忙，可毋庸置疑的是，這少年天生就是個做官的料。

十五歲的少年，晨起練習劍法，白天在衙門中有條不紊地理事，晚間下衙回家，還要檢查妹妹的功課。

不驕不躁、踏實勤勉的喬曜戈，很快贏得眾人的好感。原本還拿他當孩子看的韓勇，也在不知不覺中尊重起他的意見來。

在童姥姥一行人開始布局時，高登雲所屬的勢力卻陷入了絕境。

三月初六的深夜，謝家人都已上床安歇了，謝沛和李彥錦卻忽然同時睜開眼睛，對視一下，迅速起身，抓起隔板上掛著的衣物，飛快穿上。

如今家中會武的，沒有多少人。童和斑斑去了黑山；智通跟著李長昴出門後，還未返回；李長奎則因北疆的事情，也暫離了湖白府。

如今，除了謝沛兩口子外，謝家會武功的，只剩下喬曜戈和喬瀟然了。

只是，兄妹倆練武時日尚短，暫時還指望不上。

夜色中，謝沛和李彥錦沒有驚動旁人，輕手輕腳地出了房間。

兩人有默契地互視一眼，分別從院子的兩側翻了出去。

陰雨夜裡，月色晦暗不明，謝沛和李彥錦循著剛才聽到的打鬥動靜找過去。

兩人分成兩路，搜尋的範圍擴大了一倍。

走到巷口，一絲血腥味和輕微的擊打聲就傳了過來。

兩人無聲地靠近，摸進巷子。

夜空中，玉盤緩緩移動，一絲月光恰好從雲的縫隙中，投射下來。

謝沛和李彥錦如同壁虎般，緊緊貼在牆壁上，看清了情況。巷子中，有三人正在纏鬥，其中一位勉強以一敵二，但情況不妙，隨時可能斃命。

比較詭異的是，這三人的招數雖然各不相同，卻給人一種莫名的相似感。

謝沛與人對戰的經驗比較豐富，很快看出，這三人的武功走的都是暗殺偷襲的路子。兵器不是匕首，就是短刃，且都有個習慣，不論受傷還是流血，都緊緊閉著嘴巴，一聲不吭。

李彥錦則直覺這三人都不是善茬，若非此事發生在武陽城中，他是真的不想摻和。

但當三人打鬥遊走間，以一敵二之人忽然轉個方向，把臉朝向謝沛他們這邊，夫妻倆赫然發現，這人竟是見過的！

哪怕眉眼再尋常，可見過一次之後，還是留下了印象，這不就是陪著童找上門來的葉尚嗎?!

此時，夜殤已成強弩之末，沒想到，自己不過是去探查消息而已，卻不慎落入封影刃的圈套。

被封影刃一路追殺，他認了，可他心裡憋著一口氣，為什麼他這個外姓之人都沒有反叛，那享受組織幾十年精心照顧的高登峰卻會喪心病狂地投了升和帝？

夜殤一路逃亡，幾次險死，可他還不敢死。如今，只有他才知道組織剩下的勢力在哪裡，以及如何接頭，如何控制。

如果他死了，那些接受蟄伏命令的剩餘勢力，恐怕就要永遠靜默下去了。

夜殤苦苦支撐著，是為了在死前，把殘部交給他目前最認可的主人——李彥錦。

夜殤知道，自己這樣做，不但是把力量交給李彥錦，同樣地，也很可能把危險帶給這位高家子孫。

但他別無選擇，且見識過童的本事，覺得李彥錦是目前唯一有能力抵擋封影刃的人選。所以，他才不管不顧地朝武陽城衝來。

只是，夜殤的傷勢不輕，沒能堅持到躲進謝家，就被封影刃的兩名高手堵在巷子。因失血過多，此時夜殤眼前陣陣發黑，手中握住匕首，搖搖欲墜。

當封影刃的高手抓住空隙，兩人配合著，將短刃扎進夜殤胸口前，那瞬間，夜殤忽然有了解脫的感覺。

盡力了，只可惜……可惜，他沒能得到徹底的解脫。

這時，封影刃的背後，突然竄出兩條幽靈！

要不是夜殤面上那絲驚詫提醒了封影刃，兩人恐怕直接就被兩個幽靈般的黑影解決了。

不過，情況相差也不大。其中一個黑影明顯更厲害點，哪怕其對付的封影刃已經側身防禦，依然被一拳擊中太陽穴，兩眼一翻，倒了下去。

另一名封影刃避開偷襲，眼見情況不妙，立刻撤退。

只是，兩個幽靈極其難纏，封影刃逃離失敗後，直接咬碎後槽牙裡的毒囊，頃刻間，毒發身亡。

此刻，夜殤癱坐在牆邊，連手都抬不起來了。

他慘笑著望著李彥錦。「我這條命，還真是夠硬呀……」

謝沛和李彥錦本想問他兩句話，結果這廝說完，就直接昏了過去。

無奈之下，謝沛兩口子只得把兩個活人和一個死人拎起來，帶去城西的空宅院裡。

這宅院是當初清剿武陽城的黑虎幫時留下來的。

因為原本的屋主全家遇害，且死狀淒慘，所以一直沒有賣掉。

李彥錦和謝沛接手府城後，此宅院被他們留下來，當作處理機密要務的地點。

李彥錦看看夜殤的傷勢，發現他渾身上下，共有大大小小三十幾處傷口。

「嘖嘖嘖，這傢伙的生命力堪比某物啊！」李某人又妒又羨。

謝沛翻出宗門的外傷藥，遞給李彥錦。「幸虧沒中毒，不然現在想救他都麻煩。你幫他上藥吧，早點把這傢伙弄醒，我們好弄清楚到底發生了什麼事。」

謝沛說完，開始翻查兩名封影刃的衣物。

李彥錦見狀，趕緊替夜殤抹了藥，搶在她扒那兩個傢伙的褲子之前衝上來。

「嘿嘿嘿，這種雜事還是讓我來吧！我來吧！」

謝沛沒好氣地瞥他一眼。「誰稀罕！」

「對對對，誰稀罕吶！」李彥錦挪了挪身體，將娘子的目光擋得更嚴實了些。

果然不出所料，狗屁線索都沒翻出來！

正在兩人相對攤手時，夜殤醒轉過來。

「李……李大人，多謝……相救……」夜殤感覺渾身無力，連說話都斷斷續續的。

李彥錦瞅了謝沛一眼，邁步上前，蹲在夜殤的床邊，問道：「發生了什麼事？怎麼會有人追殺你？」

夜殤看看站在一旁的謝沛，想示意李彥錦，單獨談談。

謝沛見狀便要離開，李彥錦卻起身道：「既然不方便說，那就算了。我們看在相識一場的分上，救你一次。但說起來，咱們也不太熟，今日已經做得過些，以後不會這麼冒失了。」

說著，他就拉著謝沛朝外走。

夜殤苦笑一聲，連忙撐起身子阻攔。「二位勿惱，是我糊塗了……」

經了剛才的生死險關，夜殤心中已經去了諸多顧忌。原本他就打算對李彥錦和盤托出所有實情，只是沒料到，謝沛在李彥錦心中，已經到了無事不可言的地步。

不過，這樣也好，自己當小人，讓李彥錦來做人情，拉攏謝沛這樣的強援，對組織而言，確實是件好事。

想到這裡，夜殤理了下思緒，從高恒當年被害之事緩緩說起……

因往事繁雜，這一說，就說了一個半時辰。

謝沛中間出去一趟，燒了開水，又煮一鍋白米粥，端了回來。

夜殤見自己說起如此重要之事，謝沛彷彿聽鄰家八卦般，並不在意。其間還為了照顧他，出去燒水煮粥，內心頓時生出愧意。

真真是枉做了一回小人吶……

一路逃亡，多日不曾好好進食飲水的夜殤，再顧不上禮儀尊卑，接過大碗，咕咚咚一通猛灌。

幸好謝沛提前用幾個碗來回倒水，弄涼了，不然，此刻夜殤怕是要把舌頭吐成了狗樣子。

消了飢渴後，夜殤的精神更好了些。

當他說到前不久回去探查殘部時，竟因高登峰的背叛，險些落入封影刃之手，李彥錦就皺眉問道：「高登峰？他與高登雲是何關係？」

夜殤解釋：「他們倆都是高恒的兒子，乃同父異母的兄弟。」

謝沛開口問道：「高恒有多少兒女？如今都還活著嗎？」

夜殤長嘆一聲。「高登峰為了在升和帝面前邀功，將同母妹妹和與他感情最好的異母弟弟賣給了封影刃，只是這兩人在組織中沒什麼權，所以高登峰才心心念念想要抓住我。

「當年，高恒為了擴展勢力，生下諸多兒女。然而，經過多番比較，才會留下堪用之人，悉心培養，其餘的……則任其散落於民間了。」

李彥錦聽著，忽然插嘴問道：「這麼說來，到我這一輩，恐怕也是要比較、挑選一番的吧？」

夜殤忽然梗住，此刻猛地想起，是呀，面前的男子，可不就是之前被淘汰掉的人嗎？

李彥錦見夜殤這表情，心中忽然一鬆。

他雖不是這具身體的原主，但古代孝道對子女的要求甚嚴，只要有生養，不管多不喜歡自己的父母，都必須孝順恭敬。

剛才，李彥錦聽夜殤說起自己的父親、爺爺，乃至曾祖的事，就覺得有些不妙。

若按孝道來說，自己彷彿應該繼承高恒這位悲情皇子的遺志，然後接下他弄出來的組織，把升和帝父子趕下臺，奪回本應屬於高恒的皇位。

然而，姑且不論高恒費了五、六十年造出的一堆爛攤子，光看高登雲本人，李彥錦便非常抗拒繼承這種遺志。

在他看來，高登雲、升和帝、乃至隆泰帝，都不是什麼好人。高恒雖然略顯無辜，可從他活著時做的那些事情來看，哪怕當時由他登基，也很難做個利國利民的明君。因此，這些人不值得他投入精力，替他們完成願望，更不配賭上他家人的性命。

李彥錦打從心裡厭惡高登雲，鄙視升和帝，實在不願與他們扯上關係。

而且，他早和謝沛商量好，有生之年，定要把升和帝和他的兩個混蛋兒子趕下皇位。這麼做，不是為了高恒的遺志、皇族的爭鬥，而是為了他們身邊的親人、小民、勇將、良友……

李彥錦看得出，夜殤此來是帶著殘部投奔之意，可他一點都看不上高恒弄出來的組織。算下來，他們也創立了五、六十年，半個世紀過去，早該弄出一些讓皇家憂心的風風雨雨了。

但事實上，僅從高登雲的行事就能看出，這夥人還在用下乘手段，想直接竊取旁人的力量和成果，自己卻沒做出真正有威脅性的事情來。

像這樣的組織，真到了皇朝衰敗之時，他們依然會落個被擊潰的下場。

李彥錦飛快在腦子裡把事情想清楚了，之前他還苦於沒藉口撇開這爛攤子，眼下看了夜殤的表情，便知道，機會來了。

「你無須騙我，當初我是如何餓死在衛川街邊的，想來你心裡清楚。其實，無非就像你剛才所說，在組織的挑選和比較中，我被淘汰了，然後自生自滅地散於民間。那時，我不知自己的真實身分，也不清楚那個組織到底是什麼。」

夜殤聽著，低下了頭。他本就不是善於言辭之人，多年來，是以實幹得到組織賞識。雖然當初淘汰李彥錦，不是他能做的決定，但此時，他卻有些抬不起頭來。

是呀，當初將人家棄若敝屣，生死不問。如今，別人靠著自己努力，一點點壯大起來，就有臉再來攀關係了嗎？

李彥錦見狀，斬釘截鐵地說：「今日救你一命，算是償還幼時受的恩情，只是，我當日餓死街頭時，就已經把命還給了高家。往後，你們的糾葛與我無關，我不希望再見到你。若你敢把我家人牽扯進來，我會趕在封影刃之前，把你們徹底剷除。」

夜殤茫然地看著李彥錦，還沒來得及把自己手裡的殘部交出來，就被這話徹底堵死了。

這……該如何是好？

謝沛見李彥錦動怒，伸手輕輕撫著他的背脊，轉頭對夜殤說：「高登雲對李家做過什麼，你們恐怕早就清楚。我幫你指條活路吧，你不該來找阿錦，能合作的人，應該在黑山……」

說罷，她握著李彥錦的手，一起離開。

走前，謝沛捏斷了那名昏迷封影刃的頸骨。

夜殤看著地上的兩個死人，腦子裡轉著謝沛剛才那番話，突然醒悟過來。

是呀，殺害童姥姥女兒的，不就是封影刃嗎？既然他暫時無法替組織找到新主人，那麼為了自保，就應該去找童姥姥合作啊……

次日白天，謝沛回宅院看了下，夜殤和那兩具屍體都不見了。

之後，夫妻倆並未將此事告知旁人，只是把武陽城的巡防工作安排得外鬆內緊，平日裡也越發謹慎、提防起來。

畢竟這裡曾有封影刃來過，後面會不會引來更多麻煩，可是不好說。

然而，半個月過去，不知夜殤遇見童沒有，但封影刃彷彿沒察覺到武陽城曾經發生的事情，不曾再來。

第八十一章

解決完夜殤的事，謝沛和李彥錦一邊加緊巡查、一邊開始大力培養人手。

如今，兵士有了，也慢慢練出小隊長來。謝沛這邊的問題不大，反倒是李彥錦管著的政務，急缺人才。

若單論湖白府，他們手裡的官員勉強夠用。只是，眼看項古青去了北疆，劉玉開、湯孝邦等小將，開始著急了。

為了儘早脫身，他們頻頻催促李彥錦和謝沛派人過來接手。畢竟都是戰場上殺出來的將領，讓他們管理地方政務，實在是憋得難受。但，這可不是隨便派個人過去就成的。

李彥錦和謝沛在自己手下裡挑來挑去，連喬曜戈都沒放過，可想而知，兩人是有多麼飢渴，咳，多麼求才若渴了～

而且最麻煩的是，他們不但求才，因為所圖甚大，還要求忠誠可信，至少也得是如湯孝邦他們這樣，志同道合才行，所以更加難選。

不過既然已經決定放手一搏，不管多難，總要一步步來！

於是，李彥錦在謝沛的建議下，不再把眼光侷限於衛川出身的老屬下身上，開始在所有能識字、有才智的鄉勇和兵士中尋找起來。

謝沛夫妻選了幾日，其中靈活膽大、又能沈得住氣的幾位，都被李彥錦調進府衙，開始訓練。

在謝沛掌兵權之初，便要求所有鄉勇識字。第一批人，是喬曜戈、藍十六和李彥錦夫妻倆教授的；從第二批開始，就由第一批表現佳者擔任先生，一批帶一批地教下去。

至葫蘆谷新兵初成時，原來的五百鄉勇，幾乎絕大多數人都能識字、算數了，而新兵們就在這些鄉勇的指導下，開始了要命的識字課程。

這期間，不少人學得叫苦連天。讀著那些筆畫複雜的小字，活似要剮了他們一般，要不是還顧忌著臉面，這夥人怕是寧可挨頓軍棍，都不願猴在桌邊對著老師念咒。

但是，人有形形色色，現在謝沛手下兵士上萬，便有那麼幾個奇葩冒了出來。

像是如今城中最受喜愛的小郎君楚煜，本是衛川五百鄉勇出身，生就一副俊美模樣，且學識字時快得驚人，謝沛夫妻教的，完全無法滿足他。後來，楚煜藉著巡街的機會，屢次在私塾門口晃悠，就那麼一、兩刻鐘工夫，竟又讓他偷學到不少東西。

這情況被喬曜戈發現後，為不耽誤楚煜，乾脆由衙門出錢，把他送進私塾，讀了半年。

這期間，楚煜依然每日跟著眾鄉勇一起操練，讀書耽誤了練功，便在晚上睡覺前，自己加緊補回來。

半年下來，楚煜要走時，私塾先生竟是牽著他的手，死活不放。楚煜用了點勁，才掙脫先生的雞爪子回去。不想，這位老秀才居然一路追到了衙門！

老秀才鼓起勇氣，找到據說「拳能打黑熊、腳能踹猛虎」的謝沛，義正詞嚴地勸說。

「縣尉大人，切莫耽誤楚煜的前程！我們衛川能有這麼好的讀書苗子，是千載難遇，今後，楚煜就是考個舉人、進士，也不在話下，怎可讓他去當一介粗鄙的武夫?!」

老先生說得激動，在一群粗鄙的武夫中，哭得淚流滿面，卻換來這群粗人的齊聲冷哼。

謝沛從不做阻人前程之事，自是樂意成全，然而，楚煜卻辭謝了私塾先生，堅決不願離開鄉勇隊。

最後老秀才抹淚，失望而去，從此見到謝沛等人，便恍如見到殺父仇人一般。哪怕年底分到半個豬頭，都無法消除他心中的怨念……

離開私塾後，楚煜閒暇時最愛做的事，仍是找書來看。他看得雜，除了詩詞歌賦之類的書，其他的統統來者不拒。

三年多過去，讓楚煜從一個好相貌的農家子，長成湖白府內有名的文武雙全俏郎君。如今，他已經成功取代眾小娘子心目中某兩位姓李與姓謝的傢伙。

謝沛原想將楚煜培養成軍中大將，奈何現在打仗的人手勉強還夠，但具治理之才，又能信得過的，卻實在太少！因此，謝沛與楚煜談過後，把他交給了李彥錦。

訓練完，楚煜被派去接替荊湖府的劉玉開，另配三百精兵隨行。

除了楚煜之外，另有一位人才，是李彥錦自己騙來的。說起來，還是個熟人。

韓勇是縣衙都頭，自從跟著李彥錦夫妻倆到武陽城後，就順理成章地升為府衙都頭。

如今，武陽城裡諸多雜務，幾乎都歸這位老而彌堅的都頭管理，他忙壞了，就把自家孫女阿意也抓過來幫忙。

阿意原只是衛川天字守備隊裡的一員，後因表現突出，成了女兵隊長。按說，她應是個武官，可她天性聰慧，不但腦子靈活，而且心細如髮，善於思考。

這在李彥錦看來，就是後世最好的秘書長人選。因此，他屢次慫恿韓勇，不要被那些世俗條規捆住了手腳。

韓勇不知李彥錦的意圖，想著孫女在自己手下幫幫忙，應該無妨，於是越來越頻繁地把阿意叫到府衙來。這一來二去的，阿意漸漸對府衙事務越來越熟悉，後來，竟能兼顧女兵與衙門兩頭，而不覺忙亂。

李彥錦見時機成熟，請示過自家娘子後，直接升了阿意，讓她成為湖白府第一個拿到官牒的女官。

此舉雖是驚人，但大家都知道李彥錦和謝沛所做之事，冒著很大風險，所以沒人大肆宣揚，引來旁人非議。

繼阿意之後，謝沛又從衛川天字守備隊中提了一位女官。

這個名叫安采薇的女子，在謝沛看來，頗有些狗頭軍師的潛質，別看她長了副笑吟吟的小臉蛋，可肚子裡卻藏了不少黑水。

女兵建立之初，雖然有謝沛護著，可平日裡難免遭到一些譏諷和嘲笑。

這些嘲笑中，有來自無知百姓的，更多的，卻來自於同為兵士的男子。

其實他們沒抱持什麼惡意，無非是難得看到這麼多小娘子，心裡癢癢，耍耍嘴皮而已。像這樣的，安采薇並未放在心上。

只是有幾個嘴特別臭的，只要見到守備隊的小娘子出現，就故意大聲說些葷話。偏偏這些人又不傻，不做違反軍紀的事，真要和他吵起來，他便會死皮賴臉地堅持，只是和兄弟們說笑。幾次三番下來，讓女兵們吃了悶虧。

謝沛發現後，正想著要不要出手時，安采薇卻暗中行動了。

每日軍漢們操練回來，衣服多半都是髒髒臭臭，不過，因為謝沛下令，至少隔三天要洗一次衣服，所以營房旁邊，天天晾著無數衣服。

結果，不知從何時起，那三個嘴巴最臭的傢伙，不管怎麼洗澡、洗衣服，身上總會發癢。見鬼的是，最癢的地方，就在他們的命根子附近。

癢得太厲害，三人只得去看大夫，說是起疹，開方抓藥，吃一吃、抹一抹，便好了。可沒多久，三個兵士發現，大家看他們的眼神不對了，平日親近的兄弟，也閃閃躲躲，不敢靠近。

最後他們把人硬抓來問，這才知道，軍營裡早傳遍了，說他們因為太過好色，染了些不乾淨的病症回來，最過分的是，說他們嚴重到要去看大夫的地步。

因三人平日就愛當著女兵的面說些葷話，此時若說自己不好色，幾乎沒人會信。

於是，他們過了一陣人嫌狗厭的悲慘日子，後來為證明清白，再不敢當著女兵們的面胡說八道了。

謝沛旁觀，見安采薇善謀略、有底線，深覺這小娘子是個人才，又觀察一陣子後，便把她帶在身邊訓練。

如今，安采薇已經成了湖白府軍營中掌管軍紀獎懲之人。

隨著人才慢慢積累，謝沛和李彥錦也陸續從眾小將手中接過地盤，繼續經營。

忙忙碌碌中，謝沛覺得自己似乎遺漏了什麼。

夏收將至，湯孝邦突然派人傳急報過來——占了八個縣的呂興業暴斃了！

謝沛接到信，才猛地憶起，自己竟把這事給忘了！

夫妻倆對視一眼，都有些無奈。

呂興業與他們的關係，既談不上多好，但也不到有仇怨的地步。只能暫時合作，很難深交，畢竟，呂興業的野心，可不止八個縣而已。

孰料，呂興業還是如上輩子那般，死在婦人爭風吃醋的陰私手段中。

他這一死，呂家軍頓時亂成了一鍋粥。

原本結拜的兩位義弟，誰都不服誰，為爭奪第一把交椅的位置，竟鬧成水火不容之勢。下面的人，有的乘機逃散，有的乾脆跑去找湯孝邦，想要改換門庭。

湯孝邦是正規軍出身，見慣了寧國最強的鎮北軍，對這群面黃肌瘦，活似災民般的傢伙，實在瞧不上眼。不過他很善良，雖然沒有接收這些人，卻幫他們尋了出路，就是去投奔湖白府的謝沛和李彥錦。

如今，謝沛練兵的本事，經項古青的宣揚，已經在唐琦那系將領中十分有名了。湯孝邦也是將信將疑，還有些好奇，乾脆藉此機會，看看謝沛到底手段如何。

接到湯孝邦的信後，謝沛立刻通知李家，不再供糧給呂家軍。之前，呂興業對付朝廷，賣些糧食給他倒也可以。但現在他的兩個義弟為了爭權，帶著一群窮老百姓，自己人打自己人。再給他們衣食，豈不是讓他們更有力氣自相殘殺？謝沛夫妻對呂興業的兩個義弟不感興趣，想了想，卻也不願讓那些苦哈哈的手下們死在無謂爭鬥中。

於是，小倆口親自去了豫州一趟，除掉宋武與何癸。

六月中旬，湯孝邦在豫州府衙中，再次見到了謝沛和李彥錦，笑呵呵地請他們落坐。之前他收服呂家軍殘部時，頗多阻礙，幾日後，卻突然變得順利起來。他仔細一問才發現，呂家軍中，除了宋武與何癸雙雙斃命外，還有不少小頭領失蹤。而失蹤的人，無一例外，都不是什麼好鳥。旁人可能糊塗，可湯孝邦卻很清楚，這事只有謝沛和李彥錦才做得到。雖不是傳說中那樣百萬軍中取上將首級，可湯孝邦仍是極為佩服。軍伍中，好兒郎最是佩服英雄好漢。湯孝邦殺敵作戰的本事雖不錯，卻還無法做到神不知、鬼不覺地弄死敵軍首領。

故而，此番再見時，湯孝邦殷勤異常，盼著自己能得李家高人指點，哪怕一招半式，也是好的。

「謝兄弟，李兄弟，你們真是厲害！愚兄羨慕、佩服呀！」湯孝邦嘿嘿笑著道。

李彥錦見狀，心想，這小子為何眼冒綠光地瞅著他家娘子？難不成，是發現了謝沛的女兒身?!於是，他雙眼微眯，開口道：「無他，惟手熟爾。」

湯孝邦被他的樣子唬得一愣，正想莫非這才是高人的本來面目，卻聽謝沛在一旁說道：「只是苦練罷了，湯校尉見笑。」

「咳，咱們兄弟間，還什麼見笑不見笑，太客套、太見外了。謝兄弟，聽說你們李家高手如雲，愚兄就直說了啊，你看我能不能……」湯孝邦見謝沛更好說話，乾脆賊笑嘻嘻地厚著臉皮問道。

他話音未落，就聽見李彥錦乾淨俐落地喊了聲：「不能！」

湯孝邦：「……」

謝沛忍笑，搖了搖頭。「湯大哥勿惱，他的意思是，加入李家宗門這事，他沒辦法做主。不過，若張大哥信得過我，我倒是願意厚顏討教一二。」

「好呀！」湯孝邦正是指望這個。如今，他的槍法卡在瓶頸，兩年多未有進展，說不定，突破的機緣，就在今日了！

最後，下場討教的，並不是謝沛。

李彥錦彷彿完全不記得自己之前那副德行，親熱地拉著湯孝邦進演武場比劃比劃。

兩人打了半個時辰，方才收手。

湯孝邦滿臉烏青地抱著李彥錦的肩膀，道：「好兄弟，今兒哥哥太痛快了，兩年不得寸進的槍法，終於有些突破了！走走走，我請你們好好痛飲一場！」

於是，完全沒察覺自己被坑的湯孝邦，頂著烏青發紫的豬頭，吃晚飯時，又被李彥錦灌個大醉。醉時，這位耿直漢子還拉著李彥錦的手。「好兄弟，一輩子！」

謝沛無語地看著李彥錦，小聲道：「喂，你的良心不痛嗎？」

李彥錦一副忍辱負重的表情。「我這都是為了誰呀？小沒良心的！」

「老醋罈子！」

「哼，傻麅子二娘！」

「好久沒吃到北地的麅子肉，你這一說，我都饞了！」

「淨想著吃，還真是有出息呀！」

把湯孝邦送回府衙，兩人才嘰嘰咕咕地回客棧休息去了。

湯孝邦被親衛送回房間時，還在嘟囔。

「阿錦什麼都好，就是太愛打臉了……嗝！下次告訴他，多朝要害打！嗯……」

親衛翻了個白眼，把醉校尉弄上床躺著，搖了搖頭，去燒熱水。

唉，自家校尉如此蠢萌，實在讓人操心啊……

次日一早，投奔而來的呂家軍殘部聽到消息——他們的上官來了！

當看到瘦瘦的上官將轅門外幾百斤的大石頭，一腳踹到演武場正前方時，原本亂哄哄的人群，瞬間變得鴉雀無聲。

謝沛登上那塊巨石，看著下面四千來個衣衫襤褸的流民，猛地揮了下手。

接著，眾人就聽到大營外傳來一陣整齊的腳步聲。

一隊黑衣軍人動作整齊地小跑而來，待他們全跑到演武場旁邊時，有人喊了口令，隊伍立即無聲地變成方陣。

領隊幾步跑到謝沛面前，大聲稟報：「稟大人，一千府兵已到！請指示！」

謝沛回了軍禮。「原地等候！」

領隊應下，轉身高舉右手，握拳傳令。

方陣中，傳來微微響動，士兵們把手裡的武器收起來，隨軍的火頭兵則把背上的大鍋放到腳邊。

謝沛看向目瞪口呆的流民，揚聲道：「不用羨慕，兩個月後，你們將如他們一樣！」

於是，另一場訓練，展開了。

第八十二章

從六月到八月，湯孝邦親眼見證了奇蹟。

原本他不願接受的流民隊伍，此刻正安靜整齊地在軍營中肅立。

雖然他們的面上依然殘留枯黃之色，雖然他們的身軀依然還是削瘦之形，可……他們的眼睛裡閃爍著希望與光彩，那是一個勇敢無畏的士兵必須擁有的。

謝沛將上輩子帶兵的經驗，結合李彥錦提供的後世戰術，融合成新的練兵方式。

短短兩個月工夫，這四千人脫去流民、農夫、乞兒的身分，變成可以聽從指揮的士兵。

當然，這只是第一步，想要他們擁有戰力，還必須花更長的時日操練。

湯孝邦看著這四千士兵，心中又歡喜、又難受。

歡喜的是，他明白，有這四千士兵坐鎮，豫州不再需要他守著。不久，他便能回到熟悉的北疆，在唐琦麾下，繼續與蠻族戰鬥。

而難受的是，他很清楚，眼前這四千士兵，若帶到北疆去，稍加訓練，就能變成鎮北軍中的好兒郎。

四千個好兒郎啊！

湯孝邦百爪撓心，格外糾結……

謝沛和李彥錦自然知道他的想法，不過李彥錦看自家娘子辛苦了兩個月，不願白白便宜了他，且先裝糊塗再說。

晚上吃飯時，一輩子的好兄弟又開始掏心掏肺地聊了起來。

「湯大哥，我看你這幾日似乎有心事呀？」李彥錦一臉擔憂地問道。

湯孝邦撓撓頭，不好意思地吭哧半天，終於吐露了心聲——

「李兄弟，不瞞你說，是我起了貪念……我看你們已有兵力控制豫州，就打算回北疆幫唐老將軍。可是，我瞧謝兄弟練出這麼些好兵，便想著，北疆那邊長年缺人，要是能把他們帶去……唉，兄弟，我知道這麼想不厚道，可我就是忍不住！」

李彥錦幫湯孝邦倒了一杯酒。「大哥，我能理解你的心情，但這次，恐怕是你想岔了。」

湯孝邦一愣。「這是為何？還請賢弟指教。」

李彥錦說：「你可清楚，之前北疆缺兵，到底是為什麼？」

湯孝邦嘆口氣。「朝廷長年剋扣軍餉，若非有唐老將軍籌謀，光靠朝廷那三瓜兩棗，怕是連每日兩餐稀湯都難以為繼。但是，唐老將軍不是財神爺，能撐住現在的鎮北軍，就非常辛苦了，想再多招些兵士，卻是連柴米都湊不出來……」

李彥錦點點頭，伸出一根手指，蘸了茶水，在飯桌上一邊寫寫畫畫、一邊說道：「大哥，你來算算，從豫州到北疆，四千士兵需要消耗多少口糧？」

湯孝邦微張著嘴，有些呆愣，沒想到李彥錦會這麼問。

李彥錦也不理他，自顧自地道：「按咱們現在的伙食，每人每日消耗一斤半的米糧，一共是六千斤。從豫州到北疆，至少要走六十天，便是三十六萬斤。」

湯孝邦的眉頭微微皺起，李彥錦這番計算並沒有錯，只是，他們往日行軍，並不會保證每人每天有一斤半的口糧，用野菜、麩皮之類的東西湊合著，半斤米就能糊弄個肚飽了。

李彥錦似乎知道他心中所想，繼續道：「若減少口糧，每人只吃半斤，也要消耗掉十二萬斤。」

湯孝邦聽著，不由點了點頭。

李彥錦停下來，抬頭看他。「如果你把這十二萬斤糧食省下來，直接用在北地招兵，按招募時的慣例，每人十斤糧食，能招來多少士兵？」

湯孝邦睜大眼，小聲地說：「一萬二千？」

李彥錦露出「孺子可教也」的表情，點頭道：「沒錯！所以，你是想要這四千人，還是再去北地招一萬二千人？」

這個問題，湯孝邦不需要任何思考，就能說出答案。

是他想得太少，最適應北疆作戰的，就是當地士兵。這四千南方兵，就算拉到北疆，能真正成為可靠戰力的，恐怕不到一半，異常寒冷的氣候，便能折損近半兵力。

湯孝邦長舒一口氣，道：「多謝兄弟，我竟沒想過這麼細的事。」

李彥錦拍拍他的肩膀。「客氣什麼，你我兄弟，本就該互相照應。」

湯孝邦感動不已，哽咽著灌了口酒。「好兄弟，一輩子！」

三日後，湯孝邦不但沒要謝沛手下那四千兵士，還留下大半自己練好的人馬，只帶了兩百人離開豫州。

只是，當他興匆匆地趕到北疆軍營時，忽然愣住了。

那可以招攬一萬二千士兵的糧食，好像沒有出現啊……

此時，他才發現，似乎被李彥錦騙了……

好在，半個月後，李家給鎮北軍送來三十萬斤糧食，指名是家中小輩李彥錦要送給湯孝邦的。

某個「祝福」李彥錦半個月之久的傢伙，慚愧又歡喜地接受了這批軍糧。並誠摯地發誓，這次真要把李彥錦當作一輩子的好兄弟！哦，還有謝沛，也要結一輩子的情誼！

升和二十一年，九月初，湖白府武陽城外的府兵軍營中，又迎來一支四千人的隊伍。

這支軍隊加入得晚，訓練時，被其他幾支隊伍修理得慘兮兮。

因為身體底子太差，在力氣上，竟連女兵都贏不了。

因此，這支新隊伍，成了墊底的角色。

軍隊中，若不搞裙帶關係，一向是以實力論高低。所以，四千人羞愧之下，幾乎人人都抬不起頭來。

幸好，雖然其他老兵愛拿他們開玩笑，卻也沒做出太過分的舉動。

謝沛見狀，沒插手阻攔，只是默默讓操場四周的火把燒得久些，讓他們可以多練練。這四千人知恥而後勇，還因為練得太認真，軍服比別的隊伍破得都快。其中不少人捨不得丟掉這些破舊衣服，被旁人看見後，給他們取了個外號——破衫軍。

然而，誰都沒想到，原本只是戲弄同袍的稱呼，幾年後，竟成了威震南北的強軍之名。

就在謝沛麾下新增了破衫軍時，封影刃的首領也有重大發現。之前剿滅高恒在京城中的勢力後，他從高登峰口中得知夜殤和京外殘部的存在。然而，夜殤行事詭秘，封影刃幾次險些抓到他，但都被他溜掉了。更讓人心煩的是，在追殺夜殤的過程中，已有四名封影刃丟掉性命。

封影刃的每個成員都很寶貴，他們幾乎是父傳子，子傳孫，一代一代慢慢養起來的。為了彌補人數減少而收養的孤兒，因為信任問題，無法在第一代學到高深的本事，唯有當他們的忠心經過時間考驗，其兒孫才能成為真正的封影刃。

這兩年，自太上皇去世後，封影刃與富平侯、高恒兩方勢力交手時，折損了不少高手，導致現在的人手，幾乎只剩下當初的三分之一。

在這樣的情況下，夜殤一個人就折損他們四個好手，且還活著逃掉，這在封影刃首領看來，簡直是無法原諒的事情。

於是，他把散在天南地北的好手全調回來，目標是抓住夜殤，再從他嘴裡挖出高恒的殘部，徹底剿滅，一個不留！

皇天不負苦心人，當封影刃所有高手齊齊出動後，終於再次找到夜殤的蹤跡。

可是，封影刃還是未能抓住他。

大概是因為這段時日的生死追逐，夜殤竟變得極為難纏，封影刃的高手費盡周折，也只能做到不再讓他從眼前溜掉。

就在追逃之間，封影刃首領興奮地發現，夜殤終於向外求救了。

這是他最想看到的事情。唯有如此，他們才能在沒抓到夜殤的情況下，順藤摸瓜地找出高恒的殘部，一網打盡。

升和二十一年九月，封影刃追到了黑山。

在失去八位高手後，首領怒不可遏地召集所有人，決定血洗黑山。

但是，沒人知道，那半個月裡，封影刃到底遭遇了什麼？唯有他們的陰魂，由於各種離奇的死法，而憤恨難平，不願散去。

這一個，是被鋤頭鏟斷脖子的。誰能想到，那專心刨地的老漢，居然能面不改色，挖人頭如挖芋頭般輕鬆。

那一個，是被糞瓢拍扁腦袋的。鬼才知道，那個清理茅坑的老婦，出手竟帶著千鈞之力，拍腦瓜如拍黃瓜般乾脆。

另一個，是被燒火棍敲斷頸骨……

又一個，被煙桿插穿了喉管……

這、這些人……哪是什麼山民，根本是一群最可怕的魔鬼！

封影刃中，有位老成員，運氣極好地沒有當場死去。

他憋著滿口的鮮血，用盡最後一點力氣，從大坑中爬了出去……

幾年後，某位少年為尋找經年不曾歸家的父親，終於在黑山旁的一棵老樹下，看到了熟悉的符號。

若干年後，某些無法見光的組織中，流傳著一句話——寧見閻羅王，莫遇黑眼狼。

於是狼族中，又添了一員代表恐怖之神的猛將——黑眼狼。

不過，如果鼬族人知道，中原有人將他們的族神誤認為是黑眼狼，定會非常生氣。

簡直胡說八道，那分明是黃大仙黃鼠狼！

夜殤在童的幫助下，不但留住了性命，還保下殘部，讓他們恢復自由之身。

之前他最大的願望，是希望李彥錦能成為他們的新頭領。

然而這個希望在童無情的嘲笑中，變得異常渺茫。

在黑山親眼目睹封影刃的覆滅後，夜殤獨自坐在山崖前，發了整夜的呆。

次日一早，他辭別了童，在斑斑的歌聲中，下了黑山，從此隱匿江湖，再無蹤跡。

十一月初，解決完封影刃的童，帶著斑斑再次來到武陽城。

與她一同到來的，還有李長昴和他的兒子智通。
如今，智通的腦袋上已經長出一層短短的頭髮，可見這和尚似乎是做到頭了。
眾人進屋後，並不忙著說話，先按序落坐。
李長昴拍拍兒子的肩膀，自他身後解下一個包袱。
眾人圍在桌邊，看著李長昴從包袱中拿出三塊牌位和一只木匣。
三塊牌位，分別是李彥錦的父母，和他奶奶李長參的。
木匣中，裝著一本族譜。
李長昴先把牌位交給李彥錦。「你的身世已經真相大白了，雖然高登雲害人不淺，可你的奶奶與母親卻應該有人祭拜。至於你父親，他還來不及做下什麼大惡就走了，拜不拜都隨你。」
李彥錦伸手接了，輕輕拂過寫著李長參和姚靜姓名的牌位。
房間裡，一片安靜。
李長昴轉頭看童，問道：「您是姚靜的母親，往後阿錦他們祭拜時，可有什麼要求？」
童面色平靜地搖搖頭。「就按你們的習俗辦吧。我們這邊，人死後並沒什麼講究，心裡記著，好好活著，就足夠了。」
李長昴點點頭，又翻開族譜，指給李彥錦等人看。
「我已經把阿錦改到大姊名下，從今天起，斷絕十幾年的李家大房，重新續上了。」
隨後，謝棟帶著兩個小輩，將三塊牌位迎進供奉祖宗的廳裡。

他騰出一半位置，擺放李家牌位。
擺好牌位後，他置辦供品，點了香火，讓李彥錦和謝沛好好祭拜一番。
處理好家事，李長昴父子待了一天，又離開了。
眼下，李家的人都很忙碌，一個隱世百年的家族，終於要重出江湖了。

雖然走了兩個人，可謝家依然熱鬧得很。
童和斑斑暫時不會離開，他們要跟著李彥錦和謝沛再住一段時日。
之前，童曾說過，要幫這夫妻倆各尋一份功法，這次也帶來了。李彥錦的是輕身靈敏功法，而給謝沛的，則是魎族所有功法中，最頂級的功法之一——玉魄三身功。
玉魄三身功對修練者的要求非常嚴苛，因此多年來，魎族中罕見練成之人。
童翻閱族記得知，大約在五百多年前，曾有先祖練成過。而且，在那位先祖活著時，魎族曾經繁盛一時，所占地盤遠不是如今這一座黑山而已。據說，繼續向南，直到大陸的盡頭處，都曾經留下魎族人的足跡。
雖然沒有明說，但魎族往日的繁盛與玉魄三身功有直接關係，至少能看出，練成此功的先祖，絕對是震懾群雄的存在。
因此，當童看到符合玉魄三身功法苛刻要求的人竟真的存在時，就對謝沛關心起來。
這段時日，她用自己的方法，查了謝沛與剛認的外孫之為人。
她非常欣慰地發現，這是兩個很好的孩子。因此，才特別大方地把魎族功法拿出來，不存私心地教給他們。

只是，李彥錦和謝沛跟著童學習時，驚訝地發現，這些新功法居然和傳說中的練氣，似乎有著絲絲縷縷的關聯。

前世，李彥錦沒少看修仙小說，因此當他看到什麼「內府」、「氣根」、「氣旋」之類的字眼時，險些沒樂瘋了。

「外婆，您教的是不是練氣修仙呀?!」李彥錦眨巴著眼睛，滿臉期盼地問。

童一愣，好笑地拍他一掌。「想得美！我們黑山上，練這功法的可不少，我怎麼沒看到有誰成仙了？」說到這裡，眼睛忽然一瞇。「就算真能練成仙，你娘子恐怕還比較可能，畢竟，她那功法可厲害了。」

李彥錦聽了，慘叫一聲，喊道：「娘子，妳莫要學嫦娥，吃了仙丹，就一個人跑到月亮上了！唉唷，這玉魄不就是月亮嗎？壞了、壞了！」

這下子，老少三人哈哈大笑起來。笑聲中，還夾雜斑斑的嘎嘎怪叫，更是歡樂了。

第八十三章

李彥錦有一點沒說錯，謝沛要練的功法，與月亮還真有點關係。與大多數功法不同，這玉魄三身功，需要在晚上練。而且還不是每個晚上都行，只有初一、十五的晚上才可以。

這還只是時辰上的要求，對練功之人本身的要求，才最為苛刻。練此功者，須為陽烈之身，卻陰脈圓潤。說白了，就是筋骨肌肉至強至剛，體內脈絡又要陰柔流暢。

這兩個要求是互相矛盾的，若非有謝沛這種異類存在，哪怕是皇宮裡的太監，也無法滿足玉魄三身功的要求。

李彥錦好奇之下，每次都會瞧著自家娘子對著新月或滿月練功。

某月十五，謝沛正在練第三式，李彥錦則備好了茶水、汗巾，與斑斑在旁邊默默觀看。只見謝沛雙手恍如蛇拳之形，一上一下地舉在胸前，腦袋卻朝著月亮高高揚起。

看熱鬧的李彥錦見狀，「噗」的笑出聲。

蹲在他肩膀上的斑斑，更是嘎嘎怪笑著，叫道：「天狗吃月亮啦～～」

李彥錦伸手捏住斑斑的鳥嘴，憋著笑，訓道：「什麼天狗，休要胡說！這分明是……猴子望月！」

一人一鳥大笑起來，然後被童一人一巴掌趕回了房間。

沒錯，謝沛練的玉魄三身功，聽名字很威風，可練起來，卻古古怪怪，特別好笑。童解釋過，這套功法只有十八式，學會並不困難，但不符合要求的人練了，不過是空學幾個怪姿勢罷了，沒有任何用途。

唯有像謝沛這樣適合的人練了，才能將體內的陽烈融進陰脈之中，從而在內勁大成的基礎上，功力更上一層樓。

因此，哪怕玉魄三身功的十八式並沒有什麼對敵打鬥的用處，卻依然是鼬族功法中的頂級之一。

謝沛學得很快，不過李彥錦和斑斑以更快的速度，對她的十八式來個全新命名。像什麼猴子望月、貓兒洗臉、母雞下蛋、白鵝攆客……總之，兩個傢伙在圍觀謝沛練功這事上，收穫了無數歡樂。

當然，若是腦袋上沒有被敲出包來，就更開心了。

轉眼，到了年底。

謝沛才練了兩個月，便順利進入玉魄三身功的第一層。

除夕，眾人將諸多繁雜之事暫且拋諸腦後，開開心心地放著炮竹，吃年夜飯。

然而，當謝棟將閨女最愛的瓦片魚端上桌時，謝沛突然摀住嘴，忍下了一陣乾嘔。

眾人齊齊愣住，李彥錦心裡起了點念頭，卻呆呆地不敢問出口。

謝楝更是雙手直抖，差點把桌子撞翻。

童見狀，伸手握住謝沛的手腕，歪著頭把起脈來。她不只習武，也懂些醫理的。

所有人屏住呼吸，等著她說出結果。

片刻後，童說道：「沒事的，我攔住二娘，她沒法動手掀桌子了。」

「外婆！」

「親家姥姥！」

李彥錦和謝楝著急地齊聲大喊，斑斑也跟著亂叫。

「行了，行了！別吵，小心把孩子嚇跑了！」童露出了狡黠的笑容。

謝沛有孕這事來得太過突然，誰都沒有想到。

她那身神力，只要練一日功，與身體經脈相悖的陽烈之氣就會多累積一分。

要不是這兩年吃了黃婆婆的藥丸調理，此時的謝沛怕是早已絕經，甚至連面相和身材都會越來越像男子，也會長出鬍鬚來。

李彥錦一想到，晚上睡覺時，身邊躺了個滿臉鬍子的男版謝沛，就覺得自己恐怕沒辦法對著那張臉，真心誠意地說一句：「我愛妳……」

眾人亂哄哄一會兒後，童再仔細地替外孫媳婦把一次脈，然後開心地說：「二娘沒毛病！這陣子不要胡亂蹦跳就成。該吃就吃，該喝就喝，你們不要瞎吵了！」

沒毛病的謝沛，一整晚，腦子都是空白的。

不管上輩子的鬼將軍如何凶神惡煞，不管這輩子的謝縣尉如何威風凜凜，她……從沒想過，有一天，自己會當娘！

伸手摸著小腹，謝沛不知道，自己已經笑得恍如一隻傻狗。

斑斑最愛熱鬧，看著一群人飯也不吃，圍著謝沛嘰嘰喳喳，遂飛到童的肩頭上，歪著頭問：「為什麼蛋還沒生出來，他們就樂成這樣？」

童笑著摸摸斑斑的羽毛。「因為大家特別喜歡二娘肚子裡的蛋。」

斑斑轉了轉眼珠，忽然大聲叫道：「斑斑也要生蛋了！斑斑肚子裡也有顆蛋！」

眾人聽了，先是一愣，接著哄堂大笑起來。

李彥錦一手扶著謝沛的肩頭、一手指向斑斑，笑道：「沒錯，沒錯，你這公鸚鵡果然是顆蛋——大大的壞蛋！哈哈哈～～」

公鸚鵡斑斑惱羞成怒，拍著翅膀飛出房間，發誓要去幫自己弄顆蛋來！

這個除夕，謝家過得格外精采。只不過往年都要熬夜的謝某人，被管家公李彥錦給早早趕上了床。

夜裡，李彥錦側臥在謝沛身旁，眼光灼灼地盯著自家娘子。

謝沛被看得有些臊，望著帳頂，小聲道：「外婆說，一起睡可以，但不能那個……」

「咳咳咳！」李彥錦滿腹的柔情都化成口水，把自己嗆個半死。

「我又不是禽獸，一天到晚發情！」李彥錦悲憤地說道。

謝沛瞥他一眼。「禽獸多半只有春天發情，你嘛……」

看著娘子那眼神，李彥錦恨得只想撓她癢癢。

憋了會兒氣後，李彥錦忽然又嘿嘿樂了起來。

「二娘，幸虧咱們不是那些大戶人家，不然妳一懷孕，我就得被逼著睡外面去，好慘吶……」

謝沛看李彥錦一臉奸笑，立刻明白過來，伸手在這傢伙的胸口上一擰。

「分房睡倒不重要，重要的是，大戶人家主母懷孕了，定然要弄幾個小妾、通房給自家男人陪睡。你沒人陪，是不是非常遺憾、非常委屈呀？」

李彥錦把頭埋在枕頭裡，悶笑了半晌，才側頭說道：「這果然是不一樣了啊～～娘子竟難得地吃起醋來。嘖嘖嘖，我真是太榮幸、太幸運了！」

兩口子笑鬧了一會兒，李彥錦摟住謝沛，輕聲說道：「娘子懷孕，夫君卻在外面快活的鳥事，本衛川第一好相公是絕不會做的。我陪著妳，待妳肚子大起來了，聽說晚上會腿疼、會尿頻、會肚餓、會心煩……我幫妳按腿，抱妳如廁，弄來各種好吃的，逗妳開懷……我都陪著妳……」

謝沛聽著，緩緩閉上眼。強悍如她，得知自己懷孕，狂喜之後，其實也有些忐忑不安。如今那些忐忑，全在李彥錦的撫摸和低喃聲中，化為霧氣，消散在夜色中。

次日一早，眾人笑逐顏開地迎來升和二十二年的大年初一。

互相恭賀新禧後，謝棟感到有些遺憾，因為謝沛如今的身分，他沒辦法同尋常人家那樣，向左鄰右舍宣佈自己快做外公的喜訊。

沒奈何，他只好拚命在家整治美食，幫閨女補身子。

於是，謝沛在家過了十幾天豬一般的日子，經過童的把脈，確認無事後，終於恢復了正常的生活。

只是當她在家時，身邊總跟著一老一少兩根大尾巴；若是出門，那條名為李彥錦的大尾巴，更是緊緊地纏著不放。

很快地，衙門和軍營中，有不少人察覺到，兩位大人之間，好像有點不對勁啊。

雖然以前李大人和謝大人的關係就挺好，可也沒好成如今這樣啊！

瞧瞧平日還挺威嚴、挺有氣派的李大人，現在成什麼模樣了？謝大人都翻了好幾次白眼，他竟然還笑得搖頭擺尾，就是不走，死黏著人家。

嘖嘖嘖，難道謝大人身上揣了什麼奇珍異寶，才讓李大人活像跟屁蟲一般，纏著不放？

像這種揣測，算是非常客氣了，還有一種流言，雖然只在少數人口耳間傳，卻得到了不少認可。

新年過完，春天就要來了。

李大人不沾女色太久，終於……走上了歧路，咳咳！

雖然謝沛恢復上衙的生活，但到底不一樣了。

之前，她和李彥錦商量好的計劃，也因這突如其來的孕事，不得不改動。

原本，這段時日，她將和童及李家幾位爺爺輩的高手，一同進京。滅掉封影刃後，如今升和帝身邊，只剩下五位頂尖高手。只要他們把力量集中起來，應該能在除掉那些人的同時，儘量不造成傷亡。

其中，謝沛是關鍵人物。

多年來，李長昴在京中救助落難、瀕死的太監，打聽到一些皇宮的機密。

升和帝怕死，自從太上皇出宮遇刺後，越發縮在自己的烏龜殼中，不肯伸出頭來。宮中被寧國歷代皇帝不斷修繕補強，不但有眾多可逃命、躲避的暗道、密室，更兼藏無數威力強大的機關暗器。

這也是為什麼升和帝手下只有五位頂尖高手，卻仍舊讓童等人嚴陣以待的原因。

根據李長昴聽到的消息，升和帝的寢宮下有三條暗道，其中兩條布滿致命機關，只要進去，哪怕是頂尖高手，也難逃一死。

而那條真正的暗道，一旦升和帝躲進去，就會從裡面放下重逾三千斤的斷龍石。因暗道入口狹窄，僅容一人站立，所以，只要外面無人能獨力推開斷龍石，就算有再多的高手，也拿暗道裡的人無可奈何。

而這條暗道的出口，據說直通某個軍營，裡面藏了升和帝最信任的軍隊。到時，刺客將面對成千上萬的精兵、鋪天蓋地的箭雨，甚至連攻城利器床子弩都會出現。在那種情況下，能保住性命，全身而退，就很不錯了。

謝沛懷孕前曾經試過，全力之下，她能舉起千斤巨石，推動四千斤石塊。所以，她就成了刺殺升和帝的計劃中，最關鍵的人物。

如今謝沛有孕，無論李家人還是童，更別提李彥錦，誰都不准她再去推數千斤的石頭。

如此一來，計劃就必須改動了。

以前能在一日內解決的事，如今只能用些水磨功夫了。

於是，謝沛夫妻與李長昴、童等人商議多日。

根據謝沛上輩子的經歷，再結合眼下局勢，李彥錦提出一個一箭三鵰的計劃。

升和帝的兩個兒子，早已成年，卻因皆不是皇后所出，誰也沒爭到太子之位。

兩位皇子早撕破了臉，在朝堂內外處處爭鬥，自太上皇去世後，他們見頭上的大山少了一座，越發瘋狂起來。

李彥錦的計劃就是以他們為刀，互相殘殺，然後得利。

這計劃聽起來不錯，要執行卻有些困難。

好在，因不需要頂尖高手搏命廝殺，童和李家人都能派人手過來幫忙。

童把玉魄三身功的十八式全教給謝沛後，就跟著李長昴等人去了京城佈置。

因為不放心剛懷孕的謝沛，她把鸚鵡斑斑留在謝家，若有什麼意外，斑斑全力飛行下，她能在七天之內收到消息。

三月初，湖白府全境都在忙著春種之時，京城宮中，升和帝疲乏無力地招來太醫。

太醫小心謹慎地反覆診脈後，欲言又止地小聲稟道：「聖上龍體微恙，蓋因腎水耗損過度，身體失調，引起頭暈、乏力、眼前發黑、食慾不振等症。這段時日，服藥之後，還需寧心靜養……」

最近，升和帝的身子虛弱下來，雖然主要是他自己放縱的關係，但那些奇招百出的年輕妃子身後，也有兩個皇子的推波助瀾。

寧國的皇帝都活得太久了，太上皇八十歲才走，升和帝已經六十多歲。大皇子今年四十三歲，放在旁人家，都是能當爺爺的人了，可不久前，他居然還要想法子，讓自己做個更得寵的孫子……

不急嗎？急得要發瘋了！

奈何升和帝一直健健康康地穩坐龍椅，如今終於出現一絲機會，大皇子和二皇子竟是齊心協力地對付起自己的老爹來。

他們都很有自信，覺得升和帝駕崩後，憑藉自己身後的勢力，便能登上最榮耀的大位。

只是，在升和帝虛弱下來後，大皇子和二皇子才驚懼地發現，皇宮中，似乎還有一股恐怖的勢力，正無聲無息地逼近。

損失了十幾條人命後，終於有人暗中給他們傳了消息，說是升和帝身邊暗藏著五位皇家高手，有他們護衛，若無大軍逼宮，其他人想登上寶座，就只能等到升和帝自己嚥氣。

然而，這世界上最難測的，就是人心。

兩位皇子知道五位皇家高手的存在後，除了驚懼之外，也起了貪婪之心。

這麼厲害的人，若能拉攏到自己門下，豈不是大事可期？

就在皇宮中，收買與誘惑、背叛與欺騙的戲碼不斷上演之時，李彥錦為讓自家娘子安心生產，帶人出了門，開始強硬地收攏起江南的地盤。

謝沛替他留在湖白府坐鎮，政務有喬曜戈主理，不用謝沛費心，只需收編李彥錦派人帶回來的各地鄉兵、府兵，增強自家兵力即可。

寧國軍備廢弛，李彥錦原本還想著，若是遇到硬骨頭，說不定還要硬拚。結果，他打了三個多月，竟連點像樣的抵抗都沒遇到。

李彥錦一邊為自己的損失小而高興，一邊又忍不住思索，換作是蠻軍入侵，這片中原沃土，是不是也會被如此輕易地葬送？

一想到這個問題，李彥錦便越發厭惡高氏皇族。

廢物啊！廢物！

享用那麼多民脂民膏，可他們最執著的事情，不過是追殺、陷害同胞兄弟……若把這份心力拿出來，放一點到朝政、治國上，江南如何會潰爛至斯?!

李彥錦懶得為高家人再反思什麼，他的心態已經不太一樣了。

從最早來到異世時的求生存、求活命，在進入謝家後，變成求安穩、求太平。

當他接觸李家人，開始習武後，逐漸了解，這個朝代正在走向滅亡。亂世中，為了自保，他學會了殺人，學會了滅跡……

如今，他心裡最重要的人，在十個月後，將要走一趟鬼門關，把流著他血脈的孩子，帶到這個世間來。

至此，李彥錦終於感覺到肩上擔子的重量，這重量不能被人分擔，連最親密的娘子也不成。因為，這是一個男人、一個丈夫、一個父親不可推卸的責任。

於是，李彥錦的心變得堅硬起來，那些不合時宜的同情憐憫，再沒有冒出來過。因為，他把所有的柔軟，全留給了妻子和未出世的孩子。

這段時日，李彥錦進展如此順利，也和他的行事方式有關。

他並沒有直接扯出大旗，喊著要造反，而是搞出個含糊名頭，說自己是來替升和帝巡查百官的巡察御史。

這個謊其實極易被看穿，遇到有心人，往京中遞信問問，就能知真假了。

可李彥錦並非真來查案，只需飛快占領緊要城池和關卡，並將可能洩密的官員統統控制起來。

那響亮的名頭，是要應付剩下的小官員們。

如此，他就能正大光明地解釋，那些被押送到湖白府的官員，是被他這位「巡查御史」給拿下了！

至於犯人們如今何在？押送到京城復審了唄～～

江南官場本就腐敗不堪，下面的小官、小吏對於高官被抓，一點都不驚訝。

眼看巡查御史只抓首惡，對他們這些小蝦米似乎並不在意，就安下心來，在那些暫代官員的手下繼續做事。

不過，也因為李彥錦進展得太快，讓之前準備的人有些跟不上了。

好在，這次隨行的姚錫衡還有點家底，不但把兒孫叫下黑山來幫李彥錦，還將一批門人、清客，送到江南各地打理政務，才解決了這件事。

第八十四章

五月時，謝沛的肚子已經鼓得很明顯了。

現在，她的身子非常不錯，不僅是因為多年來練武不輟，更是因為玉魄三身功已經被她練到第三層的緣故。如今，哪怕謝沛穿上男裝，也很難被人當成男子了。

倒不是因為她挺了個大肚子，而是整個人從肌膚到氣質，似乎都被柔化了。

鏡中秀美絕倫的謝沛，正低頭擺弄著桌上散發藥味的膏子跟喬裝工具，長嘆口氣。繼續偽裝成男子，看來……是不太容易了。

謝沛不想胡亂找個藉口就此躲在家裡，偽裝這麼久，也是時候卸下面具了。不然，孩子出生後，難道要從小教他騙人嗎？光這一點，就讓謝沛做出決定。

次日一早，謝沛在府衙後堂中，召見了一干官員。斑斑也跟著去旁聽。

堂中都是她信任之人，所以她開門見山，直接把自己的身分說了出來。

「之前為了行事方便，我一直以男子之姿示人，其實，我乃李彥錦之妻，如今，正身懷六甲。」

謝沛語不驚人死不休，話說完，就端起杯子，喝起了水。

喬曜戈和斑斑是堂中最鎮定的二個，其他人全呆住了，一臉蠢相地坐在堂中，半天回不過神。

安采薇和阿意對視一眼，露出喜色，有這樣的女上官，今後她們應該不會吃什麼大虧。

有個小吏傻傻地轉頭，戳了下斑斑，問道：「謝大人……真的是女娘？」

斑斑翻個小白眼，用嘴巴理了理胸脯上被戳亂的羽毛。

「不是女娘，她肚子裡哪來的蛋?!」

只有母的才能生蛋的道理，是斑斑最近才學到的。鳥生十幾年，竟然鬧出那麼大的笑話，簡直羞煞老鳥～～

「么哥，么哥。」還有個小隊長湊到喬曜戈耳邊問道：「你怎麼不吃驚吶？莫非早就知道了?!」

喬曜戈揉了揉鼻子。「是呀，知道的。」

小隊長高高挑起眉頭。「你知道？那怎麼不早說呀?!明知謝大人是女子，還由著我們胡編亂造那些話。可惡！你是不是偷偷笑破肚皮，你……你是不是把我們講的話都告訴大人了?!」

喬曜戈不屑地瞥他一眼。「我早就在查是哪個混蛋在軍中造謠了。你慶幸吧，我看大家沒太大惡意，純屬無聊嘴巴癢，才沒告訴大人。回頭每個人寫一篇兩千字的文章交上來，這事就算完了。別想著蒙混過關，哼！」

小隊長聽了，到底沒忍住，懊悔極了，抬手輕抽自己一下。

讓他嘴賤！讓他嘴賤！沒事編排什麼「謝大人和李大人無法言說的秘密」，瞎說什麼

「一朝發胖，情郎也不忍目睹」……

小隊長抽完自己，一抬頭，見謝沛正似笑非笑地瞧著他，突然靈機一動，拍了個馬屁。

「哎呀，這可真是大喜事啊！枉屬下之前看大人肚腹鼓脹，還暗暗擔心大人的身體是否有恙。如今才知，竟是兩位大人喜得貴子，真是再好沒有啦～～啊哈哈哈～～」

堂中詭異的安靜，被這一通馬屁打破了。

大家聽他一說，終於回神。想明白了，覺得此事也沒什麼嘛……

謝大人是個女子，其實更好呀！

在座之人，都清楚李、謝二人的目標。以前他們還對兩位大人的不分彼此，有些擔憂。畢竟任何勢力有一個首腦就夠了，就算關係再好，也必須分出主次，才不會埋下禍亂。

以前看李彥錦和謝沛，從職位說，應是李彥錦為主，謝沛為副；可從二人行事看，卻又有些混淆。尤其是最近這半年，李大人明顯在謝大人面前挺不直腰桿……

下屬們雖然沒說什麼，卻是擔心的。

如今知曉，謝沛竟是女子，而且還是李彥錦的娘子，懷有他的骨血，這就再無憂慮了。

難怪兩人如此親近，難怪李大人最近挺不直腰，原來如此！

既然兩位上官是一家人，那以前他們害怕的朋友反目、兩強相鬥就不會發生，果然是大大的喜事啊！

謝沛的身分說開之後，衙門和軍營中並未生出變動。

後來，軍中比武時，謝沛以一敵五，把軍營前五名揍了一遍，讓後來的那些新兵們，徹底服氣；人家挺著大肚子，都能獨力對付五個高手，還有臉說人家是女子，不配管人嗎？

與此同時，京城宮中，也到了圖窮匕見的時刻。

升和帝的五位高手，一夜之間反目廝殺，死傷之下，兩位皇子的野心暴露無疑。

當夜，他們帶著自己的人馬直闖皇宮，想用武力逼迫升和帝禪位。只是，大皇子前腳剛進宮，二皇子也拍馬殺到，兩人還沒衝到升和帝的寢宮，就先打了起來。

升和帝再蠢，此時也知道情況不妙，當機立斷，帶著心腹太監馮公公，一頭鑽進寢宮內的密道。

放下斷龍石後，兩人拔腿狂奔，但跑沒幾百尺，被女色掏空身子的升和帝，就喘著粗氣，再也跑不動了。

雖然馮公公年紀不小了，但此時只能揹起升和帝，使出吃奶的勁，朝前奔跑。

約莫連跑帶走了一個時辰，兩人終於來到密道出口。

馮公公在升和帝的指點下，打開出口的暗門，走出來一看，是間無門無窗的石屋。

石屋正中有張石桌，石桌中間鑲嵌了一只雙耳銅盆。

升和帝從馮公公背上下來，蹣跚地走到石桌旁，大喘幾口氣後，把雙手放到銅盆的兩個把手上。

「轉頭！」他面色難看地對馮公公說道。

馮公公慌忙轉身，心中生出一股苦澀。到了這個地步，老主子竟然還是不能信任他。

接著，升和帝無聲地搓動銅盆上的把手……

二十里外的皇家陵寢中，一個裝滿水的碩大銅缸，突然發出一陣難聽的嗡鳴聲。不遠處，正在掃地的中年男子猛地扭頭，瞪大雙眼盯著銅缸，不敢眨眼。

嗡鳴聲雖然刺耳，但那聲音斷斷續續，似乎有種韻律暗藏其中。

中年男子閉上眼，聽了許久後，終於拋下掃帚，疾跑而去。

片刻工夫後，京郊皇陵中湧出一千騎兵，直奔皇宮。

領頭的中年男子，面色猙獰，不斷催促手下。他心知大事不妙，否則銅缸傳出的消息，絕不會是——清理皇宮，有根者，一個不留！

皇宮中的廝殺、慘叫聲，持續到第二日清晨才停下來。

昨夜宮裡的動靜，讓無數人夜不能寐。

上早朝時，官員們有的戰戰兢兢、有的目光閃爍，無人開口寒暄，簡直風聲鶴唳。

許久，馮公公聲音嘶啞地喊道：「聖上駕到——文武百官，上朝覲見——」

往日上朝，自有司禮太監，不會由馮公公來宣朝臣，有些心細的官員見狀，立刻察覺到了異樣。

果然，升和帝坐上龍椅後，說兩位皇子不幸在昨晚暴病身亡，因照顧不周，其親眷被圈禁，奴僕則不用說，全數處斬。

緊接著，升和帝下令抓了兩位皇子的外族和幾位朝臣，直接定下罪名，抄家的抄家，問斬的問斬。

雖然升和帝為了那點面子，沒把事情說破，可他這番舉動，已經讓所有人明白——昨夜，兩位皇子謀逆了！

既然升和帝還安坐在龍椅上，可以想見，兩位皇子定然是失敗了。至於他們是否還活著，便不是臣子們能過問的事情了。

整整三個月，京城不時響起砍頭抄家的哭嚎聲。

連兒子都宰了，升和帝對那些帶壞兒子的朝臣們，更是一絲情面都懶得講。

只是，當他花了三個月肅清叛逆賊子，恢復朝綱後，江南的異變傳進了宮中。

一位文官顫巍巍地說道：「聖上，此乃吾家本宗拚死送出的消息。那所謂的巡查御史，如今已掌控江南十二府，軍政之權，盡在其手中啊！」

「樞密使何在？此事可是當真？為何不見江南官員上報?!」升和帝鼻子都氣歪了，破口大罵。

樞密使走到中間，躬身行禮。「回稟聖上，此事恐是謠言。想當初，江南民亂之時，自稱帝王的草寇也非罕見，這假冒的御史，有何可懼？」

升和帝聽了，這才消了些怒氣。

「速速派人查清此事，若遇到不知好歹的亂民，准你先斬後奏！」

樞密使頗為自得地領命退下。

然而，兩個月後，派去清查的官員神秘失蹤，遲遲沒有回音。

樞密使連發軍令，催促江南各地廂軍回報實情，居然沒有換來一封回信。

此時，升和帝已被喪子與背叛打擊得越發虛弱。眼看膝下再無子嗣能夠繼承皇位，身子又每況愈下，竟生出破罐子破摔的念頭。反正他百年後繼承皇位的人，絕不會是親生子嗣。那……還管什麼朝局穩定、什麼百姓安康，全拋諸腦後吧！

於是，升和帝現在只抓牢能保他性命的軍隊，其他事都無法再讓他多花一分心思了。瘋狂的老人，以一種讓人恐懼的姿態，深深陷入荒淫作樂、奢靡享受之中。

至於朝臣，有精明者已然知道江南大事不妙，沒去當忠言逆耳的傻子，只暗中埋藏金銀，轉移錢財。還打著探親名號，把家人分散開來，送出了京城。

另一邊，李彥錦在外奔忙大半年後，才風塵僕僕地趕回湖白府。

再兩個月，謝沛就要臨盆了。

看著自家娘子圓滾滾好似大西瓜的肚皮，洗漱好的李彥錦，小心翼翼地伸出手，想要摸一摸。

謝沛看他猶猶豫豫，似乎有些膽怯，好笑地一把握住他的狗爪，按在自己的肚子上，然後對著肚皮說道：「孩兒，快與你爹打個招呼！」

「哇！」李彥錦猛地抽回手，看著謝沛肚皮上冒出的小突起，嚇得心肝一陣亂跳。

「老實點，老實點，還有兩個月，別把你娘的肚皮戳破了。」李彥錦說著，伸出兩根指頭，輕輕按了按那個突起。

「這大半年，你辛苦了。餓不餓，要不先吃飯吧？」

謝沛起身，拿過帕子，把李彥錦剛洗過的頭髮握在手中，一縷縷擦乾。

李彥錦仰頭，從下朝上地看著謝沛傻笑。

謝沛垂下眼，看著他，笑道：「怎麼，半年沒見，發現你娘子長胖了不少吧？」

李彥錦嘿嘿樂著，謝沛確是比孕前要豐滿不少，可他才不會傻兮兮說出真話。

「怎會？我剛才看了半天，發現娘子比以前更好看了。我這麼仰頭瞧了許久，竟是在雪山之間，才能偷窺到一點芙蓉面吶～～」說著他伸出爪子，想感受一下雪山的柔軟。

「看樣子，你這臉皮是練得越發渾厚堅硬了啊？」謝沛拍掉某人的爪子，把擦頭髮的帕子蓋在他臉上。

李彥錦回到家，心情極好，頂著帕子，也不急著抓下來，而是搖頭晃腦地亂哼起前世聽過的歌。「掀起了妳的蓋頭來，讓我來看看妳的臉……帶著妳的嫁妝，還有妳的妹妹，趕著那馬車兒來～～哎喲！哎喲！不要妹妹，不要妹妹！」

都說小別勝新婚，吃過晚飯後，李彥錦就拉著謝沛，早早上了床。

明知如今做不了什麼，可夫妻倆很想好好地說說體己話。

「娘子，對不起，當初說好要陪著妳的。結果，我走時，妳肚子還平著；我回來時，妳的肚子已經大成了西瓜……」

李彥錦輕輕撫摸著謝沛的圓肚皮，心裡非常愧疚。

不想，他這愧疚之語並未換來自家娘子的欣慰，反倒被狠狠地擰了一下。

謝沛氣得邊擰邊罵：「你到底會不會說話呀?!這話說的……不知道的人聽了，還以為我趁你不在時，偷了人吶！」

「嘿嘿～～」李彥錦被擰得齜牙咧嘴，也沒忍住笑聲。

謝沛擰夠了，也不忘給顆棗吃。

「算了，看你這半年在外面很老實，我就不和你計較了。」

李彥錦笑道：「這可真是說了實話，要知道，給妳夫君送女人的，可多了去。怎奈郎心似鐵，落花有意，流水無情啊～～」

謝沛嘴角帶笑，心情極佳地說：「這半年，你也很累吧?本來想著由我帶兵，孰料孩子來得突然，責任只能壓在你肩上……你本不是好殺的性子，難為你了。」

李彥錦被謝沛順毛順得非常舒服，湊到她的大肚皮上親了一口。

「這是應該的。為了你們娘倆，相公我就是九天攬月、下海捉鱉，也沒啥好說的。」

「如今外面整頓得如何了？」謝沛摸著李彥錦的頭髮，輕聲問道。

李彥錦抬頭親了親她的嘴角。「放心吧，如今江南這一帶，就算有聖旨，也沒什麼用。哪怕下再多旨意，出了京城，就是廢紙。」

謝沛點點頭。「那些與京中有關係的家族沒給你添亂嗎？」

李彥錦摸摸謝沛的臉頰，安慰道：「別擔心，他們能鬧出多大的亂子？正愁沒機會抄他們老窩呢，那可真是……雪中送炭般的情誼吶～～」

其實這半年裡，想給李彥錦添亂的，還真不少。不過，李彥錦牢記後世的名言——槍桿子裡出政權。不管在何處，首先要確認的是，兵力都在自己的掌握中。

做到這一點，那些養了家丁的大族和官吏們，不論多麼狡詐狠辣，在強大的威懾下，都學會了老實聽話。

謝沛放心地閉上眼睛，輕聲道：「京城的消息，你都知道了吧？這次升和帝竟然殺了兩個兒子。只是，他也活不了多久了……」

李彥錦好奇地問：「二娘，依妳說，上輩子不是大皇子殺了親爹和弟弟嗎？這次，他們兄弟倆怎麼都沒玩過老皇帝吶？」

謝沛沒睜眼，微微搖了搖頭。「這輩子變數太多，怕是因為咱們插手的緣故。不過，還是要等外婆他們回來，才能知道前因後果。」

李彥錦見她睏倦，不再多話，輕輕撫著她的肚子，齊齊睡去。

第八十五章

這次回來後，有時李彥錦還是會出去幾天，但大多數時候，都守在謝沛身邊。

十月初一這天，謝沛終於發動了。

院子裡，謝棟和李彥錦如熱鍋上的兩隻螞蟻般，圍著產房團團亂轉。

經驗老道的產婆不慌不忙指揮著喬瀟然燒熱水、備雞湯，叫謝沛用力。

李彥錦想了下，竄出門去，請了府城中的老大夫來坐鎮，萬一有什麼事，開方抓藥也能快點。

謝沛這是頭胎，生得稍微慢點。

不過，她有兩輩子經歷，比尋常人更能忍痛。別家女人生孩子時，喊得聲嘶力竭，輪到她時，鬧出來的動靜，還沒比屋外那兩個男人搞得大。

產婆不知道謝沛的身分，一個勁兒誇她沈得住氣，知道把力氣用在對的地方……

十月的秋風帶著絲絲寒意，可謝家院子裡，不少人急得滿頭大汗。

好在，謝沛身子強健，清早發動，到了午時，就生下一個哇哇大哭的女嬰。

產婆擔心主家盼子心切，出來報喜時，直盯著外面老爺們的臉瞧。

不想，岳婿二人竟是高興得很，猶如哥倆般，互抱肩頭一陣亂跳。

「我、我進去看看二娘！」

李彥錦跳了幾下，扭身便往產房跑。

剛才，他本想陪著自家娘子生產的。

孰料，謝沛忍著痛，吼了一句：「別添亂，滾出去！」

灰溜溜滾出產房的李彥錦，終於可以進去了，心急之下，居然用上輕功。

產婆只覺得眼前一花，某個人影頓時就從眼前消失了……

看著謝沛滿頭大汗、臉色有些蒼白地躺在床上，李彥錦心裡一揪一揪的。

雖然疲累，但謝沛還沒到完全脫力的程度。

一會兒後，見產婆把女兒洗乾淨包好了，她對李彥錦微微笑著，道：「把孩子抱過來，讓我瞧瞧。」

李彥錦欸了一聲，小心翼翼地接過產婆手裡的襁褓，送到謝沛枕邊。

產婆笑呵呵地在一旁誇道：「老婆子接生的孩兒，少說也快上百個了，今兒這個，可是少見的標致。眼縫這麼長，一看就像了爹娘的大眼睛，小嘴像朵花兒似的，美得很，美得很吶！」

李彥錦和謝沛完全沒聽見產婆說些什麼，他倆的目光被襁褓中的小人兒牢牢吸引住了。

剛出生的小娃娃，皮膚還是一片潮紅，兩眼緊閉著，鼻梁還沒長出來，小巧的鼻頭，讓人看著就想伸手點一點。

「咦，妳看她，嘴巴在動耶！是饞了嗎？小饞貓！」

孩子她爹話音未落，就得了孩子她娘的一對白眼。

「什麼饞貓，閨女這是餓了。你餓了，不想著吃嗎？」謝沛立刻護上女兒了。

兩人正說著，襁褓裡的小傢伙突然吐出個泡泡來，頓時逗得爹娘再顧不上鬥嘴，齊齊傻樂了起來。

產婆見這對小夫妻感情好，心裡特別舒坦。

接生這麼多年，她實在是見多了頭胎生閨女後，鬧得雞飛狗跳的情形。

今兒這一家，真是不錯，既省心又舒心，於是她的笑容也多了幾分真心。

送走產婆後，謝棟終於不用顧忌臉面，擠到產房門口，朝裡面喊道：「臭阿錦，快把我孫女抱出來，你們都瞧了這麼久，該我了，該我了！」

早在幾個月前，謝沛就和李彥錦商量好，以後他倆的孩子，一個姓謝，一個姓李。若有多的，再輪著來，誰都不吃虧，公平合理。

李彥錦深覺這個法子不錯，免得有些人總說生了姑娘就斷了香火。

頭一個孩子，不論男女，都要姓謝，謝棟喊聲孫女，合情合理。

因天氣微涼，謝棟乾脆站進來，擋住門口的冷風，搓著兩隻手，拚命催促。

「快快快，快讓外公瞅瞅～～」

李彥錦聽著岳父又是孫女、又是外公的喊，忍不住好笑，趕緊把閨女送過去。

「哦喲喲，小美人兒～～我是妳外公～～欸嘿嘿嘿……」

光聽聲音，不知道的人，怕還以為這房裡有個老色鬼吶……

「哎喲，這小手指長長的，跟妳外婆一模一樣！」謝棟沒忍住，低頭親了親小娃娃的小嫩手。

李彥錦好奇地看去，發現只是五根粉嫩的小指頭，根本瞧不出什麼長短來。

不過，小娃娃的外公非常堅決地認定，以後孫女肯定是位手指纖美的小娘子！

很快地，謝沛產女的消息，在衙門和軍營中傳開了。

衙門裡的文官比較識相，洗三時，都說了些討人歡喜的吉利話。

至於軍營中的二愣子，就稍微多點了，恭喜時，還露出一副好奇的表情，問道：「李大人，小娘子可有如謝大人那樣，天生一把好力氣呀？」

「好力氣個頭！」一隻灰毛大鸚鵡非常囂張地停在樹枝上，見有人看牠，還得意地翻了個白眼。

眾人頓時一陣大笑。

兩個月後，遠在北疆的項古青、湯孝邦等人，也接到了李彥錦的報喜信。

當天，鎮北軍軍營中，直到深夜，都還時不時響起兩聲鬼叫——

「怎麼可能?!」

「竟然是女的？還生了娃娃?!」

「這不可能！咱們哥兒幾個，都打不贏她啊……」

至此，湯孝邦和項古青落下了毛病，但凡在軍營中瞧見長相斯文、身材偏瘦的士兵，總忍不住疑神疑鬼地多瞄幾眼。

後來，他們這個毛病又引發了些不可言說的傳聞，便不一一細述了。

升和二十二年，十二月初三，六十二歲的升和帝高亶，在一位身材妖嬈的妃子身上，嚥了氣。

皇后季氏顧不上細心操辦國喪，便急匆匆地宣佈，要從皇家宗室中過繼一位皇子。

一時間，高氏族人你爭我奪，醜態百出，都想把自家子孫送上皇位。

終於，在升和帝下葬當日，已升為太后的季氏與宰相聯手，抱了一個兩歲幼兒，立為寧國下一任皇帝。

新帝成年之前，由太后垂簾，宰相輔佐，暫代新帝主持朝政。

升和帝活著時，雖然內政腐敗，但大家多少還把面子活做好，至少有個朝堂的樣子。

可是，當太后抱著兩歲的幼帝隱在珠簾之後時，本已腐朽不堪的朝堂，徹底亂了起來。

其中有腦子清醒的，果斷捨棄了之前費盡心思弄來的官位，隨便找個藉口，辭官開溜。

京城中的幾支軍隊，或是被人拉攏，成了私兵；或是乾脆自立，想乘機做點大事。

京中大族知道亂世就在眼前，非常熟練地幹起老行當——多頭下注。

世族紛紛派出人馬，向北拉攏唐琦，向南尋找見鬼的巡察御史；京中幼帝這裡，也不忘留點人脈。今後不論是哪方登頂，都能保住自家不倒。

於是，還在為閨女大名發愁的李彥錦，很快就收到了一堆奇怪的拜帖。有才子慕名前來，自薦當軍師的；有女娘美貌多情，自薦當寵妾的；有商人仁義大方，自薦捐錢糧的……

最離譜的是，還有得知「御史王」無父無母，想要來認兒子……

李彥錦氣得把拜帖甩在來求見的胖子臉上，吼道：「想當老子的爹？作夢！」

升和帝下葬後，幼帝登基，改元光統。

光統元年三月，在北疆打了兩年多的蠻族，突然撤兵了。

唐琦多方打聽才知，蠻族老王去世，四個兒子翻臉成仇，如今別說攻打寧國，自己人就快掐成死敵了。

北疆困局一解，李家撤回宗門子弟，走前，替李彥錦給唐琦送了封信。

這夜，鎮北軍大營中，唐琦把項古青等忠心將領召集起來，密談了一夜。

隨後，鎮北軍稍事休整，便開始收攏北地府縣，依計行事。

另一邊，李彥錦在湖白府也沒閒著。要幹大事，光有陸上軍力還不夠，他開始訓練水兵。以後若是得用，也很適合出航探險，做做遠洋生意。

與此同時，李家人也在南方靠海的地方，尋到了適合的造船廠。

去年，李長昂受李彥錦所託，從京城工部密卷房中「借出」落滿灰塵、蟲吃鼠咬的前朝艨艟巨艦圖。

李家修復那張圖後，便組織人手，開始造船。

因江南都在李彥錦掌控之下，那些抄家得來的巨額銀錢與無數木料，都被送到幾家造船廠中。

有了足夠的支援，船廠的老師傅們如打了雞血般，誓要打造出那遮天蔽日的巨船來。

一年後，年僅三歲的光統帝退位。

手握幾十萬雄兵、掌控江南江北所有府縣的李彥錦，被高家人畢恭畢敬地迎進京城。

寧國覆滅，改朝換代。

然而，等待這些前朝皇族的，並不是榮華富貴，更不是壽與天齊。

新帝做的第一件事，就是一連串的審判。

那些曾經魚肉百姓的高官、作威作福的權貴，在面對無情的鍘刀時，統統被打回原形。

高家皇族三代陰謀奪位、陷害手足的醜事，也隨之大白於天下，成為後世人人口裡嚼說的史料。

除此之外，當初禍國殃民的高運錢莊，也被李彥錦派官員徹底接管，隨即清查帳務。

同時，李彥錦重審當年舊案，還喬家清白。

最後，新帝下令，將一批如高運通之類的奸佞小人，該斬的斬，該囚的囚，大快人心。

新帝登基，立國號大華。

李彥錦登基的儀式很簡單，簡單到還不如謝沛封后來得風光。

他們都沒把心思放在這上面，因為有太多事、太多人需要他們花費心力。

據說，商議登基之日時，還有了讓眾人傻眼的對話──

那日，這位開國皇帝領著大夥巡查宮中，行到太和殿，說是走得肚子又餓了，讓御膳房給每人做一份灌湯包，好填填肚子。

待包子送來後，李彥錦在滿殿的鮮肉香味中，起身道：「明天是個好日子，我就登基了吧。年號嘛，叫『大華』。龍袍什麼的，太熱了，我不想穿。咱們不學前朝搞那些奢侈玩意兒，回頭給大家做官服時，都別抱怨啊。」

正準備吃包子的一群下屬徹底呆住了……

然而，儀式雖然簡單，可登基當天的大封百官，卻讓所有人大吃一驚。

首先，皇后娘娘竟然領了軍職，這真是前所未有，聞所未聞吶！

謝沛對於這個「天下兵馬大總管兼兵部尚書」的職務，老實說，並不太看重。以她如今的功力，就算沒有千軍萬馬，想要對付誰，都不是難事。

有了皇后娘娘打頭陣，阿意這個女娘出任戶部侍郎，也就不顯得多刺眼了。

與她同樣當了女官的，還有出任大理寺卿的安采薇，以及兵部侍郎的顧泉蓮。

除了女娘，其他人也各有安排。楚煜去了吏部，姚勁掌刑部，藍十六的大伯任工部，喬曜戈到通政司，阿意的爺爺韓勇則管著五城兵馬司。

另外，新帝大減稅賦，除了重視農商、軍事，還打算大力發展醫術，廣設學堂。

於是，李家宗門的黃婆婆被請出來，掌管太醫院，而鼻舌極靈的喬瀟然拜入師門，正式成了她的弟子。

至於鼬族，在童與寧的帶領下，又有新帝庇護，也逐漸壯大，繁衍日盛。

而堅守北疆的唐琦，也得到了他應有的尊榮。

李彥錦登基當日，百騎快馬直奔鎮北軍而去，隨他們一起出現在大營的，是一份沈甸甸的聖旨。

唐琦被授予「鎮北左柱國超品國公」的名爵，同時出任北三路都指揮使，統管北疆軍務。除此之外，還有金銀貢緞、珍奇若干。

然而，最讓唐琦感動的是，李彥錦特准，自大華開國之日起，守邊將士的家人，可以隨軍同行。

唐琦一生，對國對民，問心無愧，唯難以顧及老母、賢妻。他知道，這份旨意是李彥錦特地為他下的，這份用心，讓老將心中熱得發燙。

除此之外，項古青、湯孝邦、劉玉開等十一位小將，被升為鎮北軍車騎將軍，授勛正三品上輕車都尉，各有金銀、貢緞若干獎賞。至於其他將士，則由唐琦上奏各自功績後，再給予封賞。

對於鎮北軍的經營，李彥錦也做出重大決定——今後，北地七府每年上稅前，先按朝廷頒布之數，將稅收轉為鎮北軍的軍糧、軍餉，直接交付北三路都指揮使運用。剩餘的，再送回京城。

這從根本上杜絕了軍餉、軍糧被人剋扣的可能，當然，也是冒著不小的風險。

但這種風險，李彥錦覺得應該冒。既然臣子付出忠心，那皇帝就得敢於信任，否則君臣之間，永遠難逃離心猜忌的結局。

眾人都有封賞，但功勞極大的李家宗門，卻詫異地沒出什麼風頭。

七支主事之人中，只有第五支的李長倉接了戶部尚書的任命，而其他五位，沒有一個人踏入官場。

不是李彥錦和謝沛不念舊情，為此，他們還特意在百忙之中，讓謝沛親自去了李家宗門，拜見老掌門。

可惜，李家人多是武癡，做點生意都還心不在焉，更別提當勞心費力的官了。

李彥錦和謝沛無奈，為了不虧待自家宗門，乾脆把國庫中的各類武功秘笈打包一份，派人送過去。

看到這些書，最高興的莫過於智通了。他停滯多年的武藝修為，在參閱這些秘藏的功法後，突然破開屏障，進入更高的層次。

智通於練武一途，雖然天分上不如謝沛，可勝在心思純粹，又毅力超群。六十歲時，他終於找到了適用於大多數人、可從內勁練至化氣的武道，並毫不吝嗇地四方傳授。

此後，後世諸多武學門派都稱智通大師乃自家鼻祖，其中最有名的一支，正是延續數個朝代的古德寺武僧，智通也因此被後世人尊稱為「破障佛陀」。

這些都是後話，暫且不提。

說回帝后二人對李家的封賞，除了送秘笈外，還給所有在抵禦蠻族入侵中立功的李家族人，各頒了「國之義士」金牌。

那塊金牌背面，還刻著被某個無恥皇帝剽竊了前世某位武俠小說家的一句名言——俠之大者，為國為民。

持此金牌者，不但每年能領到一筆不算多、但足夠維持生計的俸祿，還可直接面聖。危急時刻，甚至能接管百人以內的兵丁、鄉勇，用以抵禦賊寇。

之前李家捐出的那些財物，也悉數得到了補償。對於不缺錢，又不願當官的李家人來說，如此安排，更讓他們歡喜得意。

因李家開了先河，此後，民間武林高手，都以獲得一塊「國之義士」金牌為榮，被無數熱血青年奉為傳奇。

第八十六章

不知不覺中，六年光陰過去。

這幾年，發生了許多事。

且說宮裡，肅清前朝留下的惡例，又放走一大批太監、宮女後，堪稱氣象一新。

可是，李彥錦卻遇上讓他頭大的事兒。

他和謝沛的閨女真真，眼看就要滿兩歲，兩個不負責任的爹娘這才想起，閨女的大名還沒定下來。

好在，如今沒什麼盯著皇家天天寫起居注的人了，大家忙得暈頭轉向，誰也沒空管這對至尊夫妻家裡又發生了什麼事。

一年過去，京城人了解，現在龍椅上的皇帝，腦子恐怕和大家有點不一樣；而皇后就更可怕了，不但腦子不一樣，好像身子也……不，是身手也不一樣。

官員們也有了默契，千萬別管這對夫妻倆的家事，不然下場會很難看的……

於是，就在這種默契的無視下，皇家大公主頂著乳名，邁進了兩歲的門檻。

趕在大公主兩歲前三天，李彥錦被自家娘子捶了一頓，這才把閨女的大名定下來，就叫「謝真天」。

對於閨女姓謝不姓李這事，除了衛川出身的官員能理解外，其他官員都是一臉「這是要誰」的表情。

連謝棟這個皇帝岳父都受不住那些目光了，跟謝沛說：「要不，就姓李吧……」

李彥錦卻一拍大腿。「我不是皇帝嗎？都說金口玉言，我得言而有信！再說了，不管姓啥，都是我的大公主，我看誰敢唧唧歪歪！」

於是，奇葩的爹娘，當了奇葩的帝后。他們的閨女，也只好當個奇葩的異姓大公主了。

好在，謝真天並不孤單。若干年後，她的弟弟妹妹，姓謝的與姓李的人數，堪堪打了個平手……

謝真天的兩歲生日宴，辦得比某人登基還熱鬧點。

與謝家相熟之人都被請到永壽宮裡，吃了頓酒席。

這是宮裡裁減人力後，僅存的四位御廚頭一次大展身手的時機。

御膳房裡，來幫忙的宮人被他們指揮得團團亂轉，每個御廚都使出全身解數，恨不得把這次筵席，辦成王母娘娘的蟠桃宴才滿意。

只是，如今皇帝崇尚節儉，已經提前傳了口諭，不許做貴死人的菜式，讓幾個御廚非常遺憾，只能剔除那些美食了。

這日，謝真天也如老百姓的孩子般，玩起了抓週。之前她爹娘忙著打江山，實在沒空讓她玩這個，連生日都沒能好好過。

抓週的臺子上，大部分都是女兒家常用的東西，什麼胭脂水粉、梳子釵環、算盤筆墨、繡綳繡線等等，居然還有金燦燦的小匕首、纏著花的小弓箭，甚至是紅豔豔的小皮鞭。
謝真天被親爹抱上抓週的臺子，開心地直拍小手，一副「朕心甚悅」的模樣，親了親李彥錦的厚皮臉。親完，又胡亂拍了親爹幾下，便走走爬爬地，來到了臺子中央。
她企圖蹲著，結果重心不穩，摔了個屁股朝天，乾脆就這麼坐下，開始挑起寶貝來。
片刻後，謝真天右手拿著小金劍，左手抓小紅鞭，脖子上掛了小花弓，非常威武地站起來，歪歪倒倒地衝著不遠處的娘親憨笑。
「咳，公主殿下看樣子是隨了母親，今後也要當個巾幗英雄，馳騁天下啊！」
眾人識趣地說著吉祥話，天家三口子卻毫不在意地湊在一處，嘿嘿傻笑。
「二娘，看咱們真真多識貨，全抓了我們準備的好東西。我還說，讓爹弄個金鍋鏟來，結果他老人家死活不同意，哈哈哈～～」
親爹毫不擔心坑了閨女，毫無負擔地樂道。
謝真天還聽不懂她爹說啥，張開小嘴，跟著他的笑聲，也嘻嘻笑起來。
謝沛無語地看著這兩個寶，嘴邊的笑意卻久久不去……
且說回現在。
京城的七月，蟬鳴聲聲，高大的宮殿裡，雖偶爾有一絲風吹過，卻依然感覺悶熱。
李彥錦額頭冒汗，抓起帕子胡亂擦了兩下，想起身邊的皇后，轉頭看過去。
孰料，人家光潔的面龐上，別說出汗，竟是清清爽爽，連一點油光都不見。

自從謝沛把玉魄三身功練到七層之後，雖然進展慢下來，但身體的變化實在讓人驚嘆。

李彥錦無數次懷疑，那玉魄三身功搞不好是初級的修仙功法。自家娘子越練越漂亮，明明都年過三十了，可皮膚仍彷彿是剝了殼的熟雞蛋般，白嫩細滑，不見一絲皺紋。

而且，他還發現，隨著練的功法漸深，謝沛對寒暑越發不在意了。倒不是感覺不到四季變化，而是冷熱對她而言，已經無法造成任何干擾。

要不是謝沛現在的飯量極好，對閨房之樂的興致越來越高，李彥錦怕是真要哭著求她不要修仙丟下他了……

察覺李彥錦正目光灼灼地盯著自己，謝沛嘴角微翹，放下正在批示軍中文書的毛筆，側頭欣賞自家男人的傻樣。

看下面的朝臣都在埋頭苦幹，謝沛傾身過去，在李彥錦耳邊，聲如細絲地說道：「晚間躁熱，不如深夜去青溪一遊？」

李彥錦聞言一愣，接著雙眼大放賊光，勉強保持著正經形象，轉頭看向手裡的案卷，嚴肅低喃道：「上次那紗衣太長，今夜可多裁去些，也方便……咳。」

謝沛想起，這幾天因為小日子，某人憋著了，忍俊不禁地用手指在案桌上輕敲一下。

李彥錦聞聲大喜，眼睛雖還盯著案卷，嘴角卻險些咧到了耳根。

恰巧，阿意進來取批好的文書，見他喜不自勝的模樣，心裡猜測，莫非是哪個傢伙又立下了大功不成？

她眸光微閃，剛想打聽，看看戶部能不能乘機多刮些收益進來，忽聽「砰」的一聲，從西南方傳來了一聲巨響！

殿中君臣皆是一驚，門口侍衛還抬頭看了看天，喃喃道：「這豔陽高照的，怎麼還打起了旱天雷呀？」

謝沛眉頭微蹙，起身走到門外，吩咐侍衛。「你去兵馬司傳話，讓他們查查皇宮西南方十里範圍內，可有什麼異樣之事。」

侍衛應下，正準備去，李彥錦在後面說道：「再讓順天府尹盯著點，看看街上有沒有人胡說八道。」

「遵命！」侍衛抱拳行禮，快步出去。

謝沛轉過身，衝李彥錦點頭。「聖上處事越發周詳了，我還沒想到這事呢。」

李彥錦擺擺手。「其實，就真是晴天霹靂，也沒什麼好惶恐的。主要是不清楚其中的原因，才會讓百姓陷入無知的恐懼。」

說完，帝后攜著手，神情平靜地回去理事。

兩人鎮定的模樣，讓殿中官員安下心，繼續低頭忙起手上的事來。

兵馬司中，韓勇收到旨意，立刻親自帶領士兵，朝皇宮西南方奔去。

分管西城和南城的兩位指揮也被派出去，三路兵馬同時搜尋。

因剛才那聲巨響太過驚人，此刻見兵馬司出來查，大家也紛紛伸頭打聽。

當韓勇帶人來到法通寺門外時，聽見裡面似乎有些吵嚷之聲，頓覺奇怪。

往日的法通寺是個極清靜的去處，雖處在熱鬧繁華的京城中，卻沒有香煙繚繞的唱經唸佛，門口也無熙熙攘攘的遊客和信徒。

韓勇手下的小隊長，上前拍了拍寺廟的大門。

不一會兒，僧人打開木門，伸頭探看，瞧見大隊士兵，臉色立時有些泛白。說話時，聲音都發顫了。

「阿彌陀佛，不知施主有何事？」

小隊長回禮道：「我等乃五城兵馬司的官兵，這位是韓總指揮，我們奉旨查看京中異常之處，想進寺一觀。」

開門的僧人聽了，臉色越發難看，囁嚅了幾下，道：「還請眾施主稍候片刻，我去回稟住持。」

僧人把門掩上，急匆匆朝後跑去。

韓勇看看小隊長，問道：「如何，可看出什麼不對？」

小隊長笑著撓撓頭。「韓大人又要考我呀？罷了，我臉皮厚，出個醜也無妨。」

韓勇聞言，作勢要踹他，小隊長趕緊道：「這看門僧人神情怪異，所以，寺中定是發生了不尋常的事情。我想，多半真與那巨響有些關係，且我剛才靠近了些，總覺得今日法通寺裡的氣味不似禪香，說不出來，好像在哪裡聞過……」

他們身後，有人開口道：「韓大人、隊長，我知道是什麼味道！」

韓勇和小隊長轉頭看去，見是個瘦瘦的大眼兒郎，遂笑道：「好，你過來說說。」

大眼兒郎應了聲，樂顛顛地跑過來，對兩人行禮後，道：「我外婆家旁邊有座道觀，我幼時常翻牆進去玩耍。道觀裡有間煉丹房，有一次我摸進去，被老道士發現，拿拂塵追打了我一路。今兒這氣味，跟煉丹房裡的味道很像，只是好像多了點什麼。」

三人正說著，法通寺的大門再次被打開。

住持帶著幾個和尚朝韓勇等人施禮。「不知貴客登門，有失遠迎，快請進吧。」

韓勇見對方客氣，也不為難出家人，只帶了十幾個士兵進去，其餘人在門外守著。

住持見狀，微微側身彎腰，迎他們進去了。

一行人邊走，住持邊說：「想必各位是因之前那巨響來的。出家人不打誑語，此事確與法通寺有關。」

韓勇等人聽了，皆轉頭看去。

住持皺眉，嘆口氣。「且稍待片刻，諸位見到人，就明白了。」

於是，一行人跟著住持，繞過正殿，直奔寺院後方。

當他們見到一座被圍起來的院子時，之前聞到的異味越發明顯起來。

住持開口道：「這院子裡，住了一位輩分較高的老僧，法號慈敏。他性情有些古怪，但從不為惡，只愛鑽研些稀奇古怪的東西。因他與法通寺頗有淵源，所以只要不影響旁人，我們便隨他去了。」

話說到這裡，眾人已來到院門前。

住持推開門，只見一個黑乎乎的大坑赫然出現在院子當中！

「嚇！這是怎麼了?!」韓勇不由驚道。

住持嘆氣，搖了搖頭。「我等亦不知曉，聞聲尋來時，就見到慈敏趴在黑坑不遠處，昏迷不醒……」

韓勇和小隊長蹲下來，仔細打量這個黑色的大坑。剛才出聲解疑的大眼兒郎膽子大，伸手摸了摸坑邊的石頭，然後「咦」了一聲。

「這瞧著，怎麼像是過年放完炮竹後，落下的黑灰呀？」

韓勇等人聞言，又端詳黑坑一會兒，便去房裡瞧還沒清醒的慈敏老和尚。

確認慈敏真的不是裝昏後，韓勇起身道：「此事已經驚動聖上，我先去回稟，再看看能不能借太醫過來，替這位師父瞧瞧。」

住持聽了，心裡七上八下，生怕因此事惹惱當今聖上，替佛門引來災禍。但看韓勇等人態度和善，終究還是盼著，希望聖上不會為難他們這些出家人。

一頓飯工夫後，李彥錦和謝沛便得知，剛才的巨響，竟然是個老和尚搞出來的，而且還炸出了大黑坑。

李彥錦一愣，接著面上露出大喜之色，握著謝沛的手，語氣激動。

「這幾年，蠻族賊心不死，隔三差五就來騷擾一番。我本還苦思冥想，該如何轉守為攻，直接收拾他們，不想，竟把這麼大的利器給忘了！這可真是……天助我也！天助我也！」

聖上一高興，奏摺不批了，中飯也不吃了，拉著皇后娘娘，就要出宮直奔法通寺。

謝沛卻把他攔下了，勸道：「若是尋常去處，你去就是了。但那裡畢竟是佛門，你不也說過，天家不可對任何宗派露出偏好嗎？若是我們這群人呼啦啦全跑過去，明日，京城裡就會傳出聖上帶百官參拜佛堂的事兒，到時候，豈不是又要收拾爛攤子？」

「呃……那算了，下午讓他們休沐，咱倆自己出去玩，晚上直接去……咳。」

李彥錦差點把夫妻倆的小秘密說出來，連忙掩嘴咳了聲。

謝沛斜了某人一眼，轉頭吩咐韓勇。

「韓指揮，你去法通寺傳句話，讓他們不必驚慌，照常過日子就是了。稍後聖上會派太醫過去，替慈敏大師診治。」

中午，太醫回來稟報，說慈敏大師是受了些衝擊，氣血翻騰，才暈了過去。剛才針灸過後，已經清醒，吃了藥，靜養幾天就沒事了。

李彥錦聞言，心裡越發高興。受了衝擊？那他猜的肯定沒錯！

於是，李彥錦和謝沛則換上尋常百姓的衣服，給閨女和兒子留下字條，便溜出宮玩去了。

法通寺的禪房裡，慈敏心疼地摸摸自己光禿禿的眉毛和下巴，喃喃道：「這下，可真成了。

了個徹底的老禿驢……」

「噗！」在門外聽見這話的李彥錦沒忍住，笑出聲來。

慈敏皺眉，嘩地拉開木門，凶巴巴地嚷道：「小禿……咳，你們是何人？怎麼跑到老衲這裡來了？」

李彥錦看著貌似皮蛋長了皺紋般的老和尚，忍笑忍到五官扭曲。「我是來看大師……玩雷玩得如何了？」

慈敏瞇起眼，上下打量李彥錦，又轉向謝沛，格外識相地只瞥她一下，即收回目光。接著，慈敏抬手，想摸摸自己的長鬚，結果手在下巴上空撓幾下，才尷尬地放下。

「咳。」慈敏失了氣勢，就想替自己挽回顏面。「聽你小子的口氣，彷彿知道老衲做了什麼一般。這樣吧，若你能猜出一樣其中之物，老衲便放你進屋一談；若是猜不出嘛……那你就得……把眉毛刮掉！」

老和尚看著下巴光溜溜的李彥錦，只能盯著他的眉毛打主意。

謝沛站在二人身後，險些笑出聲來。她倒想看看，某人沒了眉毛之後，是個什麼模樣。

李彥錦眼中閃過一絲得色，對慈敏說道：「頭一次見面，沒帶什麼禮物，那我就多說一樣，算是表示心意。

「大師，剛才那發出巨響之物，用了硫磺，還有……硝石！」

慈敏嘴巴微張，臉上的壞笑突然一收，雙手合十，衝著李彥錦深深一鞠躬。

「高人登門，老衲失禮了！」

隨即，他便猴急地拉著李彥錦的袖子，將人猛朝屋裡拽，嘴裡還不停念叨著。

「快來、快來，幫我看看，到底是哪樣東西弄錯了……」

李彥錦猜得沒錯，慈敏正是在誤打誤撞之下，弄出了接近黑火藥的東西。可他不知死活，一點之下，差點沒把老命炸去半條。

三人在房中一通嘰嘰咕咕，當李彥錦在滿桌雜物中看到了塊黑黑的木炭時，腦中突然劈下一道閃電。

上輩子，不知在哪本小說中看到的黑火藥順口溜，立時浮現腦海。

「硝七五，一磺一炭五……」李彥錦嘴裡喃喃唸著。

這正是黑火藥中，硝石、硫磺和木炭各自占的分量——硝石七成五，硫磺一成，木炭則是一成五。

慈敏聽得一頭霧水，李彥錦卻沒有仔細解釋。這秘密，他知道就好了。

倒是慈敏這裡，怕是還要交代幾句。

「大師……您做的這東西，很有用。」李彥錦斟酌著說道。

慈敏咧嘴，嘿嘿直笑。「咳，我做的東西多了去，這算什麼？我跟你說……」

李彥錦聽他嘮叨了一會兒，到底還是說出了後面的話來。

「大師，不瞞您說，此物威力極大，若是做得成功，開山炸石，不在話下。」

慈敏撓了撓光頭。「那就好，那就好。如此，老衲也算是為百姓做了點有用之事。」

「只是，此物若被用在殺人上，就成了非常恐怖的利器。」

李彥錦一句話，讓慈敏定住了。

他忽然抬眼，盯著李彥錦和謝沛，似乎在掙扎猶豫。

謝沛輕輕伸手，在桌上戳了個邊緣光滑的孔洞。

慈敏一驚，須臾後，長嘆一聲。

「二位施主請走吧，老衲是不會把此物交出來的。從今日起，老衲將修閉口禪，也不再見任何外人。二位念在無辜之人的分上，也請不要再打探此物……阿彌陀佛！」

來法通寺這麼久，這是慈敏頭一次唸佛號。但此時，這相貌滑稽的老和尚，卻唸出了一分沈重的慈悲心。

李彥錦和謝沛起身，向慈敏還禮。李彥錦鄭重地對慈敏說：「我姓李，這是我娘子，姓謝。我倆會盡己所能，不讓這利器禍害大華百姓！」

說罷，二人出門離去。

慈敏看著兩人的背影，有些發愣。

不久之後，住持親自過來，說道：「下午恐有貴人要見大師，還請您收斂一二。法通寺一眾僧徒，還要在京中待下去呢……」

住持見慈敏不說話，只得嘆著氣，離開了。

慈敏低垂著眼皮，默默琢磨道：「沒想到啊，老衲竟然見到皇上和皇后娘娘了！哈哈哈哈～～看上去還挺不錯的，開心、開心！只是剛才胡亂提了個閉口禪，看來餘生是真沒法開口說話了……苦也～～苦也～～」

從這天起，法通寺裡多了個修閉口禪的高僧，而這位高僧也罕見地在大華史書中，留下了濃墨重彩的一筆。

在他過世三十年後，退位多年的開國帝王李彥錦親自為其著書立傳。人們這才知道，大華那些大殺四方的神器，竟是由這位終生不語的高僧慈敏發明而成。

慈敏的真實身分神秘莫測，據說是兵家傳人。前半生愛恨糾纏，看破紅塵後，皈依佛門；後半生專心鑽研，將火器發揚光大，為大華帝國的雄起，做出了巨大的貢獻。

且說回帝后二人。李彥錦回宮後，對謝沛說了黑火藥的威力。

聽了後世那些熱武器的厲害，讓謝沛生出了一股好勝之心，真想立刻看看，自己玉魄三身功大成後，是不是能打得過那些有神鬼之能的熱武器?!

另一邊，兩人又提起已經遠航的船隊。

原來，大華五年，發生了一件大事。

因北疆安定，與唐琦商議後，李彥錦把項古青等幾個諳水性的將領調回京城，讓他們訓練起船員和水師，準備出海，為大華開疆拓土。

三月初三，福州碼頭上，人頭攢動，鑼鼓喧天。

帶著夢想的巨艦，出航了！

大華八年，出海三年的船隊，終於滿載著貨物，出現在福州港口。船員的親友，日盼夜盼地期待他們歸來，此時見到那讓人印象深刻的巨艦，頓時哭嚎著奔上了碼頭。

項古青冷肅的面容下，心臟跳得飛快。

大華！我回來了！

聖上，我們見到了鯤！

聖上，我們用幾疋布，就換了成堆的寶石！

聖上，您想找的神奇作物，我們找到了！

大華八年八月初六，是一個值得紀念的日子。

大華在自己的輿圖上，第一次畫出遼闊的海域。那些藏有重要礦藏的島嶼、陸地，被一種古怪的符號標注出來。

一直被不少人非議的水師，也有了不斷發展的強大理由。

海外的財富如此驚人，水師的投入與之相比，一本萬利！

於是，大華十六年，海外又添了三府，附近島嶼盡入大華版圖。

大華二十四年，開國皇帝李彥錦宣佈退位，而繼承皇位的，既不是沈迷工藝的大皇子李真地，也不是商業奇才的二皇子謝真玄，乃是眾望所歸的大公主——謝真天。

謝真天登基，改元龍興。

被溜去西北探險的爹娘無情地拋在京城、還要管著一幫弟弟、妹妹的謝真天，看著大華的疆域圖，咬了咬牙。

「傳兵部尚書顧泉蓮，朕要給爹娘清清場子！」

說時，一對犀利的鳳眸，緊緊盯著北疆之外，西北那片廣袤的草原……

三年後，大華版圖向西擴張出一條偉大的商路。

這條商路連接陸地，又通過海路，與附近島嶼連成一個完整的圓，為大華提供源源不斷的物資和金銀。因此，被後世譽為黃金之路。

——全書完

番外　皇家小日常

很多年以後，說起大華開國皇帝李彥錦，雖然有無數讚譽之詞，然而他卻有一點，被無數文人詬病——

泥腿子出身，肚子裡沒墨水！

最有名的就是，他怒極之時下的聖旨，罵起人來，猶如市井無賴般粗俗難聞。

有一日，內務府官員上摺子稟告，說是想修繕儲秀宮。其實，這還有個隱晦的含義，就是希望皇帝能動一動廣納嬪妃的心思。

只可惜，李彥錦對此毫無興趣，直接在上面批道：「國庫沒銀子，你要修，就自己想辦法。要是被我知道你打著這個旗號到處要錢，就等著去大理寺住個十天半月吧！」

官員看見了，臉色猶如吞了幾斤穢物。皇帝不給錢，又不讓他要錢，可修繕卻是他主動提的，這事不能這樣沒個了結。於是，這倒楣官員險些沒把自己急禿了頭。

好在，這貨終於想出了個不是辦法的辦法。

於是，他再次上了奏摺，說對皇帝的節儉深表敬服。另外，他發現城外寶華寺中有上好的梁木磚瓦可用，不如截之、拆之，以修宮殿，這樣就不用花費國庫一分一毫了。

李彥錦去過寶華寺，那是千年古剎，景色宜人。這蠢貨竟要毀了這種寶貝來拍個歪馬屁，簡直讓他氣不打一處來。

尤其是自家娘子，不知聽哪個王八蛋傳小話，說他要重修儲秀宮，已經連續三天沒給他好臉色看了。

心裡正窩火的皇帝，當即提筆一揮，批了一段佳文。

「截個頭！混蛋玩意兒，我看你是褲襠裡撒鹽，閒得蛋疼！」

沒多久，這位蛋疼的官員被人參了，說他貪墨，很快去了他該去的地方。

而這沒文化的聖旨，也成了某些人茶餘飯後最愛拿出來閒嗑牙的事兒。

官員們對於皇帝寫出狗屁不通的聖旨來，不敢吭聲，倒是大公主謝真天對此頗有微詞。這事說起來，也不怪她挑剔。

某日，謝真天正在檢查大弟的功課。

大皇子李真地雖然跟著天賦異稟的姊姊讀了半年書，但年紀到了，還是得上學，於是便被無情的爹娘扔進了大華立國後專為小兒開的京東學堂。

姊姊謝真天雖然沒大他幾歲，卻因資質過人，直接去了讓大人念書的學館。

李真地不能和姊姊一起上學，心裡非常遺憾，不過他比較安慰的是，那些平日老愛纏著姊姊的討厭小孩，也得上學去了！

次日一早，李真地被親娘送到京東學堂。兩人穿得尋常，先生也識相地沒有瞎喊叫，面色淡然把李真地帶進去。

謝沛回去後，李彥錦好奇地問：「誒，咱們蘑菇有沒有哭著說要回家？」

大皇子李真地的小名就叫蘑菇。

謝沛白他一眼。「蘑菇乖著呢，哪像你啊！」

是了，李彥錦嘴賤，把前世第一天上幼稚園時哭著要回家的糗事告訴了謝沛。

當時博了美人一陣歡笑，此時卻只能自己尷尬地傻笑幾聲，撓頭而去。

下午下課時，因為爹娘都還在忙，謝真天順路去接弟弟。

謝真天牽著李真地的小胖手，問道：「今日先生都教什麼了？」

李真地樂顛顛地說：「先生教得可簡單了，我都會！」

姊弟倆回到宮中，還沒到晚飯時辰，就一起去了書房。一個繼續看書，一個則要完成今日先生留的功課。

李真地寫功課沒什麼困難，寫完後，就湊到姊姊跟前，看她的書。

此刻謝真天正在放鬆，看的是一本教授文章的書。

李真地看了一會兒，實在太高深，看不懂，滿心崇拜地趴在姊姊桌邊，迷糊地睡著了。

晚上，一家四口齊聚飯桌。

李彥錦忍不住逗胖兒子，問道：「誒，蘑菇，今天你們先生教的，都聽懂了嗎？」

正在啃糖醋排骨的小胖子，眼珠溜溜一轉。他知道，若是說真話，老爹定然會得意幾句，但老爹學的，還不如姊姊多吶！

於是，李真地嚥下嘴裡的排骨，認真道：「爹，我還真有個沒聽懂的。」

謝真天聞言，眉頭微挑，側頭看向他。

李彥錦大樂。「來來來，說出來聽聽，讓英明神武的爹好好教教你。」

李真地點點頭，問道：「爹，什麼是回文呀？」

李彥錦笑容一僵，頓時明白，這小子想耍他，於是惡狠狠地說道：「你連這都不知道嗎？回文就是——滾吧，小子！啊哈哈哈哈……」

謝真天傻了，向來注意儀表的她，筷子一抖，肉丸子撲通跌進湯碗，濺起了油花……

若干年後，當謝真天成為威加海內的一代帝王時，天下再無人敢譏笑皇族粗鄙。因為他們發現，這位女帝與其父母完全不同，學識、言語和儀表，幾無可指摘之處。

然而，謝真天乃開國帝后之女，明明學富五車、詩文精妙，可骨血中的悍勇之氣，卻也濃烈至極。

那些言詞精妙的批文中透出的殺伐決斷，那些詩詞歌賦裡流露出的霸氣強悍，竟是足足影響了大華幾代文人，也為後世留下無數或豪邁昂揚、或跌宕起伏的傳世佳作。

至此，大華兩代帝王，終成傳奇。

——全篇完

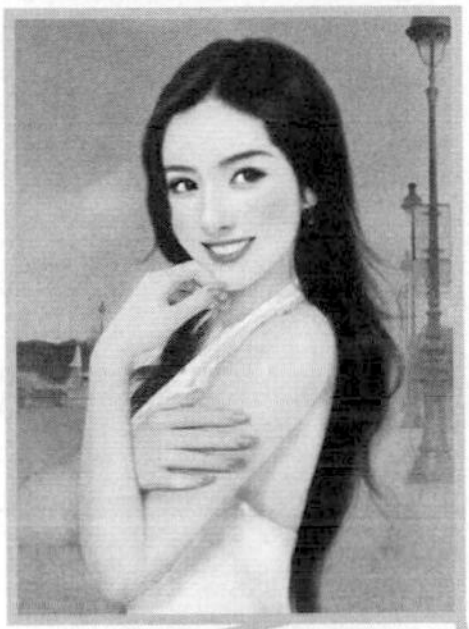
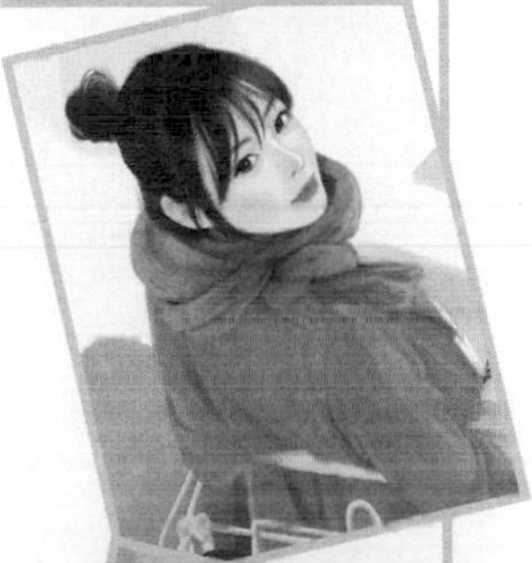
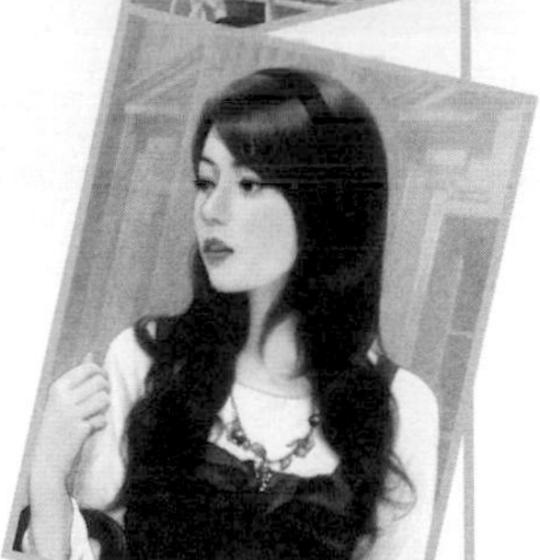
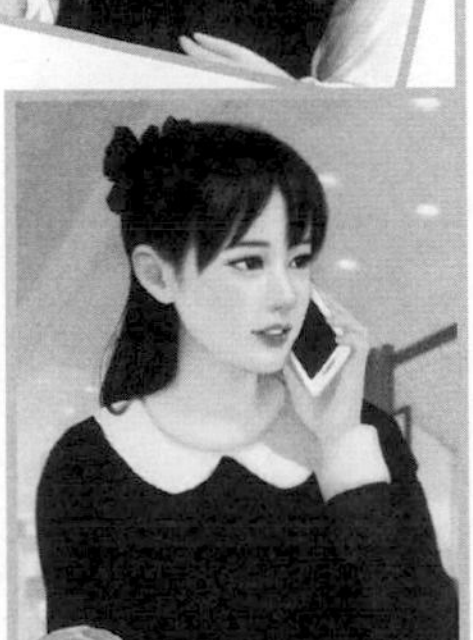

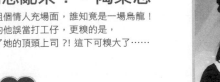

風 文創 701

大笑迎貴夫 3 完

國家圖書館出版品預行編目資料

大笑迎貴夫 / 漫卷著. --
初版. -- 臺北市 : 狗屋, 2018.12
冊 ; 公分. --（文創風）
ISBN 978-986-328-942-5（第3冊：平裝）. --

857.7 107018144

著作者	漫卷
編輯	安愉
校對	林慧琪　周貝桂
發行所	狗屋出版社有限公司
地址	台北市104中山區龍江路71巷15號1樓
電話	02-2776-5889～0
發行字號	局版台業字845號
法律顧問	蕭雄淋律師
總經銷	知遠文化事業有限公司
電話	02-2664-8800
初版	2018年12月
國際書碼	ISBN-13　978-986-328-942-5

本著作物由北京晉江原創網絡科技有限公司授權出版

定價250元
狗屋劃撥帳號：19001626
網址：love.doghouse.com.tw　E-mail：love@doghouse.com.tw